Le secret du manoir aux truffes

Samy Saïb

Le secret du manoir aux truffes

Roman

Les Lauréats

LES LAURÉATS révèlent et récompensent les talents littéraires de demain.

ÉDITIONS PRISMA

13, rue Henri-Barbusse
92624 Gennevilliers Cedex
www.editions-prisma.com

ISBN : 978-2-8104-39652

À Malvina, la première à avoir cru en cette histoire
et à William, le premier à avoir su qu'elle serait publiée.

"I believe in love. I mean, brilliant careers, rich lives, are seldom led without just an element of love."[1]

Violet Crawley – *Downton Abbey*

1. « Je crois en l'amour. Je veux dire, les brillantes carrières et les vies prospères sont rarement menées sans un simple élément d'amour. »

1

Edward Oddeye attendait que les ultimes lueurs du jour s'effacent et que les réverbères s'allument. Il grattait la crasse épaisse au coin des carreaux avec l'ongle de son pouce. Un réflexe bien inutile ; tout était si sale, ici.

En bas, des exaltés couraient les quelques boutiques encore ouvertes à la recherche d'un cadeau de dernière minute, pour le convive oublié. Au coin de Cheshire St., une brebis égarée en fourrure et talons hauts hélait un taxi, avant d'y balancer son énorme paquet doré sur la banquette et d'y grimper en toute hâte pour se mettre en sécurité. *Encore une qui, au dîner, relatera son aventure dans les bas-fonds de la ville, en enjolivant les détails sordides…* songea Edward. Les rideaux de fer tombèrent, le ciel s'assombrit. Dans quelques minutes, Edward pourrait sortir en toute quiétude, délivré de l'effervescence des bienheureux.

Durant son enfance, cette période de l'année avait été rythmée par des messes soporifiques, l'agitation de ses camarades et leurs pleurs, au milieu de la nuit. Même les friandises chocolatées n'avaient jamais été en mesure de lui donner goût à Noël, puisqu'il les détestait, tout comme les guirlandes, les loupiottes multicolores et les figurines rouges et blanches. Seule une tradition trouvait grâce à ses yeux : l'oie rôtie.

Alors, dès que le ciel noircit, il fila vers les rues résidentielles du nord de Hyde Park, où il ne se permettait de rôder qu'à partir du crépuscule, à l'abri du regard des résidents. Autant éviter d'être toisé pour avoir osé fouler ces quartiers préservés, ou pire, faire l'objet d'un signalement à Scotland Yard.

Edward était plus à l'aise dans les faubourgs du centre où les bus à impériale valdinguaient entre trams et autos dans un capharnaüm couvrant les polémiques houleuses des passants et où des garnements en pancartes scandaient des slogans racoleurs au profit d'auberges malfamées, sans qu'on s'inquiète qu'ils manquent l'école. Oui, Edward se sentait bien mieux dans ces secteurs où personne ne surveillait personne, là où l'anonymat était de rigueur.

Mais, malgré le danger que représentait sa virée nocturne de l'autre côté de la ville, Edward s'y adonnait tous les ans depuis sa sortie de Sainte-Berthe, l'orphelinat de Kensington où il avait grandi.

Guidé par les fumets qu'on humait jusque sur les trottoirs, il fit halte devant l'une des somptueuses bâtisses victoriennes qu'il connaissait pour s'y être arrêté les 24 décembre de l'an 1931 et 1932. Il se cacha derrière un conifère aux épines bleutées côté cuisine et jeta un œil à travers la fenêtre.

La cuisinière n'était pas la même que l'année précédente. Rien d'étonnant. Edward savait la façon dont les nantis traitaient leurs domestiques. Dès qu'un ordre n'était pas suivi à la lettre, un plat trop relevé, ou un scone trop cuit, c'en était terminé pour le pauvre employé qui se voyait remercié sans préavis. S'il n'avait pas dû rester aussi discret, Edward aurait hurlé à cette bonne déjà trop âgée de s'en aller trouver d'autres patrons.

À la place, il cracha sur le gazon impeccable et quitta sa cachette pour obtenir un meilleur point de vue sur les fenêtres voisines. C'était comme assister à une pièce de théâtre assis au premier rang, en plus amusant, car ici, il avait accès aux coulisses.

Derrière la vitre de gauche, la famille se mettait à table près du sapin. À celle de droite, en cuisine, on sortait l'oie du four. La peau d'un ocre parfait, la chair dodue et les légumes fondants le firent saliver. Il devrait attendre que la famille se serve les meilleurs morceaux (qu'ils abandonneraient dans leurs assiettes après trois bouchées), pour obtenir sa récompense.

Car Edward n'avait pas choisi cette maison au hasard ; ici, aussitôt le *Christmas pudding* englouti, tous les restes avec lesquels on réalisait d'ordinaire d'excellents pains de viande finissaient dans la gamelle du chien. Les propriétaires semblaient se réjouir d'offrir ce festin à leur fidèle toutou, sans le moindre scrupule pour les sans-abri affamés. Une hérésie dont Edward tirait profit en chapardant le repas du chien, directement dans sa niche.

Pour l'heure, la famille se délectait des mets disposés sur la table ornée de houx et de bougies, que le père présidait avec fierté. Sa femme, radieuse dans sa robe émeraude, s'adressait à ses chérubins, deux petites têtes brunes coiffées avec minutie. Elle leur désignait l'horloge comme pour leur indiquer le temps à patienter avant la livraison des paquets. Leur enchantement atteindrait son paroxysme dans la rituelle tempête de rubans brillants, avant que les cadeaux ne soient remisés et Noël oublié.

À l'extérieur, Edward aussi trouvait le temps long, il grelottait. On discernait les gerçures de ses mains à travers les mailles de ses mitaines et son pantalon était tellement élimé, qu'on eût cru qu'il avait grandi en même temps que ses jambes.

Satané mois de décembre ! Bien sûr, février s'avérait plus redoutable, mais on s'était accoutumé aux grands froids. En revanche, c'était en décembre que le corps bravait ses premiers chocs thermiques, quand l'humidité automnale laissait place au gel de l'hiver.

Edward vérifia l'état de ses doigts : rouge violacé. Mauvaise nouvelle. Il veillait au grain depuis qu'une des bonnes sœurs de Sainte-Berthe lui avait raconté que le froid pouvait rendre bleu le corps d'un homme et le transformer en cadavre. D'ailleurs, voici qu'il ne sentait plus ni ses orteils ni ses phalanges.

Obnubilé par la volaille, il avait oublié de remuer les mains régulièrement et de souffler dedans comme le lui avait appris Sœur Augustine. Des gestes qu'il reproduisait avec précaution chaque fois que les gelées le tiraient de son sommeil. La chambre que les Madhouse lui louaient étant dépourvue de tout système de chauffage, Edward avait dû déployer des stratégies incongrues pour garder ses extrémités en vie ; s'endormir les bras croisés les mains sous les aisselles, par exemple, ou encore garnir ses souliers de coton.

Dire qu'il payait un loyer pour cette piaule sinistre ! Pas comme les filles que les Madhouse faisaient travailler dans les chambres au-dessus du *pub* ; elles logeaient gratuitement. Évidemment, Edward préférait exécuter les tâches ingrates que ses patrons lui confiaient, plutôt que les leurs. Au moins, pour vider les latrines, décrasser les sols et débarrasser les ordures, lui n'avait pas à retirer tous ses vêtements.

Hourra ! Au salon, on apportait le dessert. En coulisses, la servante dépiautait l'oie encore bien charnue, pour le chien. Sa mine déconfite en disait long ; les domestiques n'avaient qu'à obéir à leurs maîtres, ainsi tournait le monde.

Edward contourna la maison pour surveiller l'entrée de service. Un faisceau de lumière indiqua que la bonne sortait dans l'arrière-cour pour nourrir le chien. Avant de quitter le *pub*, Edward avait pris soin d'amasser des os dans la poubelle des Madhouse pour amadouer l'animal.

À peine la porte de service refermée, Edward s'approcha de la niche à pas de loup. Soudain, le berger qui ne s'était pas encore montré en jaillit. L'espace d'une seconde, le molosse et lui se jaugèrent. Edward n'avait pas peur des chiens, pour autant, il restait prudent. La bête lui arrivait à la taille.

Tout à coup, le chien aboya. Dans son sursaut, Edward poussa un juron. Ce sale cabot allait finir par alerter ses maîtres.

Il se mit à frétiller de la queue et à sautiller autour de lui. Edward tenta de s'en défaire par quelques caresses, sans succès. L'animal léchait ses chaussures. Dans l'agitation, sa queue fit valdinguer sa gamelle, qui carillonna sur le gravier. Edward brandit de sa poche les misérables os de poulet qu'il voulait pour appât. Hélas, le chien excité redoubla d'aboiements.

Edward n'avait plus une seconde à perdre. Il fonça vers la niche.

Mais alors, l'attitude du chien dégénéra. Il cessa ses cabrioles, campa sur ses pattes avant, poils hérissés et crocs saillants et se mit à grogner. Au même instant, la porte se rouvrit sur la gouvernante.

— Attaque, Bristol ! Attaque !

Au grand dam d'Edward, Bristol était bien dressé.

Il bondit.

Avant qu'il lui chique la cheville, Edward déguerpit en un éclair, abandonnant son dîner de réveillon. Il courut tellement vite qu'il n'osa se retourner que plusieurs dizaines de mètres plus loin.

Le chien n'y était plus. Edward se réfugia sur l'un des bancs à l'entrée de Hyde Park, pour reprendre son souffle.

Il inspecta à nouveau la couleur de ses mains. Dans la pénombre, elles paraissaient se bleuter davantage. Il les enfouit dans ses poches, pétrifié par l'inéluctable processus de métamorphose. Comme chaque fois que cela lui arrivait, Edward songea à ces malades dont les plaies s'infectaient jusqu'à noircir leurs membres, avec la même question en tête : pouvait-on pourrir de froid ?

Edward laissa couler ces larmes qui l'étreignaient si souvent.

— Plus qu'une semaine à tenir ! chuchota-t-il en trifouillant dans sa poche gauche, d'où il sortit un billet de train.

Oxford. Le passeport pour une nouvelle vie loin de la misère londonienne. Edward y avait consacré toutes ses économies. Hors de question de moisir là, il approchait du but. Comme à Oxford, personne ne l'embaucherait s'il perdait l'usage de ses mains, il engloutit le bout de ses doigts dans sa bouche, dernière partie de son corps encore apte à les réchauffer.

Les cloches sonnèrent, la messe de minuit commencerait d'une minute à l'autre. Toujours ébroué par son altercation canine, Edward se mit en route au pas de course. Sœur Augustine ne tolérait pas les retards.

Elle l'avait recueilli à Sainte-Berthe quand il n'était qu'un bébé. Edward en était sorti à seize ans, l'âge limite fixé par le règlement. Depuis, Sœur Augustine insistait pour qu'il participe aux messes importantes. Elle faisait tout son possible pour rattacher ses anciens pensionnaires à l'Église. Elle leur assurait que le bon Dieu leur viendrait en aide s'ils continuaient à prier rien qu'un peu. Edward savait surtout que ces rites constituaient pour Sœur Augustine un prétexte pour revoir ses petits protégés.

Cette fois, elle lui avait promis qu'après la messe, il pourrait venir à Sainte-Berthe, boire un thé chaud. Elle avait certainement informé Miss Apricot de sa visite. Pas question de lui faire faux bond, autrement la pauvre mémère l'attendrait toute la nuit. Pour Edward, rien n'était pire que d'attendre un être qui n'arriverait jamais.

Il avait d'ailleurs un présent pour Miss Apricot. Bien qu'il l'ait ramassé dans la poubelle des Madhouse, Edward savait qu'elle s'en réjouirait quand même.

À la lumière des réverbères, autour de Westminster, ses mains lui parurent plus roses. Edward se sentit honteux de croire à ces idées de pourrissement. Parfois, son imagination s'emballait. Comme dans ce cauchemar récurrent, où l'on retrouvait son corps mort dans l'un des parcs de la ville, tout bleu et où personne ne reconnaissait son visage.

Il arriva devant l'abbaye pétri de froid, dépourvu d'espoir qu'au-dedans la température fût meilleure. Mais que pouvait-il attendre de l'austérité de la pierre des églises ?

Il poussa la porte et entra. La messe de la Nuit avait débuté. Il repéra Sœur Augustine et alla trouver une place en veillant à ce qu'elle le remarque. Il s'installa trois rangs derrière, loin des portes et des courants d'air. Il s'intriqua entre deux hommes aux larges épaules, comme un chaton dans une portée. Leurs pardessus, plus épais que le sien, le réchaufferaient à coup sûr. Très vite, bercé par les chants des enfants de chœur, Edward s'assoupit.

Lorsqu'il se réveilla, sa tête avait glissé sur l'épaule du costaud à sa gauche. Edward sentit le cuir de son gant lui tapoter le front. La moitié des croyants avaient déjà quitté les lieux, cet homme avait dû attendre quelques minutes qu'il se réveille de lui-même.

Edward adressa un « joyeux Noël » penaud à son oreiller humain, fit signe à Sœur Augustine qui saluait les dernières religieuses et fila l'attendre à l'extérieur, où une bourrasque glaciale le revigora.

Augustine était une femme de grande taille à l'allure efflanquée. Bien que discret, son rictus montrait sa joie de voir Edward.

— Enfilez ça, vous êtes tout bleu.

Elle lui tendit une écharpe en laine et se mit en marche.

— Tout… *bleu* ? bégaya Edward, sur ses talons.

— Si vous étiez arrivé avant, vous auriez eu moins froid. Hâtons-nous, un bon thé arrangera votre état en quelques gorgées.

Arrivée devant l'orphelinat, Sœur Augustine ouvrit la grille en fer forgé qui donnait sur la cour intérieure. Cet ancien couvent avait été aménagé au siècle passé pour accueillir les enfants sans famille. Depuis, on y avait ajouté des bâtiments plus modernes, toutefois l'entrée restait d'origine. Ils traversèrent la pelouse carrée pour rejoindre les cuisines au sous-sol.

Sœur Augustine alluma une lampe à pétrole plutôt que la lumière électrique du plafond. Ici, on n'aimait pas qu'un ancien pensionnaire revienne trop souvent. Certains d'entre eux finissaient mendiants et chacun savait qu'il valait mieux cantonner le rôle de l'orphelinat aux enfants et non aux enfants devenus adultes. Depuis la fin de la guerre, Sainte-Berthe était menacée de fermer. Les dons s'étaient raréfiés et les aides de l'État amoindries. On rationnait les denrées alimentaires et on refusait les orphelins trop âgés. Augustine et les autres sœurs venaient tout de même en aide à quelques anciens, en cachette. Mieux valait ne pas avoir à se justifier ni à mentir. En cette nuit de Noël où la moitié des enfants gardaient l'œil ouvert et où une partie des religieuses veillait pour prier, la discrétion était de mise.

Sœur Augustine invita Edward à s'asseoir à la table de la cuisine où les soixante-dix repas quotidiens étaient préparés. Elle mit l'eau à bouillir, déballa deux scones ramollis et une tranche de pain de viande qu'elle semblait avoir gardés exprès. Elle prit les trois clémentines qui restaient dans la corbeille à fruits et déposa le tout dans une assiette en métal face au jeune homme. Elle mit de son côté de la table un simple morceau de chocolat noir et prit place.

— Je vous préviens, je fais entrer Miss Apricot, mais cette nourriture est pour vous, pas pour elle ! Entendu ? Je prends des risques, moi !

Edward opina du chef, le sourire aux lèvres.

Sœur Augustine ouvrit la fenêtre et claqua des doigts. Aussitôt, un chat gracile à la robe isabelle se faufila dans l'entrebâillement, sans s'arrêter sous la caresse d'Augustine. Miss Apricot sauta sur les genoux d'Edward, dans un élan mesuré. Compte tenu de son âge, tout effort était mis à profit. Edward porta la vieille chatte à son visage, elle frotta son front contre sa joue. Il avait tout oublié des gerçures de ses mains et de la raideur de ses phalanges. Ses doigts tricotaient dans le pelage orange, noir et blanc de Miss Apricot, qui ronronnait fort.

C'est son regard, qui avait d'abord plu à Edward. Une connexion immédiate. Deux yeux vairons qu'il contemplait également dans son propre reflet.

Enfant, il imaginait que ses parents l'avaient abandonné à cause de cette particularité. Quand, encore tout jeune, il avait constaté que l'un des nombreux chats qui peuplaient le jardin de l'orphelinat avait aussi les yeux de deux couleurs différentes, Edward s'y était tout de suite attaché. Miss Apricot était la plus vieille d'entre eux, la plus robuste et la plus maligne aussi. Elle ne s'aventurait jamais au-dehors, se gardant du risque de se faire écraser par une automobile. Edward avait toujours eu la conviction qu'elle était une réincarnation d'un membre de sa propre famille, un parent défunt qui veillait sur lui. Autrement, comment expliquer les yeux vairons ?

— À présent, mangez, mon cher, ordonna Augustine. Ensuite, nous parlerons. Voici trois jours que j'attends que nous soyons tranquilles. Seul à seule.

— Ah oui, pourquoi donc ? bafouilla Edward, la bouche pleine de scones.

— Il s'agit d'une affaire privée…

Augustine avait l'air préoccupée, elle vérifiait sans cesse que personne n'arrivait. Edward profita de sa distraction, pour tendre à Miss Apricot un morceau de scone sous la table.

— J'ai dit non, Edward ! Miss Apricot a déjà eu sa nourriture.

Edward tressauta, Sœur Augustine était bien plus alerte qu'il ne l'avait cru.

Il repensa à l'oie dans la niche de Bristol. Voilà qu'il partageait, lui aussi, la maigre pitance qu'on lui offrait avec une chatte grassouillette.

— Pardon, ma sœur. Je vous écoute.

— Eh bien, voilà. Il y a trois jours, une inconnue est venue. Une femme d'âge mûr. Dieu merci, c'est moi qui étais de permanence. Il pleuvait à verse et la nuit était déjà bien avancée. Cette femme avait tout l'air de vouloir s'exposer le moins possible. Elle ne s'est d'ailleurs pas présentée. Elle parlait rapidement et semblait très pressée.

— Que voulait-elle ?

— Elle disait rechercher un enfant.

— L'un de vos pensionnaires ?

— Un garçon abandonné à l'hiver 1916, dans un orphelinat de Londres. Elle ne savait pas lequel.

Edward arrêta de mâcher. *Hiver 1916.*

— Il n'est donc plus un enfant…

— En effet, mon cher.

— Londres est immense. Nous devons être des centaines à avoir été recueillis cet hiver-là.

— Certes. J'ai donc voulu en savoir davantage, tenter d'obtenir des éléments pour identifier l'enfant, mais la pauvre femme s'est mise à paniquer et à répéter que tout était écrit sur l'enveloppe qu'elle me tendait. Elle m'a fait promettre de la remettre à l'enfant en question, si je le reconnaissais et à personne d'autre. Elle s'est enfuie dès que je m'en suis emparée. J'ai essayé de la retenir, mais elle ne s'est retournée qu'un court instant pour me prier de ne parler de sa venue à personne. Elle a ensuite disparu dans la nuit, sans que je ne puisse en tirer quoi que ce soit d'autre.

Edward terminait sa deuxième clémentine.

— Et… que disait la lettre ?

Sœur Augustine but une lampée de thé, les yeux braqués sur lui, puis se leva.

— Attendez-moi là.

Alors qu'elle disparut de la cuisine, Edward donna à Miss Apricot le dernier quartier de fruit, qu'il avait pris soin de ne pas manger. La gourmande le dégusta avant que la bonne sœur fût de retour.

Augustine réapparut l'enveloppe à la main et la tendit à Edward. Jamais de sa vie il n'avait reçu de courrier. Miss Apricot en renifla les angles. Dessus, au lieu d'un nom et d'une adresse, figuraient quelques informations dont l'auteur avait pris soin de souligner les plus capitales.

Edward les lut à voix haute.

D'emblée, ses doutes sur l'identité du destinataire s'évanouirent.

À l'attention de M. Edmund X.
Abandon : hiver 1916, Londres.
Description : brun, <u>un œil marron, un œil bleu.</u>

2

La troisième clémentine retourna dans la corbeille à fruits, Edward ne pouvait plus rien avaler. Il inspectait la lettre encore fermée, à la lueur de la flamme de la lampe. Autour, l'obscurité accentuait la solennité du moment qu'Edward, Sœur Augustine et Miss Apricot partageaient.

— *Edmund* ? relut Edward.

— Bon nombre de nos pensionnaires nous arrivent sans identité. La nuit où votre mère vous a déposé, elle ne nous a donné que votre âge. Quand nous lui avons demandé votre prénom, nous n'avons compris que la première syllabe, *Ed...* avant qu'elle se ravise. Ces pauvres femmes s'interdisent de trop en dire. Nous avons donc opté pour *Edward*. J'ai proposé *Oddeye* en nom de famille, en référence à vos yeux.

Edward savait déjà tout cela, pourtant, il n'avait jamais envisagé que son véritable prénom puisse être différent de celui qu'il avait toujours porté.

— Mon enfant, poursuivit Augustine, en quarante ans à voir défiler des enfants de tous horizons, vous êtes le seul qui répond à cette description. Cela m'étonnerait fort que vous ne soyez pas cet *Edmund*.

— Sœur Augustine, pensez-vous que cette femme puisse être... ma mère ?

— Hélas, je ne peux l'assurer avec certitude. Mais ouvrez donc !

Edward hésitait encore.

Sa main gauche était fourrée dans le pelage de Miss Apricot. Un réconfort garanti. Petit, quand il pleurait seul dans son lit, Miss Apricot se glissait sur son ventre pour lui réchauffer le cœur. Quand il avait quitté Sainte-Berthe, Miss Apricot avait arrêté de s'alimenter pendant des jours. Elle avait toujours été près de lui dans les moments décisifs. La chatte se mit à griffer le poinçon de cire rouge. Il céda. Edward la gratifia d'une tape sur la tête et sortit le feuillet du pli.

Les lignes étaient écrites à la main, sans que l'on puisse discerner si l'écriture appartenait à un homme ou à une femme. La prose était concise et sans maniérisme.

Cher Edmund,

J'assure la lourde tâche de vous annoncer une nouvelle qui risque fort de vous bouleverser.

Avant sa mort, votre père vous a légué un héritage. Il est contenu dans un coffre qui se trouve à Truffle Manor, à Lloyd, village lainier du comté du Gloucestershire.

Le propriétaire du domaine, Lord George Rusbick, est actuellement à la recherche d'un jardinier. Gîte et couvert sont assurés sur place. Faites vite, avant qu'il ne soit trop tard.

Que Dieu vous protège.

PS : n'ayez confiance en personne.

— Dieu tout-puissant ! jura Augustine en dévisageant un Edward, tout aussi stupéfié.

— C'est une plaisanterie ?

— J'ai bien peur que non, mon garçon.

— Alors, mon père est mort ?

En soi, cette révélation ne le surprenait pas. Edward avait échafaudé une multitude de scénarios à propos de sa famille et la mort de ses parents en faisait malheureusement partie.

Néanmoins, c'était le premier renseignement concret dont il disposait.

— Quand cette femme vous a confié à nous, en 1916, la guerre battait son plein. Nous accueillions chaque semaine des enfants issus de familles démunies, dont le père avait péri au combat. Rien d'étonnant à ce que votre mère se soit retrouvée veuve, sans plus de moyens pour subvenir à vos besoins. Aujourd'hui, vous voilà majeur et indépendant. Peut-être que votre mère souhaite que vous récupériez le legs de votre père. Du moins, si c'est elle...

— Qui d'autre ? Et pourquoi tant de mystères dans sa lettre ? Elle aurait aussi bien pu m'apporter ce coffre elle-même.

Edward proclamait ses interrogations autant à Augustine qu'à lui-même. Trop de questions, pour peu de réponses.

— Vous devriez aller voir, Edward. Et vite. Cette lettre le mentionne très clairement. Le temps vous est compté.

— Hors de question !

— Comment cela ? s'effaroucha Sœur Augustine.

— Mère ou non, cette lettre a quinze ans de retard ! Ce corbeau débarque un beau jour et voilà que je devrais renoncer à tous mes projets ?

— Vos projets ? Qu'avez-vous de mieux à faire ?

— Tout à fait, se défendit-il. J'ai des projets ! Avec John. Souvenez-vous, il était mon voisin de chambrée. Nous allons tenter notre chance chez Morris Motors.

— Morris Motors ?

— La fameuse firme automobile de monsieur Richard William Morris. N'en avez-vous jamais entendu parler ?

Edward avait parlé avec éloquence comme si débiter ce patronyme à rallonge lui donnait de la consistance.

— Vaguement, baragouina Augustine.

Il fut fier de son effet.

— Ils prennent de l'ampleur et recherchent de la main-d'œuvre. Nous avons déjà nos billets, figurez-vous. C'est à Colwey, au sud d'Oxford.

Il brandit le petit coupon de train sous le nez de la religieuse.

— Je vous en prie, un peu de sérieux. Un œil marron, un œil bleu, mais deux mains gauches, mon cher. Vous n'avez jamais brillé par vos exploits manuels. Enfin, la cuisine mise à part. Vous ne tiendrez pas une semaine chez ce Morris quelque chose.

— Pensez-vous plus judicieux que j'aille jouer à l'aspirant jardinier ? Je ne saurais même pas manier un sécateur.

— Parce qu'une clé à molette ou je ne sais quel outil, oui ?

— Au moins à l'usine, je pourrais apprendre avec les autres. Je ne serai pas exploité par un maudit nanti prêt à m'éjecter au moindre faux pas.

— Edward, surveillez votre langage !

Il se rabroua.

— Sérieusement, ma sœur, *Lord Rusbick* ! Je sais que ce n'est pas chrétien, que la haine est mauvaise, mais je hais ces bougres dans leur cage dorée. Ingrats. Pédants. Hautains. Pensez-vous que l'un d'eux accepte d'embaucher un souillon comme moi ? Ces gens ne sont pas de notre monde.

— Enfin Edward, nous vivons tous dans le même monde. Nous sommes tous égaux face au Tout-Puissant, notre seigneur Jésus-Christ.

Edward ne voulait pas la contredire. Il ne partageait pas ses croyances, cependant, quel autre discours pouvait-il attendre d'une bonne sœur ? L'argent établissait une différence notable entre les êtres, quoi qu'en pense sa bienfaitrice. Il leur apportait le pouvoir et le pouvoir pervertissait.

— Qui me dit que ce coffre m'est destiné ? Je veux dire, vous avez bien entendu : « N'ayez confiance en personne. »

— Une personne malintentionnée a peut-être cherché à accaparer votre héritage, mais il semble que vous puissiez y remédier. Autrement, notre messagère n'aurait pas pris la peine de vous en informer. Vous qui dénoncez sans cesse les injustices, imaginez un instant que ce coffre vous sorte de la misère.

— Alors vous croyez que le trésor de Barbe-Bleue m'attend là-bas.

— Comment le savoir, si vous n'y allez pas ? répondit Sœur Augustine, un brin d'exaspération dans la voix.

— Quand bien même… Si je m'enrichis un jour, cela sera à la sueur de mon front.

— Mettez votre orgueil de côté. Où habite ce lord déjà ?

Edward se repencha sur la lettre.

— Un village du Gloucestershire.

— Parfait ! Vous pourriez élucider ce mystère et rejoindre Oxford par la suite. C'est tout près. De plus, ce poste pourrait vous faire passer l'hiver au chaud, loin du taudis que vous loue ce couple d'ogres. Les Cotswolds sont une région sublime, vous savez.

Edward pouffa de rire de voir Sœur Augustine déployer son arsenal d'arguments.

— J'imagine le tableau ! Un seigneur détient mon trésor dans son donjon protégé par un dragon maléfique…

— Trêve de plaisanterie, Edward. Ne désirez-vous donc pas en savoir plus ? Vous pourriez enfin découvrir qui sont vos parents, ce qu'ils vous ont légué. C'est une opportunité qu'aucun de vos petits camarades n'a eue.

Edward sentit un pincement dans la poitrine. Jadis, lui et ses copains avaient tellement espéré qu'un parent vienne les chercher. Les rares fois où l'un d'eux avait eu cette chance, Sœur Augustine avait consolé tous les autres, qui perdaient espoir. Elle avait tant de fois essuyé les larmes d'Edward, l'avait si souvent cajolé jusqu'à ce qu'il s'endorme le cœur en miettes.

Il contempla les bâtiments derrière les fenêtres de la cuisine, où des dizaines d'enfants sans famille dormaient. Aucun n'aurait refusé de combler, ne serait-ce qu'un peu, le trou béant de sa vie. Edward avait-il seulement le droit de se défiler ?

— Je n'aurais de toute façon pas les moyens de me payer le voyage jusqu'aux Cotswolds, dit-il comme pour se convaincre lui-même de se fier à son plan initial et d'oublier la lettre. J'ai tout dépensé dans ce billet de train pour Oxford.

Il déposa la chatte sur la table et sortit de sa poche de manteau la boîte de sardines qu'il avait récupérée dans la poubelle des Madhouse. Son cadeau d'adieu à Miss Apricot.

— Vous me manquerez, Miss Apricot.

L'animal ne lâcha pas les sardines d'un millimètre.

Il retira l'écharpe qu'Augustine lui avait prêtée au sortir de l'abbaye. Elle refusa qu'il la lui rende. Edward serra ses mains dans les siennes, puis ouvrit la porte de la cuisine. La cour de Sainte-Berthe s'était parée d'un fin manteau blanc. Edward ne s'était pas rendu compte que des flocons avaient commencé à tomber. Quelques-uns s'engouffrèrent à l'intérieur le temps qu'il se retourne une dernière fois, pour remercier sœur Augustine.

La vue brouillée, il fila vers la sortie de Sainte-Berthe, en tentant de graver chaque image de ce lieu qu'il connaissait par cœur. Ce fut la dernière fois qu'Edward foula les pavés de ce foyer.

Son foyer.

Il traversa la ville en noir et blanc jusqu'à l'antre des Madhouse.

Toutes les lumières étaient éteintes, sauf celles de quelques chambres de filles. Pas de répit pour les travailleuses de l'ombre, même à Noël. Il fallait bien offrir leur cadeau aux soûlards esseulés du réveillon.

Edward s'assit sur son lit rêche et souffla dans ses mains. La vapeur qui s'échappa de sa bouche annonçait une nuit sans sommeil. La journée du lendemain serait sa dernière au *pub*. Il devrait remballer ses affaires : un pantalon, deux chemises et quelques sous-vêtements. Il portait depuis novembre son unique tricot de laine, qu'il nettoyait seulement quand les odeurs de sueur et de tabac devenaient insupportables.

Il était terrifié. Non seulement ses doigts redevenaient bleus, mais il s'apprêtait à se jeter dans l'inconnu. Ici, il connaissait la ville et le *pub*, il y avait Sœur Augustine, Miss Apricot et quelques-uns de ses anciens camarades. Edward avait passé toute sa vie à Londres, il ne connaissait qu'elle.

Il n'avait pas dit toute la vérité à Sœur Augustine au sujet de Morris Motors. L'usine ayant ouvert dans les années vingt, les embauches de masse avaient eu lieu dix ans avant. C'était donc accablés par le risque de se voir refoulés, qu'Edward et John restaient déterminés à essayer, faute de mieux.

Toujours attablée dans la cuisine de Sainte-Berthe, Augustine s'était resservi un thé. Elle avait finalement mangé la dernière clémentine qu'Edward avait laissée.

Miss Apricot ne ronronnait plus. Repue de sardines, elle avait fini par s'endormir sur la table, dans une position que seuls les chats pouvaient adopter. Son corps tarabiscoté et l'angle improbable de son cou offraient à Sœur Augustine tout le luxe de chatouiller son ventre chaud.

Cette dernière retournait la situation de tous les côtés. Elle connaissait Edward, elle avait deviné son tiraillement et sa peur d'être déçu. L'intuition d'Augustine ne l'avait jamais trahie. Elle avait vainement tenté de convaincre Edward de reconsidérer ses projets, mais il n'était plus un enfant.

Elle devait accepter que ses décisions soient différentes des siennes.

Tandis qu'elle débarrassait avant de monter se coucher, elle récupéra la lettre qu'Edward avait volontairement laissée près des épluchures de clémentines. Elle en retira les miettes collées et la rangea dans sa poche. Elle souleva ensuite le corps groggy de Miss Apricot, qui n'avait pas le droit de rester dormir dans la cuisine. Dessous, sur la table encore chaude, Augustine découvrit le rectangle de papier cartonné qu'Edward avait abandonné par mégarde.

Ses idées se bousculèrent alors. Un plan machiavélique.

Sœur Augustine se sermonna ; était-ce bien chrétien d'oser influer ainsi sur le destin d'autrui ? Son rôle consistait à accueillir son prochain, l'écouter, au mieux, à le conseiller. Pas de décider pour lui !

Elle cogita un instant encore, les yeux vers le ciel.

Cet oubli ne représentait-il pas simplement la main tendue de Dieu ? Sinon, pourquoi aurait-Il fait en sorte qu'Edward oublie ici son billet de train pour Oxford ?

Augustine était divisée. Elle rangea le ticket dans sa poche avec la lettre, éteignit la flamme de la lampe et alla dormir. La nuit portait conseil.

3

Par-delà les voies, une épaisse fumée s'élevait jusqu'aux verrières dont elle dissimulait les arches noires. En levant la tête, on aurait pu croire à un ciel d'un blanc impeccable. Edward entrait pour la première fois dans la gare de Paddington.

À la recherche du quai où il devait rejoindre John, il se heurta aux salves de voyageurs et à leurs chariots de bagages. Sur les quais, les sifflements des locomotives dont on remplissait les *tenders* de charbon étourdissaient les passagers qui s'adonnaient à des adieux tragiques. Partout, des enfants gazouillaient des « tchou-tchou » enthousiastes.

Edward contenait tant bien que mal l'excitation de son premier voyage en train. Comme toute cette ambiance avait l'air d'un ennui profond pour la plupart des gens autour, il s'obligea à gommer son sourire béat pour ne pas paraître trop excentrique. Lui aurait pu rester dans ce hall de gare toute la journée, à admirer chaque wagon rutilant. Au moins un avantage que les pauvres possédaient : s'exalter de toute nouvelle expérience.

Neuf heures trente-deux. Le départ approchait. Edward repéra enfin la voie douze où des troupeaux embarquaient mollement. Il n'avait plus qu'à trouver le bon wagon. Il fouilla sa poche à la recherche de son billet, pour y vérifier le numéro de voiture.

Comme il ne le trouvait pas, il s'arrêta et déposa son balluchon au sol, en plein milieu du quai. Un homme pressé dont Edward ne vit que le chapeau buta dedans. Tous les vêtements ainsi que le misérable nécessaire de toilette se répandirent par terre. Edward voulut coller son poing dans la figure de l'homme au chapeau, qui évidemment, avait déguerpi et se trouvait peut-être déjà confortablement installé en première classe. Edward n'avait plus qu'à ravaler sa colère et ramasser sa brosse à dents souillée.

Voilà ce qui arrivait quand il voulait se fondre dans la masse : on l'écrasait. Edward les haïssait tellement, ceux qui savaient où se rendre, qui ne s'arrêtaient pas, qui n'imitaient personne. Ceux qui rejoignaient un être cher sur le quai de la gare, de la famille, ou une fiancée. Lui ne retrouvait que John. Un chic type, certes. Pour autant, Edward pouvait-il espérer mieux qu'un camarade de chambrée dont il reconnaissait l'odeur des pets ?

À genoux, il s'affairait à rafistoler son bagage quand une main lui secoua l'épaule. Edward se redressa, au bord des larmes, prêt à en découdre. Contre toute attente, un visage ami lui sourit et lui tendit la main pour l'aider à se relever.

C'était Sœur Augustine.

— Vite, éloignons-nous, mon cher, ou ces forcenés nous réduiront en bouillie.

Edward balança son sac à l'épaule, ragaillardi et suivit Sœur Augustine dans le renfoncement vers la voie d'en face. La bonne sœur était encombrée d'un lourd panier en osier large et profond. Edward la dévisageait telle une apparition divine qu'il aurait été le seul à pouvoir voir.

— Que faites-vous là, ma sœur ? Partez-vous en voyage ?

— J'accompagne une amie, retrouver un être cher.

— Vous êtes tombée à pic, ces gens sont si pressés. Je cherchais mon billet et voilà qu'un rustre a renversé mes affaires. Maintenant, je suis en retard.

Edward se remit à fouiller ses poches sous l'œil averti d'Augustine. Après quelques secondes à ne rien trouver, il renversa à nouveau son sac au sol et défit un par un les plis de chaque vêtement.

— Je suis fichu, ma sœur ! J'ai égaré mon billet et John m'attend. Je n'aurai jamais assez d'argent pour m'en acheter un autre. Pensez-vous que je puisse monter dans ce train sans payer ? Oh non, non. Si le contrôleur passe, je serai passible d'une peine d'emprisonnement, c'est sûr. Un passager clandestin irait chercher dans les… combien ? Deux ans, au minimum.

Sœur Augustine leva les yeux au ciel.

— Ne dites pas de sottises ! Pour quelqu'un qui tenait tant à son projet, cela paraît étonnant que vous n'ayez pas fait plus attention à votre ticket.

— Je suis nul, de bout en bout.

— Tut, tut, tut, rétorqua Sœur Augustine, comme on reprend un enfant qui dit une bêtise. Peut-être n'aviez-vous pas autant envie que cela de partir à Oxford. Il nous arrive parfois des messages par des voies détournées et il est très important de les entendre. Les voies du Seigneur…

— Par pitié, ma sœur, l'interrompit Edward, ce qui m'arrive est une catastrophe, il n'y a aucun message divin là-dedans. Je suis l'unique responsable.

— J'ai lu dans un article scientifique tout à fait sérieux que nos oublis sont des messages que notre cerveau nous envoie. Des messages qui traduisent notre désir profond. Ce que nous voulons réellement, sans nous en rendre compte.

— Je n'y comprends rien.

— Avez-vous entendu parler du docteur Freud et de ses actes manqués ?

— Le docteur qui ? S'agit-il du vieux rabougri qui nous donnait des bonbons périmés à l'orphelinat ?

— Le neurologue autrichien, pardi ! Ne lisez-vous donc jamais les nouvelles ?

Edward la fixait, les yeux ronds. Ce n'était pas sa faute si les enseignements dispensés à Sainte-Berthe se composaient de rudiments en lecture, en écriture et en calcul. On privilégiait les travaux manuels pour faciliter l'embauche des pensionnaires dès leur sortie. S'intéresser aux sciences n'était pas une option pour les miséreux comme lui.

Le quai s'était vidé. Aux portes des wagons, les cheminots sifflaient pour rameuter les retardataires. Edward se laissa tomber sur un banc.

Il aurait tant voulu avoir le courage de monter dans ce train sans se soucier des représailles. Comme cette fois où la petite Emily avait laissé tomber sa poupée de chiffon dans la Tamise, lors d'une sortie avec l'orphelinat. La fillette pleurait la nuit sans sa poupée, alors Edward s'était enfui de Sainte-Berthe pour aller en dérober une nouvelle au magasin de jouets sur Piccadilly. Quand Sœur Augustine lui était tombée dessus, Edward s'était défendu en arguant qu'Emily n'avait pas de parents pour lui racheter une autre poupée et qu'il irait jusqu'en prison pour qu'elle ne soit plus triste. Edward avait toujours été prêt à braver les lois, tant que la cause était juste.

Et quoi de plus juste que de vouloir aller de l'avant ? Après tout, il avait payé son billet, comme tout le monde. Alors pourquoi ne se sentait-il pas capable de monter dans ce train ? Que décider, autrement ? Retourner chez les Madhouse et passer sa vie à vider des excréments ?

Sœur Augustine prit place à côté de lui et déposa, dans un râle, son lourd panier. Les portes des premières voitures se refermèrent.

— N'êtes-vous pas trop déçu ?

— Me prendrez-vous pour un cas désespéré si je vous avoue que je me réjouis de pouvoir retrouver Miss Apricot ?

J'espère seulement qu'un jour, je monterai à bord de l'un de ces trains pour aller à Oxford, ou n'importe où.

Il admirait les wagons s'éloigner du quai comme s'il n'allait plus jamais rien voir d'aussi beau. Augustine, elle, admirait Edward comme si c'était la dernière fois qu'elle le voyait.

— Pourvu que monsieur Madhouse accepte de me reprendre.

— Ce bougre ne saurait refuser de la main-d'œuvre pas chère. Faites-moi le plaisir de m'accompagner à la voie huit, avant de partir. J'aimerais voir si mon amie a retrouvé la personne qu'elle souhaitait.

Edward la suivit sans broncher, trop heureux de rester près de cette femme providentielle.

Voie huit, Edward découvrit un train d'une autre sorte. Des écritures bronze ornaient ses wagons couleur émeraude. Le quai était désert. Un sifflet hurla. Le départ était imminent.

— Edward, écoutez-moi, dit Sœur Augustine prestement. Ce train a pour destination Bristol. Il marque l'arrêt à Bath, au sud des Cotswolds.

— Votre amie vient donc des Cotswolds ? Elle est sûrement déjà à bord.

— Soyez attentif, par pitié. Ce train va tout droit dans le Gloucestershire. Tout près de Lloyd, le village où se trouve le manoir de ce Lord Rusbick.

Edward eut un éclair de lucidité.

— Vous recommencez !

— Vous disiez que vous aviez tout misé sur Morris Motors. À présent, vous voilà sans but.

— J'attendrai d'économiser assez, pour racheter un ticket et rejoindre John dans quelques semaines.

— Parfait. Alors, vous irez gagner ces sous à Lloyd. Le poste de jardinier vous y attend. Vous serez sans doute mieux payé que par les Madhouse et vos tâches seront moins ingrates que dans cet horrible *pub*.

— Enfin ma sœur, le seul bulbe que j'ai planté n'a jamais poussé. Vous l'avez dit vous-même, à part en cuisine, mes talents manuels se cantonnent à vider la *merde* des *putes*.

— Edward ! sévit la religieuse, le teint cramoisi. Je vous en conjure, cessez d'être grossier ! Vous allez prendre ce train, ou je débarque chez ces affreux hors-la-loi de Madhouse avec un agent de Scotland Yard ! Et croyez-moi, je n'aurai aucun scrupule à prétendre qu'il vient de votre part.

Edward écarquilla les yeux à nouveau et s'offusqua.

— Je ne suis plus un enfant !

— Alors, cessez de vous défiler et comportez-vous en adulte. Ne vous cantonnez plus au pire de ce monde, vous valez mieux que cela.

Edward réfléchit un instant. Son air vexé s'adoucit.

— Quoi qu'il en soit, je n'ai pas de quoi payer.

Augustine sortit de sa poche un billet de train. Pas celui qu'Edward avait égaré la veille. Non, celui-ci portait l'inscription *Londres-Bristol.*

— Vous avez tout manigancé pour me faire aller là-bas !

— Ne vous occupez pas de moi. Il est temps de décider si oui ou non, vous irez dans les Cotswolds. Il vous reste quelques secondes, après lesquelles vous n'aurez d'autre choix que de retourner au *pub*. Réfléchissez vite !

Edward était stupéfait. Jamais il n'aurait imaginé Sœur Augustine aussi rusée.

— Et si cet endroit était dangereux, ma sœur ? Cette lettre recommandait de ne faire confiance à personne.

— Vous n'aurez qu'à prier et le Seigneur vous protégera. Restez discret. Ne révélez à personne les raisons de votre présence et ça ira. Votre corbeau se manifestera de lui-même. Au mieux, vous récupérerez votre héritage. Au pire, vous gagnerez honorablement de quoi rejoindre John à Oxford.

Edward restait perplexe face à l'émulation de Sœur Augustine.

— Faites-vous passer pour un jardinier en herbe, s'amusa-t-elle, déçue que son trait d'esprit n'eût point d'effet sur Edward.

Elle lui détailla ensuite l'itinéraire précis qu'il devrait suivre pour rejoindre Lloyd.

Augustine était arrivée en gare à l'aube après s'être astreinte de ses tâches quotidiennes à Sainte-Berthe. Elle avait réuni ses maigres économies et le panier en osier qu'elle avait rempli la veille, puis avait bravé le brouillard matinal de Londres jusqu'à Paddington. Être la première cliente aux guichets lui avait permis d'accaparer le vendeur pour étudier avec lui le trajet vers Lloyd.

— Vous trouverez dans ce panier des vêtements convenables, récupérés à l'église. Ils feront l'affaire pour votre embauche. N'allez pas les abîmer. J'ai aussi mis de quoi vous familiariser avec votre nouveau travail; *La Botanique selon Harold Spoles*, l'unique ouvrage en rapport avec les plantes disponible à la bibliothèque de Sainte-Berthe. Vous avez de la nourriture pour deux repas, ainsi qu'un peu de sous dans une chaussette pour vous loger ce soir. Par pitié, choisissez un établissement convenable !

Edward était bouche bée. À aucun moment, il ne protesta.

— J'oubliais, vous trouverez une surprise dedans, alors ne ballottez pas ce panier, c'est fragile.

Augustine réajusta le col du manteau d'Edward et noua à son cou l'écharpe qu'elle lui avait donnée le soir du réveillon.

— Voilà. Joyeux Noël, mon garçon.

Un sourire triste se dessina sur ses lèvres.

Edward la considéra un instant, immobile. Tout à coup, il l'étreignit avec intensité, dans une proximité nouvelle. Augustine se laissa surprendre.

— Allons, allons. Allez vite prendre place ou vous raterez votre deuxième train de la journée.

Sa raideur céda lorsque Edward murmura au creux de son oreille :

— Je vous aime, Sœur Augustine.

Elle se pinça les lèvres.

— Soyez prudent et croyez toujours en vous.

Edward la serra un peu plus.

— Merci. Du fond du cœur, merci, dit-il, sans la lâcher. Pour tout. Depuis toujours.

Augustine sentit son cœur chavirer. Une minute encore et c'est elle qui le retiendrait pour qu'il ne la quitte pas.

Elle le repoussa avec toute sa bienveillance, pour le laisser s'en aller.

Edward tourna les talons, les joues mouillées. Il monta à bord du wagon numéro sept. Quand le cheminot referma la portière, il envoya un salut fébrile par le carreau.

Le charbon fumait, la vapeur s'envolait. Les roues crissèrent sous l'impact des bielles, puis le train siffla et glissa vers l'horizon.

Augustine ne le suivit pas jusqu'au bout du quai comme faisaient certaines. Edward voguait à présent vers son destin, sa mission était accomplie.

Alors, elle laissa enfin couler ses larmes dans un murmure.

— Merci à toi, mon petit.

4

Le train roulait depuis près d'une heure. Prochain arrêt Newbury. Edward n'avait pas lâché la vitre du regard. Les paysages urbains avaient rapidement laissé place à des plaines désertiques nappées de neige. Aussi loin que remontaient ses souvenirs, Edward n'était jamais sorti de la capitale, il n'avait imaginé la campagne qu'au travers des peintures et des romans.

Quand le train avait quitté Paddington, Edward avait mis quelques minutes à comprendre ce qui lui arrivait. Peut-être était-ce le soulagement d'avoir sauté le pas dans cette aventure, mais il acceptait à présent la chance inouïe que Sœur Augustine lui offrait. Il veillerait à suivre ses conseils. Sœur Augustine ne se trompait jamais. Edward ferait preuve de prudence, il prendrait son temps et tout se passerait pour le mieux.

Il disposait d'une banquette juste pour lui. En face, une mère se serrait avec ses deux fillettes.

Bien qu'elle voyageât en seconde classe, la mère portait de gros bijoux en or sertis de pierres précieuses et ses fillettes, de belles chaussures en cuir luisant. Edward eut une pensée pour les prostituées du *pub* des Madhouse avec leur rouge à lèvres qui débordait sur les dents et leurs corsets attachés avec des épingles à couture.

La femme rabattit ses manches au-dessus des poignets et serra ses deux filles contre elle. Edward s'en voulut. Première leçon de savoir-vivre, ne pas dévisager les inconnues comme un éventreur de dames.

Il décida de se plonger dans le livre de botanique que Sœur Augustine lui avait préparé. Il posa le panier sur ses genoux et s'apprêta à l'ouvrir quand soudain, les deux rabats s'écartèrent d'eux-mêmes, sous une force mystérieuse qui venait de l'intérieur.

En face, les deux fillettes tressautèrent d'effroi, mais très vite, leurs yeux s'illuminèrent quand Miss Apricot sortit sa petite tête du panier. La chatte se dressa sur ses pattes arrière pour atteindre le visage d'Edward, auquel elle se frotta le front. Edward y déposa des bisous dans un soulagement inattendu ; il n'était plus seul.

Comme les deux fillettes brûlaient d'envie de caresser l'animal et de jouer avec, Edward leur tendit la chatte. Elle se laissa dorloter. Mais la mère des enfants ne voyait pas cela du même œil.

— Les animaux sont interdits à bord. Mesdemoiselles, lâchez cette bête, ou nous pourrions avoir des ennuis.

Edward reprit la chatte sur ses genoux, dans un clin d'œil aux deux petites. Il déballa ensuite l'un des scones qu'Augustine avait emballés dans un chiffon, le partagea avec Miss Apricot, puis ouvrit le livre de botanique.

La missive qu'il avait sciemment laissée sur la table à Sainte-Berthe en glissa de la couverture. Il la relut, toujours aussi effrayé par le *post-scriptum* de son corbeau : « N'ayez confiance en personne. » Il rangea la lettre et la chassa de son esprit. Il aurait tout le temps d'y repenser, une fois embauché à Truffle Manor.

La Botanique selon Harold Spoles s'avéra d'un ennui mortel. L'ouvrage était pompeux, écrit tout petit et n'expliquait en rien les techniques de jardinage dont Edward avait besoin pour entretenir un verger, tondre une pelouse ou tailler un bosquet. L'auteur s'intéressait surtout à l'élaboration de potions à base de sève et à la fabrication d'embryons de nouvelles espèces. Edward ne comprenait aucun des mots scientifiques que cet Harold Spoles employait : *follicule, panicule, stolon*… Il devait se référer au moins dix fois par page au glossaire, tout aussi indigeste que le reste.

Comme un livre soporifique en a vocation, Edward piqua vite du nez, bercé par le cabotage du wagon et par les ronrons de Miss Apricot. Il se réveilla deux heures après, quand une sonnette carillonna dans le compartiment, à l'annonce du prochain arrêt. Mère et filles avaient disparu de la banquette d'en face. Pourvu qu'il n'ait pas raté sa station.

Le panneau du quai indiquait Bath. Edward remballa ses affaires à la hâte et renferma Miss Apricot dans le panier dont il rabattit à contrecœur le couvercle. Il lui promit de la libérer dès que possible. Il enfila son pardessus, jeta son balluchon à l'épaule, puis s'engouffra dans le couloir étroit où les habitués s'étaient déjà faufilés pour descendre sans se presser.

À l'extérieur, Edward demanda à l'agent des chemins de fer où trouver la ligne d'autocar qui desservait la campagne vers le nord. L'homme blasé lui désigna un véhicule gris de l'index sans décrocher un mot. Edward y embarqua après s'être assuré auprès du chauffeur qu'il marquait l'arrêt à Lloyd.

L'autobus quitta la ville pour s'enfoncer dans des vallées venteuses, jonchées de hameaux inanimés. Une main dans la fente du panier où somnolait Miss Apricot, Edward admirait les Cotswolds qui s'étiraient au-dehors.

L'autobus passait par des villages tous plus charmants les uns que les autres. À l'inverse des avenues londoniennes aux immenses façades, ici, les allées sinueuses distribuaient des petites bâtisses en calcaire doré et toits de lauze. Les centres s'organisaient autour de modestes églises gothiques, tandis qu'en périphérie, les corps de fermes surplombaient des champs infinis, où les moutons ruminaient en paix. On était au cœur de la région lainière qui, depuis le Moyen Âge, avait fait prospérer les empires des aristocrates du pays.

Après une heure à zigzaguer au gré des rivières et des collines, le chauffeur vira dans une rue en pente abrupte au bout de laquelle une abbaye arborait l'écriteau *Lloyd's Church*. Le bus s'arrêta et l'homme au volant hurla : « Avant-dernier arrêt ! » comme si son transport était bondé de passagers bruyants. Sur les trois à bord, seul Edward descendit.

L'air était plus humide qu'en ville. Heureusement, les rayons du soleil perçaient par instants la masse nuageuse qui garrottait le village de Lloyd.

Cependant, Edward tomba d'emblée sous le charme de la bourgade. Derrière l'abbaye se déroulait la rue principale où les échoppes aux enseignes peintes à la main se succédaient : boulangerie, crémerie, teinturier, primeur, librairie. Edward aurait parié que les commerçants s'arrangeaient pour coordonner les ornements de leurs devantures. Tout était propre et soigné.

Au bout, des panneaux de bois indiquaient les lieux incontournables du village. À droite, le poste de police, l'hôtel de ville et l'école ; à gauche, le *pub*. L'après-midi touchait à sa fin, Edward ne devrait pas tarder à trouver où se loger. Sans perdre une minute, il bifurqua dans l'allée de gauche, repoussant sa visite de Lloyd pour un autre jour.

Il marcha quelques minutes aux abords de *cottages* ornés de lierre plutôt fleuri pour la saison. Il tourna à l'angle d'un *cottage* aux volets pourpres et tomba enfin sur la taverne. *The Sheep – Pub et Auberge* occupait toute la surface d'une jolie place en demi-lune, bordée par un cours d'eau ruisselant vers l'horizon.

Le long de l'établissement, les parterres de fleurs hivernales parfaitement entretenues empêchaient qu'on se colle aux vitres fumées. L'intérieur du *pub* restait secret. Edward referma le panier de Miss Apricot et tira la lourde porte, en priant pour ne pas y retrouver les mêmes soûlards agressifs qu'à Londres.

Aussitôt, un souffle de chaleur le rasséréna. Edward s'était remis à grelotter depuis sa descente du bus et n'allait pas tarder à s'inquiéter de l'engourdissement de ses extrémités.

De prime abord, une telle obscurité aurait pu l'effrayer tant les murs étaient noircis par la fumée des cigares. Seules les flammes des bougies éclairaient les tables étroites, tandis qu'au bar, des lampes électriques suspendues, imitant les anciens systèmes à huile, se reflétaient dans des centaines de bouteilles ambrées. Au plafond, on avait suspendu des instruments de tonte ancestraux et sur des étagères un peu partout, des trophées et médailles évoquaient les récompenses du village pour la laine de ses moutons.

Exit la clientèle exclusivement masculine, vulgaire et brutale de Londres. Ici, les clients attablés partageaient thé et mini-sandwichs, dans un mélange de genres et d'âges. On discutait et riait dans un volume sonore convenable. On se servait des condiments sur les buffets en chêne massif et on tirait des fauteuils en cuir pour se réunir autour du feu de cheminée.

Edward s'approcha du bar où le patron, un homme à l'épaisse moustache rousse, caressait son gros ventre sous son tablier. Il exposait la recette d'oie qu'il avait concoctée pour le réveillon à une femme déçue d'avoir raté la sienne.

Edward refréna son envie de se joindre à leur conversation. Sœur Augustine lui avait conseillé de rester prudent et Edward connaissait sa propre tendance à s'emballer. Il préféra s'installer seul sur un des tabourets du bar. En déposant ses affaires dessous, il se demanda si les animaux étaient acceptés dans ce lieu. Il n'en voyait aucun. Il garda donc son panier fermé sur ses genoux, pour ne pas prendre de risque.

L'ardoise faisait saliver. Sœur Augustine avait laissé une bourse assez garnie pour qu'Edward s'offre le plat de son choix. Il opta pour un *cottage pie* qu'il avait vu dans l'assiette d'un client attablé près de l'entrée. Pour jouer l'habitué, il héla le gros rouquin en imitant les gestes amples des autres.

— Très bon choix, le bœuf est délicieux, tu verras, assura l'homme souriant. Tu n'es pas du coin, toi, hein ? D'où viens-tu, si chargé ?

Nouveauté pour Edward, on s'intéressait à lui et la démarche avait l'air sincère.

— De Londres, monsieur.

— Ah, la grande ville ! Pas trop fatigué ? Ma femme est toujours éprouvée lorsqu'on y va. Heureusement, ça ne nous arrive pas souvent. C'est si cher. Et puis, tout ce monde partout. Sans parler des quartiers malfamés. Là-bas, si tu n'as pas les moyens de fréquenter des établissements dignes de ce nom, tu te retrouves vite dans un de ces bouis-bouis qui fichent la frousse…

L'homme continua de déployer son monologue, jusqu'à ce qu'une femme menue et coquette apporte le thé glacé d'Edward.

Quelle mouche avait piqué cet homme ? Tout le monde se parlait-il sans retenue dans ce patelin ? À bien y regarder, c'était le comportement qu'adoptaient tous les clients de cet endroit. Et tout compte fait, cette bizarrerie n'était pas si désagréable.

Sans prévenir, l'homme quitta Edward pour aller chercher son plat en cuisine. Au passage, il s'arrêta accueillir un couple d'amis à l'entrée. Il bavarda dix bonnes minutes avant de se souvenir qu'il avait d'autres clients à servir.

Edward en profita pour caresser Miss Apricot entre les rabats du panier. La chatte y était enfermée depuis un bon moment et la chaleur de cette taverne inquiétait Edward.

Pourtant, Miss Apricot n'avait pas l'air de s'en plaindre. Elle dormait paisiblement, recroquevillée.

De retour avec l'assiette d'Edward, l'hôte lui indiqua une table à laquelle s'installer. D'après lui, les fauteuils y étaient plus moelleux que les tabourets du bar et Edward aurait la place de déposer ce panier encombrant. Il l'aida à porter ses affaires et à s'installer.

— Allez, sors donc ce chat de là-dedans, il risque de manquer d'air.

Le teint d'Edward vira tomate. Il obtempéra. L'homme apporta un petit bol d'eau et une assiette garnie de restes de viande qu'il mit sur la table pour Miss Apricot. La chatte grimpa *illico* dévorer son dîner.

— Merci beaucoup, monsieur…

— Brown. Moi, je suis monsieur Brown.

Il s'attabla en face d'Edward.

— Alors, que viens-tu faire dans la région, fiston ?

— J'espère obtenir un emploi au manoir de Lord Rusbick.

— Oh !

Brown écarquilla les yeux et son sourire s'effaça. Edward tiqua.

— Sauriez-vous m'indiquer la route du manoir ?

— Bien sûr. Qui ne le pourrait pas ? Tu trouveras facilement. Ce n'est qu'à vingt minutes de marche du village. Il te faut suivre la Ryla vers le nord, sur la rive d'en face. C'est le cours d'eau qui entoure Lloyd. Une pancarte t'indiquera quand quitter le chemin de halage. Tu verras, c'est une route qui monte dans les bois. Elle mène tout droit au manoir. Par beau temps, c'est une balade magnifique.

— Je ne sais pas si je vais voir quelque chose, mais je vous crois sur parole.

— Tu ne penses pas t'y rendre ce soir ? s'amusa Brown. On ne se présente pas à un emploi à cette heure-ci, voyons.

Edward ne voyait pas le problème. Chez les Madhouse, ça rentrait et sortait à n'importe quelle heure du jour ou de la nuit. Il avait lui-même été embauché un soir de pluie où il ne voulait pas dormir à nouveau dans le parc. En échange du gîte, monsieur Madhouse lui avait donné les sols à récurer.

— Non, bien sûr que non ! Je n'irai pas maintenant. Je pensais repérer les lieux, enfin, visiter le coin. Peut-être même une promenade digestive…

— Ne te mine pas, petit. On a des chambres libres. Tu auras tout le luxe de visiter demain, après une bonne nuit de sommeil et, pardonne mon honnêteté, après une bonne toilette.

Brown servit un franc sourire à Edward. Cet homme lui faisait penser à Sœur Augustine, en moins spirituel. Ses gros doigts gratouillaient Miss Apricot, qui léchait le fond de son bol.

— Quel genre de poste vas-tu occuper à Truffle ?

— Ils recherchent un jardinier.

— Cela fait bien longtemps qu'ils n'ont embauché personne. Pourtant, il fut un temps où j'en voyais défiler, des bons gars. Des vieux de la vieille, comme on dit. Mais c'est fini maintenant.

— Ah oui ?

— Tu sais, les aristos ont beaucoup perdu depuis la guerre. Leur suprématie s'affaiblit d'année en année. Comme tous les autres, les Rusbick ont dû se séparer de leurs meilleurs domestiques, ceux qui ne vivaient que pour servir leurs maîtres. De toute façon, ce monde de privilèges aura bientôt disparu.

Un couple vint saluer Brown. Il s'interrompit pour prendre de leurs nouvelles et leur présenta Edward comme un ami de longue date. Pétrifié, ce dernier serra les mains des inconnus sans la moindre chaleur humaine.

— Bof ! pouffa Brown, en cherchant à retrouver le fil de son discours, après que le couple eut pris congé. En tout cas, si tu veux te faire embaucher chez Rusbick, va falloir mieux présenter, mon garçon.

— J'ai tout ce qu'il faut dans mon balluchon, monsieur, bafouilla Edward, la bouche pleine de tarte.

— T'y connais quelque chose en jardinage ?

— Pas vraiment, mais j'ai vu vos jolis parterres fleuris devant le *pub*. Je me demandais si vous aviez quelques minutes à m'accorder pour m'expliquer deux ou trois...

Brown soupira avec lassitude.

— Et comment comptais-tu te faire embaucher ?

Edward haussa les épaules. De la graisse de viande dégoulinait du coin de sa bouche.

— Ah, ces gosses... allez... demain, six heures. Mets tes habits pourris et garde les beaux pour Truffle. Martha commencera le service du petit déjeuner sans moi. Nous n'aurons pas le temps de t'apprendre grand-chose, juste quelques bases, alors à ton entretien, faudra que tu bluffes.

— Mille mercis, tout ce que vous pourrez m'enseigner sera bénéfique.

— De toute façon, tu ne devrais pas avoir beaucoup de concurrence, personne ne se présente plus chez ce vieux George, à présent. Allons, quand tu auras terminé ton repas, je te conduirai à ta chambre.

Après manger, Edward insista pour rester assis à table. La solitude l'éprouvait bien assez chaque jour pour qu'il boude son plaisir de profiter encore de la chaleur du *pub*. Cet endroit lui plaisait.

— Je peux consommer, si c'est la condition, s'empressa-t-il de proposer.

Brown lui coula un regard avisé et le laissa occuper la table avec son chat jusqu'à la fermeture du *pub*. Edward passa les deux heures suivantes à regarder les clients boire et festoyer, à les écouter se raconter leurs petits soucis, à partager des anecdotes qu'ils mettaient en scène en les narrant, à se héler d'une table à l'autre et à s'offrir des pintes de bière. Plus tard, il osa s'installer sur un des fauteuils à oreillettes devant la cheminée. Il dorlotait Miss Apricot en sirotant le thé que Mme Martha Brown lui avait offert. Quand il ne resta plus que lui, Brown le rejoignit, avec un dé à coudre de liqueur d'orange.

— Il est l'heure d'aller dormir, fiston. Une grande journée t'attend, demain.

— Une grande journée, oui. Effrayante aussi, murmura Edward.

Il décida de jouer cartes sur table.

— Monsieur Brown, ce manoir et sa famille sont sinistres, n'est-ce pas ? J'ai vu votre regard lorsque je vous ai parlé de Lord Rusbick.

— Je suis simplement étonné. Ils ont remercié de belles personnes qui travaillaient pour eux, autrefois. Des amis. Dans le temps, la famille Rusbick dynamisait Lloyd. Les fermiers, tisserands, les marchands et même le *pub*, prospéraient grâce à la laine de leurs moutons. Les Rusbick investissaient énormément d'argent pour que la communauté et le comté s'enrichissent. On leur doit la construction de notre école et la rénovation de notre charmante abbaye. Le dispensaire, aussi. On dit qu'après la guerre, George a laissé pourrir le domaine. Quel gâchis ! Une construction sublime, un mélange de style élisabéthain et de néogothique, tu verras. On dit qu'aujourd'hui, elle tombe en ruine. Forcément, Lloyd s'en est trouvé affecté. Et les villageois en veulent à George, pour ça. Quand j'étais enfant, j'admirais le vicomte. Lord Karl Rusbick. J'ai le même âge que ses fils, George et Clayton. Je me souviens des kermesses qu'organisaient les domestiques de Truffle, pour les enfants du village. On les attendait avec impatience. Les meilleures journées de l'été. George et Clayton jouaient avec nous, malgré la différence de classe. Aujourd'hui, tout a changé. George se terre là-haut, avec cette femme. On ne les voit jamais… Le peu de fois où ils nous font l'honneur de descendre au village, tout le monde s'écarte sur leur passage et les scrute de loin. Ils servent des sourires pincés aux gens, comme s'ils attendaient qu'on leur fasse la révérence. Les gens jasent beaucoup sur George. Ils disent qu'il a laissé tomber Lloyd, qu'il dilapide la fortune qu'ont jadis engrangée son frère et son père. George est devenu le croquemitaine du village, mais la réalité, c'est que le pauvre homme menace de s'écrouler si sa canne ripe contre un pavé. La guerre l'a sacrément amoché. Et puis, ce n'est pas cette femme qui l'aidera à redorer son blason. Elle ne parle à personne, s'habille en noir, tout le temps…

— Porte-t-elle le deuil ? s'étonna Edward.

— Peut-être celui de leur couple. M. Knowles, le jeune premier qui gère leurs finances, vient boire un whisky dès qu'il se rend au domaine. C'est l'un des seuls qui travaille encore pour Truffle. Paraîtrait qu'il y a de l'eau dans le gaz. Les finances du domaine seraient plus désastreuses que jamais. T'imagines qu'ils doivent être tendus. Les temps sont durs pour tout le monde. Pour ma part, j'ai la chance d'avoir une clientèle fidèle. Est-ce que pour autant je ne redoute pas la banqueroute ? Tous les jours ! Bien sûr, ma Martha ne me quitterait jamais pour les affaires et nos enfants sont grands à présent. Le bon Dieu leur a offert une situation des plus stables. L'aîné, Richard…

Edward n'entendait désormais plus Brown qui débitait avec fierté, sa logorrhée sur l'histoire de sa propre famille. Il était bien plus concentré à spéculer sur ce George Rusbick.

Passer les prochaines semaines au service de cet homme énigmatique et sa femme pour mettre la main sur un mystérieux héritage lui paraissait surréaliste. Une intrigue sortie tout droit d'un roman.

Quand Martha désigna l'horloge pour la énième fois, son mari accompagna enfin Edward à sa petite chambre au-dessus du *pub*. Il l'aida à porter son paquetage en haut de l'escalier en colimaçon. Miss Apricot les suivait, comme si elle avait longtemps habité ces lieux.

La chambre n'avait aucun point commun avec celle du *pub* des Madhouse. Sur le lit, une couverture en laine recouvrait des draps aux broderies délicates. Poutres et mansardes accentuaient l'effet cocon de la pièce, qu'Edward ne voudrait jamais quitter. De toute sa vie, il n'avait jamais connu un tel confort.

Il s'enfouit dans les couvertures et fixa la lune à travers l'embrasure des rideaux. Miss Apricot s'incrusta sur l'oreiller et s'endormit en même temps qu'Edward, tous les deux bercés par le clapotis de la pluie.

5

Après avoir profité de son cours de jardinage matinal, Edward avait quitté *The Sheep,* le cœur gros. Outre le confort, monsieur Brown avait manifesté une telle générosité, qu'en longeant la Ryla, Edward se sermonna ; il s'attachait trop vite, à peine faisait-on preuve d'un peu de gentillesse et de sincérité avec lui. Il se promit toutefois de venir rendre visite aux Brown à la première occasion.

Pour l'heure, ragaillardi par une bonne nuit de sommeil et un petit déjeuner copieux, Edward partit à la conquête de Truffle Manor. Miss Apricot ronflait au chaud dans son panier. Le manoir n'était qu'à quelques kilomètres et le temps était suffisamment clément pour profiter de la balade.

Les beaux vêtements que Sœur Augustine lui avait préparés n'étaient pas souillés, le cuir de ses chaussures, pas éventré. Edward se sentait moins misérable pour rencontrer ses futurs patrons. Ce n'étaient que de simples récupérations des dons faits à l'église, mais cela faisait longtemps qu'il n'avait pas porté d'affaires en si bon état, à sa taille et assez épaisses pour lui donner un peu de consistance.

En route, il s'évertua à réciter les noms de plantes que Brown lui avait appris à l'aube. Il s'arrêta devant un bosquet où quelques pétales violets fleurissaient à peine et récita sa leçon :

— Clématites à floraison précoce.

Quelques pas plus loin, il s'accroupit et tira la tige d'un buisson.

— Hostas ! lança-t-il, victorieux.

Brown lui avait fait découvrir les espèces répandues dans la région, pour ne pas paraître novice devant Lord Rusbick.

Même si fin décembre la plupart des plantes restaient dépourvues de fleurs, Edward s'émerveillait de réussir à en reconnaître certaines, rien qu'à leurs branches. Il épela des noms à tue-tête :

— Phlox Paniculata. Campanule. Alchémille.

Et bien sûr, il y avait les rosiers. Des rosiers par centaines dont certains fleurissaient malgré le froid. Brown avait raison, le coin était somptueux.

Edward arriva à l'endroit où sa route quittait la Ryla. Une flèche en bois, piquée sur un poteau vert de mousse, indiquait Truffle Manor.

La chaussée prit des allures de sentier et s'enfonça dans les bois. On y distinguait, sur quelques mètres, deux tranchées creusées par les roues des automobiles. Plus loin, la nature se renfermait de toutes parts comme un tunnel. Bientôt, Edward n'entrevoyait plus une once de ciel. Autour de lui se dressaient des murs de ronces. À chaque sinuosité de la piste, son champ de vision se réduisait. La forêt l'encerclait partout, à l'infini.

Edward accéléra. Les branches craquaient sous le poids du vent. Par endroits, les odeurs humides et terreuses étaient relevées d'émanations cramées. Edward avait grandi dans les relents de charbon et d'essence ; les couleurs fades, mais rassurantes de l'asphalte lui manquaient. Sa hâte d'arriver au manoir grandissait à chaque pas. L'excursion bucolique prenait une tournure inquiétante.

Au sortir d'un énième virage en épingle et après un temps non quantifiable à trébucher contre les racines qui semblaient en vouloir aux promeneurs, le paysage s'éclaircit soudain. La forêt s'enraya et le ciel réapparut. En revanche, impossible pour Edward de faire un pas de plus.

Une grille en fer haute comme Tower Bridge lui barrait la route. Pire qu'à Buckingham. La peinture s'était écaillée et des lianes grimpaient à un mètre au-dessus du sol sur les barreaux rouillés du portail.

Derrière s'étalait le domaine de Truffle Manor.

Une immense pelouse circulaire montait en pente douce vers le manoir, qui trônait sur une esplanade pavée, au centre. L'allée centrale en gravillons y grimpait, jusqu'à l'escalier en pierres menant au perron d'honneur. Autour, les parterres de fleurs étaient jonchés de trous terreux.

Edward poussa le battant droit de la grande grille, qui, contre toute attente, s'ouvrit dans un grincement.

Il avança sur l'allée. Il y était. Truffle Manor.

Si de loin, il avait pensé aux somptueux châteaux des contes pour enfants, plus il s'approchait, plus la bâtisse perdait de sa superbe. Bien sûr, la structure du bâtiment restait remarquable en soi, avec ses deux tours est et ouest, mais l'entretien laissait à désirer, même aux yeux d'un novice comme Edward. Les quelques pans de lierre défraîchis ne suffisaient pas à atténuer l'austérité du lieu. Les fissures étaient trop marquées.

Edward se demanda si le terrain n'était pas de plus en plus abrupt tant son cœur tambourinait. Il s'apprêtait à gravir les dernières marches pour atteindre l'esplanade, quand tout à coup, il se figea.

De toute évidence, il tombait mal.

Une automobile stationnait sur le parvis, moteur allumé. Une femme tout de noir vêtue y embarquait, en larmes. Derrière, une vieille domestique chargeait le coffre d'encombrants bagages. Sur le pas de la porte du manoir, un homme attendait dans la pénombre en appui sur sa canne.

Edward repensa immédiatement au récit de Brown.

La femme en noir ressortit de l'auto et courut à petites foulées vers l'entrée du manoir. Elle se jeta au cou de l'homme. Lui la repoussa violemment, manquant de la faire tomber. La domestique vint épauler la malheureuse et la ramena à la voiture.

Avant qu'Edward n'ait pu rebrousser chemin, le regard de la servante croisa le sien et le tétanisa. Ses yeux le transpercèrent quelques secondes qui lui parurent éternelles. Une fois sa maîtresse dans la voiture, cette femme embarqua à son tour. Le chauffeur démarra et emprunta une route le long du mur d'enceinte à la circonférence du parc. Toujours au milieu des marches, Edward aurait juré que la curieuse ne l'avait pas lâché du regard jusqu'à ce que la voiture ait disparu dans la forêt.

Rivé sur le portail d'entrée en contrebas, Edward hésitait à prendre ses jambes à son cou. Comment pourrait-il se présenter pour un emploi après cela ? À qui s'adresser ? Il tentait d'apaiser son malaise, quand une voix glaciale tonna dans son dos.

— Eh bien ! Comptez-vous rester planté là ?

Il se retourna dans un sursaut vers l'homme à la canne qui s'était avancé au-devant de lui et qui le dominait, deux marches plus haut. L'homme tourna les talons avant qu'Edward n'ait articulé la moindre réponse et claudiqua vers l'entrée de la bâtisse.

Sans réfléchir, Edward le suivit, chargé de son balluchon et de son panier.

Ils pénétrèrent dans le manoir.

Le vestibule semblait immense, des tableaux majestueux de scènes de bataille en ennoblissaient les murs. En face, un large escalier d'acajou tournait en angle droit jusqu'à l'étage, à la lumière des vitraux multicolores, où s'infiltraient les rayons du soleil.

L'homme et Edward empruntèrent une porte sur la gauche et entrèrent dans un salon de forme carrée. Cette fois, les tableaux, moins nombreux, représentaient des portraits, dont certains d'enfants. Edward fut invité à s'installer sur l'un des trois sofas en velours pourpre près de la cheminée. Tapis et coussins s'accordaient dans des camaïeux émeraude et marine et les dorures des lustres flamboyaient. De hautes fenêtres laissaient entrevoir le parc tout autour. L'ensemble du mobilier restait principalement d'époque victorienne et exposait porcelaines, bronzes et autres ivoires anciens. Bien qu'il déplore qu'on puisse posséder autant de richesse dans un si petit espace, Edward resta pantois face à la noblesse de cet intérieur.

L'élégance de l'homme qui prit place face à lui ne fit aucun débat non plus. Il portait un complet en tweed marron clair sans la moindre démesure et le bois de la canne sur laquelle il s'appuya pour s'asseoir, étincelait.

— Nom ? demanda-t-il sans préambule.

— Plaît-il ?

— Votre nom.

— Oddeye, répondit Edward en baissant la tête.

Une manie qu'il avait prise depuis l'enfance, pour dissimuler ses yeux.

— Je suis Lord Rusbick. Thé ?

Edward opina du chef par peur d'envahir de mots cet homme si peu loquace, mais sa réserve disparut lorsque ce dernier secoua une clochette posée sur le guéridon et qu'une bonne apparut.

— Du thé, dit Lord Rusbick à l'attention de la servante.

— Bien monsieur, répondit-elle avant de disparaître aussi vite qu'elle était venue.

Edward faillit céder à sa révolte intérieure face à la condescendance de Lord Rusbick, mais il n'en eut pas le temps.

— Laissez-moi deviner… vous recherchez des mécènes pour financer votre établissement de « je ne sais quoi » à Lloyd ? Non, non, j'y suis. Vos parents vous ont banni de la pauvre ferme où ils vous ont élevé et vous recherchez un endroit où loger.

Edward secouait la tête de gauche à droite, sidéré.

— Comptez-vous vous exprimer un jour ou l'autre, ou devrais-je attendre que ce chat meure d'asphyxie ?

Miss Apricot avait passé ses moustaches à travers les rabats du panier. Accablé d'embarras, Edward n'eut d'autre choix que de l'ouvrir pour contenir la chatte.

— Je suis à la recherche d'un emploi, monsieur.

— Monsieur le vicomte, le corrigea Lord Rusbick.

— Pardonnez-moi. Monsieur le vicomte. Un ami m'a parlé d'un poste disponible pour l'entretien des jardins. Du peu que j'en ai vu, vos parterres de fleurs auraient besoin de…

— Je vous en prie… nous savons tous les deux que ce qui a retenu votre attention en arrivant, ce ne sont pas les fleurs. Écoutez, ne tergiversons pas, les candidats se raréfient et ceux qui se présentent sont rebutés dès qu'ils se rendent compte de l'ampleur de la tâche. La plupart sont habitués à un système qui, soyons francs, n'est plus de rigueur à Truffle. Vous ne trouverez ni majordome, ni valet de pied, ni aucune soubrette. Ces temps sont révolus. Si vous ne consentez guère à assurer plusieurs responsabilités, même celles qui ne relèvent pas d'un simple jardinier, vous pouvez d'ores et déjà disposer.

Lord Rusbick laissa passer trois secondes tout au plus, où Edward ne sut comment réagir. Il finit par répondre, sans conviction :

— Oui, monsieur.

Lord Rusbick le toisa.

— Monsieur, *le vicomte.*

— Oui, monsieur le vicomte.

— Très bien. Vous êtes encore assis sur ce sofa… alors, poursuivons. Il y a encore vingt minutes, c'est mon épouse qui se chargeait de recruter les domestiques, mais elle vient de perdre cette fonction et toutes les autres.

Il se redressa dans son siège avec un rictus de douleur.

— Comme je n'ai ni cette appétence ni cette compétence, épargnons-nous les charabias séducteurs et les références de vos anciens patrons. J'expose mes attentes ; vous me dites si oui ou non vous acceptez. Ensuite, je retourne me reposer.

— Entendu, monsieur le vicomte.

La jeune domestique réapparut pour apporter le thé. Sa robe noire ajustée sous son tablier noué à la taille et son chignon serré lui donnaient un air mature, mais la gaucherie de ses gestes témoignait d'un manque d'expérience. En réalité, elle ne devait pas être beaucoup plus âgée qu'Edward.

— Je vous présente Lyv, notre cuisinière, servante, femme de chambre, de ménage et infirmière, déclara Lord Rusbick qui pour la première fois, esquissa un sourire.

La jeune femme s'inclina face à Edward dans une légère révérence et prit congé.

Ses yeux l'époustouflèrent. Chez les Madhouse, la vulgarité rendait les filles difformes et Edward n'avait eu que très peu l'occasion d'en fréquenter d'autres. La gent féminine restait un mystère et sauf dans ses fantasmes, il n'en avait jamais approché une à moins d'un mètre.

Lord Rusbick se racla la gorge avec exagération, décrochant les yeux d'Edward du déhanché de Lyv, qui s'en allait.

— Elle n'a pas mis le bon thé, maugréa-t-il lorsqu'elle fut sortie.

Edward fut consterné par tant d'arrogance. Rien d'étonnant à ce que des domestiques chevronnés refusent de travailler ici.

— Si notre cuisinière est multitâche, il en est de même pour M. Knowles, qui s'avère plus qu'un simple conseiller financier. Vous ne le croiserez pas aujourd'hui, il n'est présent que deux fois par semaine. Voilà, vous connaissez tout le monde. Vous serez chargé de l'entretien extérieur du domaine : le parc, mais également les façades du manoir, les peintures et tout le reste. Il y aura aussi le bricolage intérieur duquel Lyv ne peut venir à bout seule. Qu'en dites-vous ?

Edward paniqua, il devait répondre. S'improviser jardinier, peintre, menuisier et ouvrier polyvalent relèverait de l'impossible. Augustine l'avait dit elle-même, il n'avait aucune aptitude manuelle. Mais avait-il réellement le choix ?

— C'est d'accord.

Edward avait répondu la boule au ventre, non sans repérer les avantages du poste. Primo, le salaire annoncé surpassait largement celui des Madhouse. Secundo, jouer les esclaves pour cet éclopé en tweed lui permettrait de côtoyer l'être le plus sublime qu'il n'ait jamais eu la chance de rencontrer.

— Ramassez votre bête et tout le reste, je vais vous montrer les lieux.

Lord Rusbick lui fit un tour du propriétaire des plus rudimentaires. Ils passèrent par la salle à manger communicante au salon, où une table en chêne verni pouvait accueillir une quinzaine de convives. Ils repassèrent ensuite dans le hall d'entrée.

— Ici, vous trouverez la bibliothèque et juste là, mon bureau, dit Rusbick en désignant deux portes côté est, sans prendre la peine de les ouvrir. Là-haut, nous disposons de cinq chambres, dont la mienne, ainsi que les salles de bains et les commodités. Nous n'avons qu'un étage. Vous serez amené à y monter dès que possible, les latrines sont bouchées.

Edward ravala sa salive. Manifestement, ses corvées seraient aussi répugnantes qu'à Londres.

Ils se dirigèrent ensuite au fond du vestibule et empruntèrent une porte sous l'escalier. Ils descendirent trois marches qui menaient aux communs. Edward perçut les petits geignements de Rusbick, qui semblait se mouvoir avec difficulté.

Béton et bois bruts avaient remplacé les tapisseries et les sublimes parquets polis. La cuisine, tout en longueur, manquait de lumière, mais disposait d'une large gamme d'ustensiles sophistiqués. La porcelaine des vaisseliers resplendissait.

Edward n'en revenait pas. Dire qu'à Sainte-Berthe on utilisait des marmites carbonisées et des assiettes en métal pour nourrir des dizaines d'enfants...

Un garde-manger aussi grand que sa chambre à Londres débordait de légumes et de fruits de toutes variétés. En face, une réserve renfermait le matériel pour l'entretien intérieur du manoir : solvants, linge, balais, etc. Au fond se trouvaient la lingerie et plusieurs réduits que Lord Rusbick laissa fermés.

Ils empruntèrent ensuite la sortie de service à l'arrière de l'office. Ils tombèrent dans une petite cour où l'on entreposait le matériel pour l'entretien des jardins. Comme au-dedans, tout y était propre et ordonné, même les poubelles.

Au centre de la courette, une Triumph Super 7 à la carrosserie bordeaux et noir reluisait. Si Edward ne connaissait pas grand-chose au domaine automobile, son ami John, oui. Avant Morris Motors, son camarade lui avait transmis quelques bases en la matière et Edward était juste assez averti pour estimer le prix indécent d'un tel bolide.

Ils suivirent le chemin entre le mur d'enceinte du domaine et le manoir, rejoignirent le côté ouest du parc et marchèrent une cinquantaine de mètres en direction de trois modestes cottages, à l'orée de l'infinie pelouse. Lord Rusbick lui tendit une courte clef en bronze.

— Le cottage numéro trois, à droite, est occupé par Lyv. Le premier servait à la femme de chambre de mon épouse qui vient également de quitter les lieux. Celui du milieu, le numéro deux, est vide et vous est réservé. Installez-vous et rejoignez-moi dans ma chambre. Vous récupérerez la liste des tâches à accomplir en priorité. Ne traînez pas, j'aimerais pouvoir me reposer avant le déjeuner. Vous pourrez prendre vos repas dans les communs du manoir si vous le souhaitez.

Faites comme bon vous semble, mais ne perturbez en rien l'organisation de Lyv.

Alors que Rusbick regagnait l'entrée d'honneur du manoir par l'esplanade, Edward repensa au conseil du corbeau. Quels dangers pouvaient bien représenter cet éclopé et sa servante ? La situation paraissait idéale ; Edward disposait désormais d'un emploi, d'un salaire honorable, du gîte et du couvert, dans un cadre magnifique.

Il n'avait plus qu'à mettre la main sur ce coffre dont il avait encore du mal à admettre l'existence. Et quelle meilleure position pour y parvenir ? Quand il l'aurait trouvé, il déciderait de la conduite à tenir. Voler le coffre, ou se confronter à Rusbick ?

Il chassa ses questionnements auxquels il aurait tout le luxe de repenser en temps voulu et entra dans son cottage. Miss Apricot bondit du panier pour atterrir dans le lit étroit à l'angle de la pièce. En face, un lavabo, un réchaud à gaz et un placard étroit constituaient les seuls équipements pour se restaurer et se laver. Rudimentaire, mais propre et sain. Edward déposa son balluchon et son panier sur la table et repartit aussitôt. Il remonta le même chemin jusqu'à l'arrière-cour, conscient qu'un domestique devait utiliser les entrées de service.

Il repassa par la cuisine et regagna le vestibule par la porte sous l'escalier.

Il monta à l'étage en marquant l'arrêt au palier médian, pour y admirer les vitraux.

— Par ici, résonna la voix de Lord Rusbick depuis sa chambre.

Là-haut, les tableaux du couloir étaient beaucoup plus petits que ceux des pièces du bas, les portes étaient plus basses et les lustres moins imposants.

Edward s'approcha avec prudence jusqu'à l'embrasure de la porte. Si son cottage était dépourvu de toute coquetterie, ici, les tons turquoise et ocre des rideaux et couvertures s'accordaient dans une parfaite harmonie avec l'acajou du mobilier.

— Voici la liste de vos priorités. Pour les questions, vous solliciterez Lyv, ou Julian lorsqu'il sera présent.

— Julian ? demanda Edward en s'avançant, épaté par la largeur du lit.

— M. Julian Knowles, mon conseiller financier. Concentrez-vous. J'ai horreur de me répéter. Et veillez à ne me déranger qu'en cas d'extrême nécessité.

— Entendu, monsieur le vicomte.

Edward ouvrit le feuillet plié en deux, noirci de pattes de mouche tremblantes et de taches d'encre. Dans sa tête, il compara cette écriture à celle de la lettre anonyme pour déterminer si Lord Rusbick était son mystérieux messager. Peu probable, sachant que la missive accusait le vicomte de détenir le fameux coffre, mais Edward devait envisager chaque éventualité.

Il releva la tête de la liste pour jeter un œil furtif aux alentours. Si le coffre était caché dans cette pièce, comment pourrait-il la fouiller, sachant que Rusbick semblait s'y reposer même en pleine journée ? Les prochains jours consisteraient à analyser les rythmes du vicomte pour déterminer un plan d'attaque.

— Je m'attelle à la tâche dès à présent, monsieur le vicomte.

Edward allait sortir de la chambre lorsqu'un frisson le parcourut. Un minuscule détail dans le décor avait retenu son attention.

Ses yeux étaient passés furtivement sur la porte entrouverte de la salle de bains du lord, à gauche du lit, puis y étaient revenus dans un réflexe incontrôlé. Pour chasser toute confusion, Edward brossa à nouveau la chambre du regard.

Il ne s'était pas trompé.

— Qu'attendez-vous ? asséna Lord Rusbick. Disposez !

Edward obéit, sous le choc. Il traversa le couloir à la hâte, trébucha dans l'escalier et en dévala les dernières marches jusqu'au premier palier. Il reprit ses esprits, agrippé à la rampe.

Les traces écarlates autour de la poignée de la porte, au fond de la chambre du lord, l'avaient affolé.

Des empreintes de doigts.

Ensanglantées.

Finalement, l'avertissement du corbeau ne semblait pas fortuit.

6

Les premières journées d'Edward à Truffle l'épuisèrent. La liste de tâches à exécuter ne réduisait jamais, le vicomte lui en rajoutait chaque fois qu'il l'apercevait. Pour autant, Edward avait du mal à s'endormir le soir venu. Il ne se sentait pas à l'aise dans une demeure d'une telle envergure. Il priait chaque soir pour que le ciel lui envoie un signe à propos du coffre ou de quelque contenu qui s'y rattache, pour pouvoir s'enfuir au plus vite de ce lieu sinistre.

Il travaillait principalement dans la partie extérieure du domaine, où il se perdit plusieurs fois. Il hésitait à s'éloigner, spéculant que même s'il hurlait au secours, personne ne pourrait l'entendre.

Au manoir, il ne parlait avec personne, pas même avec Lyv qui ne se joignait jamais à lui aux repas ou pour le thé. Elle ne redescendait de la chambre de Lord Rusbick que très tard le soir et regagnait son cottage sans saluer Edward. Elle lui laissait une portion de nourriture sur l'établi de la cuisine, souvent composée des morceaux de viande les plus gras et de légumes écrasés.

Au moins, Miss Apricot se réjouissait de finir les restes qu'Edward lui rapportait. Elle, qui avait toujours préféré la chaleur des couvertures aux parties de chasse, n'effectuait que de courtes balades en lisière du petit bois attenant aux cottages pour se dégourdir les pattes.

Point positif, Edward ne fut pas d'emblée confronté à des tâches trop techniques. Ses premiers travaux consistaient surtout à déblayer feuilles, bois et matériel obsolète.

Il en avait profité pour tout explorer : inspecter les moindres recoins, cabanes ou remises, sillonner les chemins du parc à l'affût de trous creusés ; vérifier sous chaque banc et même s'aventurer aux abords du bois pour débusquer d'éventuelles cachettes. Malgré son étendue, Edward avait aussi parcouru le mur d'enceinte dans son entièreté et en avait disséqué chaque rugosité. Sur l'esplanade du manoir, il avait soulevé tous les pots de fleurs, examiné les aspérités de la façade basse de la maison : les niches, bords de fenêtres et gouttières.

Aucune trace du moindre coffre.

Débarrassé de la fouille extérieure, il pourrait se consacrer avec encore plus de méticulosité à l'intérieur du manoir, lieu plus propice pour conserver un coffre aussi précieux.

Edward s'était donc réjoui que les latrines de l'étage soient bouchées pour accéder à la chambre de Lord Rusbick, sans éveiller le moindre soupçon. Heureux de constater que chez les riches ou les pauvres, la *merde* était la même, Edward se dégagea au plus vite de cette tâche ô combien répugnante, qu'il n'avait que trop expérimentée chez les Madhouse.

Lord Rusbick déjeunait à la salle à manger. Lyv était occupée au service. Le champ était libre.

Edward inspecta cette chambre dans laquelle le vicomte passait le plus clair de son temps, en veillant à ne rien déranger. Où pouvait-il cacher ce coffre ?

Edward s'avança jusqu'à la porte du fond. Les traces de sang avaient disparu.

Il l'ouvrit. Derrière, il découvrit une salle de bains luxueuse si éclatante qu'il se demanda si Lord Rusbick y effectuait vraiment sa toilette.

À première vue, aucun coffre là non plus.

Des pas résonnèrent dans l'escalier. Dieu merci, le bois des vieilles bâtisses grinçait. Edward se faufila dans le couloir, un dernier regard vers la porte de la salle de bains. Elle était bel et bien intacte.

Ce sang lui avait causé de telles insomnies, que pour ne pas prendre ses jambes à son cou, Edward avait dû faire preuve de rationalité ; après tout, rien n'indiquait que Lord Rusbick ne souffrait pas d'une plaie quelconque. L'homme avait l'air très malade et au vu de la durée des soins que Lyv lui prodiguait chaque jour, ce sang aurait très bien pu lui appartenir. Nonobstant, Edward n'en restait qu'à moitié convaincu. D'après la minutie de Lyv en termes de nettoyage, Edward doutait qu'elle néglige sciemment de telles souillures.

Son scepticisme à l'égard de ce lieu et de son propriétaire gonflait au fil des jours.

La dispute entre Rusbick et sa femme avait eu l'air sérieuse, pour autant, Edward s'était attendu à ce que la femme réapparaisse. Pourtant, durant ses quatre premiers jours à Truffle, le manoir était resté vide, silencieux. Sans vie.

Même le soir de la Saint-Sylvestre, Lord Rusbick avait passé son réveillon seul, au lit, tout comme Edward.

Son quotidien se résumait à quelques rares tours dans le parc desquels il revenait éprouvé, suivis par de longues siestes. Même sa chambre à coucher était dénuée de toute trace de vie conjugale.

Au moins, sa routine se repérait aisément, Edward savait où il se trouvait et à quel moment. Fouiller le manoir à la recherche du coffre ou d'indices le concernant s'avérerait donc plutôt aisé. D'autant que ses interactions avec les autres étaient réduites à néant. Edward avait l'habitude de paraître insignifiant ; un avantage certain pour fureter en toute impunité.

Cependant, si Lord Rusbick ne représentait pas un obstacle en soi, Lyv, oui. La cuisinière, servante, infirmière, femme de chambre et de ménage, passait et repassait frénétiquement à travers chacune des pièces. Edward la croyait parfois dotée du pouvoir surnaturel de se dédoubler, tant elle apparaissait partout à la fois. Comme elle s'adaptait au rythme des siestes du vicomte, elle n'exécutait jamais ses tâches du jour dans le même ordre, la seule indication sur son parcours restait le claquement de ses talonnettes.

Au huitième jour, la pluie tomba si fort qu'Edward ne put s'adonner à la peinture des volets du rez-de-chaussée, treizième rénovation sur sa liste. Comme les quatorzième, quinzième et seizième nécessitaient aussi un temps sec, Edward prit sa première initiative depuis son embauche, dans l'attente que l'averse passe.

Lors de ses repas solitaires, il s'était aperçu que l'évier de la cuisine s'écoulait avec difficulté. Lyv ne tarderait pas à le signaler à Lord Rusbick, qui l'inscrirait aussitôt sur sa liste maudite. Le déboucher avant qu'on le lui signale bonifierait sa couverture et attirerait peut-être les faveurs de Lyv.

En ce sens, bien qu'il puisse s'y atteler à un moment plus tranquille, Edward choisit volontiers l'heure où la belle préparait le déjeuner.

— Vous tombez mal, l'avertit-elle d'emblée. Je suis très occupée. Pourriez-vous revenir cet après-midi ?

Edward se hérissa tel un épouvantail. Il portait une caisse à outils en métal d'une tonne, trempé par l'épaisse pluie qu'il avait bravée pour aller la chercher dans la remise extérieure.

— Je n'ai besoin que de peu de place. Je ferai au plus vite et vous serez beaucoup plus à l'aise avec l'évier débouché.

Edward ne comptait plus le nombre de fois où Lyv l'avait croisé tel un courant d'air sans le remarquer, ni tous ses « Belle journée ! Oh quel beau soleil hivernal ! » restés sans réponse. Hélas, à son grand désarroi, la désinvolture de Lyv ne le charmait que davantage.

Il admirait sa valse un tantinet brouillonne, mais efficace, lorsqu'elle battait les rideaux, qu'elle époussetait les buffets, ou qu'elle remontait l'horloge ancienne du grand hall. Lyv semblait chaque jour plus radieuse, même quand elle cirait les parquets, en nage.

— C'est très aimable à vous ! dit-il, lorsqu'elle soupira pour le laisser se glisser sous l'évier.

Il commença à trifouiller le siphon, en persistant à vouloir établir la conversation.

— Ce manoir semble avoir été laissé à l'abandon, vous ne trouvez pas ? Les équipements sont en très mauvais état et plutôt vieillots.

— Cela doit vous changer du luxueux palace d'où vous nous arrivez, lâcha-t-elle, en disposant des rondelles de courgettes dans sa tourte.

Edward se rabroua. Il s'évertua à serrer le joint du siphon qu'il venait de vider, à la force de ses mains. Quelques secondes après, il se releva conquérant et balança son chiffon poisseux sur l'épaule.

— Et voilà le travail !

Lyv ouvrit le robinet et toisa Edward. Elle laissa l'eau couler assez longtemps pour qu'il comprenne sa manœuvre.

— Oh, flûte ! jura-t-il.

À leurs pieds, une flaque d'eau grandissait à une vitesse inquiétante. Edward se précipita à terre.

— On dirait que je n'ai pas serré ce joint assez fort. Auriez-vous l'amabilité de me passer une clé, ou bien autre chose ?

— Vous plaisantez ?

Edward se débattait au sol avec tous ses chiffons trempés pour éponger l'eau qui ne cessait de couler. Il mit plusieurs secondes à s'apercevoir que Lyv n'avait pas daigné refermer le robinet.

— Le robinet, bon sang ! Et passez-moi donc une clé !

Son emportement fonctionna. Lyv se mit à farfouiller dans la caisse à outils, dans un soupir exagéré.

— Du matériel vieillot, vous dites… je spéculerais plutôt sur les aptitudes de la main-d'œuvre.

Elle lui tendit un outil au hasard.

— J'apprends tous les jours, figurez-vous, se défendit Edward en bidouillant le joint. Je ne me prétends guère expert.

— Vous m'en direz tant…

Par miracle, le siphon redevint étanche. Edward essora ses torchons dans l'évier et rangea les outils dans leur caisse.

Il jeta un œil discret sur la tambouille de Lyv.

— Vous feriez mieux de précuire vos légumes avant d'enfourner cette tourte.

Lyv le fusilla des yeux comme si elle n'avait jamais entendu pire affront.

— Mêlez-vous de vos oignons !

— Très bonne idée, les oignons, souligna-t-il du tac au tac.

— Allez-vous disposer, oui ou non ?

Edward ramassa sa caisse, son seau et ses chiffons, fier de lui.

— Je connais quelques recettes qui raviront à coup sûr les papilles de Monsieur. N'hésitez pas, au besoin…

Galvanisé par son aplomb insoupçonné, Edward accompagna sa sortie d'une révérence excessive. Pour une fois, il ne s'était pas braqué et n'avait pas baissé le regard. Il avait même réussi à faire preuve d'humour. L'idée lui avait traversé l'esprit dans un éclair de génie : retenir l'attention de la demoiselle en la défiant avec dérision. Badiner, comme dans les romans. Bénies soient les sœurs Brontë pour leur expertise en la matière.

Alors qu'il rangeait son matériel à l'autre bout du couloir, il aperçut Lyv retirer les légumes du moule à tourte, les jeter dans une poêle chaude et attraper un oignon pour l'éplucher. Edward aurait pu lui suggérer de changer son couteau pour mieux émincer l'oignon, mais il n'en fit rien. La parcimonie était plus sûre.

Après avoir déjeuné d'un des sandwichs que Lyv préparait le midi pour moins perdre de temps, Edward constata que la pluie tombait toujours. L'après-midi s'annonçait aussi calme que la matinée. Le moment idéal pour profiter d'une pause digne de ce nom.

Il retrouva Miss Apricot à leur cottage et fit bouillir de l'eau. Chaque occasion de la retrouver était bienvenue.

Quand Edward retourna au manoir, Lord Rusbick montait à la sieste. Il lui signala du haut de l'escalier et avec un certain mépris que la poignée de la porte de la bibliothèque dysfonctionnait. Edward n'en avait jamais réparé, il compterait sur son bon sens, comme à chaque nouvelle corvée depuis sa prise de poste. L'avantage étant qu'il se découvrait des compétences inédites. De surcroît, c'était un alibi idéal pour enfin examiner la bibliothèque, un des lieux que le vicomte occupait le plus.

Cacher un coffre dans une bibliothèque serait aussi stupide qu'ingénieux. Exposé parmi les livres et les bibelots, ce coffre passerait pour une décoration quelconque. Cela dépendait bien sûr de l'apparence de ce fameux coffre, ce dont Edward n'avait pas la moindre idée. Il imaginait toutefois un objet qui tienne dans les mains, pas une malle grotesque ni un trésor de pirates.

Edward tira un tournevis au sort, tournicota une vis par-ci, tordit un loquet métallique par-là et parvint à rafistoler la poignée. Il contrôla la solidité de son travail, ouvrit la porte, la referma ; la poignée fonctionnait. Il rangea ses outils dans leur caisse, puis réitéra la vérification. Il ouvrit à nouveau la porte, mais cette fois, juste avant de la refermer, Edward s'introduisit en catimini dans la bibliothèque.

Émerveillement. Des milliers d'ouvrages entreposés du sol au plafond couvraient trois des quatre murs. Dans le dernier se découpaient deux hautes et larges fenêtres ouvrant sur la partie est du parc. Au centre de la pièce, plusieurs fauteuils tapissés de tartan, couleur marine, vert et bordeaux entouraient une série de tables basses, recouvertes de journaux. Une cheminée, moins imposante qu'au salon, rougeoyait. Edward comprit immédiatement l'attrait de Lord Rusbick à se calfeutrer des heures dans cet endroit.

Il s'imagina lui-même lové dans l'un des fauteuils à oreillettes, absorbé par une lecture enivrante, bercé par le crépitement du feu.

Il glissa l'index sur les tranches des manuels politiques, des collections scientifiques infinies et des encyclopédies, avant de contempler les romans sur le mur en face. Il avait lu presque tous ceux de la bibliothèque de Sainte-Berthe, ridicule en comparaison à celle-ci qui comptait au moins le triple d'ouvrages. Des éditions de grande valeur, aux reliures en cuir, parfois très anciennes.

Après un coup d'œil méfiant vers la porte, Edward grimpa à l'échelle pour accéder aux rayons du haut.

Il extirpa avec difficulté un volume du *Fantôme de Canterville*, d'Oscar Wilde, qu'il avait déjà lu trois fois. Il en parcourut l'incipit, amusé par l'ironie du sort. Car Edward se retrouvait à son tour comme les héros de la nouvelle, à vouloir percer les secrets d'un manoir, pour jouir de son héritage. Chez Canterville, il s'agissait d'une boîte remplie de bijoux. Que contiendrait le coffre que lui avait légué son propre fantôme ?

Edward le découvrirait-il un jour ? Il referma le livre, dubitatif et descendit de l'échelle. La vie réelle différait de la littérature.

Sur les tables basses, au-dessus de l'amas de journaux et coupures juridiques, un roman était ouvert à la page vingt-trois. Un exemplaire d'une récente parution d'Agatha Christie, la romancière dont Edward avait tant entendu parler à Londres, mais qu'il n'avait jamais eu l'occasion de lire.

Sainte-Berthe ne plébiscitait que peu la littérature noire. Edward gardait un souvenir mémorable du *Meurtre de la chambre jaune*, seul roman à énigme qu'il ait lu.

— *Le meurtre de Roger Arc-Koyd,* lut-il tout haut sur la couverture.

— *Ackroyd*, rectifia une voix lointaine, qui semblait sortir du livre lui-même.

Edward tressauta, lâchant le livre des mains.

Lord Rusbick se tenait dans le cadre de la porte, une main sur la poignée, l'autre sur sa canne.

— Cette poignée de porte me paraît encore fragile, mon cher.

— Veuillez m'excuser, monsieur le vicomte, je comptais m'en occuper juste après…

— Après avoir lu ce roman, peut-être ?

— Non, bien sûr que non. Je me suis égaré. Je dois avouer qu'il m'est difficile de résister à tous ces livres.

— Vous aviez l'air intéressé par *Le fantôme de Canterville*, si je ne m'abuse.

Edward se mit à rougir et son cœur à palpiter. Depuis quand cet homme l'espionnait-il ? Il baissa les yeux.

— Vous feriez mieux de retourner à vos corvées, avant que ce manoir ne tombe en ruine.

— Bien, monsieur.

Lord Rusbick leva un sourcil et articula :

— Monsieur, *le vic-omte* !

Edward aurait voulu disparaître tant il avait honte.

— Pardon. Monsieur le vicomte.

Lord Rusbick pénétra dans la bibliothèque, suivi d'un beau jeune homme, grand, brun, aux larges épaules. Sa voix grave emplit tout l'espace lorsqu'il se présenta.

— Julian Knowles. Enchanté.

Son costume anthracite était ajusté à la perfection sous un pardessus en laine noir de jais. Ses chaussures brillaient malgré le déluge à l'extérieur. Cet homme ressemblait à celui qui avait bousculé Edward à la gare de Paddington.

— Nous allons travailler ici aujourd'hui, annonça Lord Rusbick. Alors, pas de bruit.

— Très bien, monsieur le vicomte, répondit Edward avant de saluer Julian Knowles, d'un simple hochement de tête.

— Monsieur Oddeye, l'interpella Lord Rusbick tandis qu'Edward s'apprêtait à sortir. *Le meurtre de Roger Ackroyd* vous tiendra en haleine jusqu'à la dernière page. Personne ne devrait passer à côté d'un tel chef-d'œuvre.

Il lui tendit le livre.

Edward hésita, ahuri par cet élan inopiné. Il répugnait à fraterniser avec l'ennemi, mais la tentation de découvrir Agatha Christie l'emporta. Il prit le roman. Après tout, un homme qui lisait autant ne pouvait qu'être bon conseiller en matière de littérature, qu'importe son arrogance.

Le surlendemain, alors qu'Edward passait sa première nuit de sommeil ininterrompue depuis son arrivée à Truffle, le coq des Brick, dont la ferme se trouvait à quelques centaines de mètres, l'extirpa de sa rêverie. Miss Apricot, qui ronflait sur l'oreiller, ouvrit l'œil un instant avant de se tourner pour se rendormir.

Bientôt, dix jours seraient passés sans qu'Edward n'eût progressé dans sa quête. Son coffre restait une chimère et ses doutes à propos de la lettre s'accroissaient de jour en jour.

Lord Rusbick n'avait pas l'air de se méfier de lui outre mesure. Edward se surprenait même à apprécier ses journées. Il s'était accoutumé tant au rythme qu'à l'environnement et bien que les chantiers fleurissent comme des champignons, aucun jusqu'alors ne l'avait réellement mis en échec.

En revanche, outre la présence de Lyv et les visites de ce Julian Knowles, le manoir restait tristement calme. Lord Rusbick n'allumait jamais la lumière ou la radio et parlait très peu.

Edward lui subodora une dépression amoureuse. *Voilà bien la seule raison qui puisse expliquer une attitude aussi morose.*

Après s'être brûlé la langue avec son Earl Grey et avoir partagé ses toasts avec Miss Apricot, Edward embrassa son petit museau collant de marmelade et sortit dans la bruine. Il commençait tout juste à frotter les taches de mousse sur la terrasse du grand salon, quand des « Edward ! Edward ! » lui parvinrent.

Il prêta l'oreille.

— Edward, vite !

Hallucinait-il, ou Lyv venait-elle de prononcer son prénom pour la première fois ? Cependant, la tonitruante s'apparentait plus à la colère qu'à l'urgence.

— Dépêchez-vous, nom d'un chien !

De la colère, en effet.

Edward traîna la patte.

— Dieu tout-puissant ! jura-t-il en entrant dans la cuisine, où un geyser jaillissait de la robinetterie, éclaboussant deux mètres autour.

— Ce n'est pas trop tôt ! maugréa Lyv, les cheveux ruisselants.

Edward s'imagina l'emmitoufler dans une serviette-éponge et la serrer fort contre lui.

— Qu'est-il arrivé ?

— Laissez-moi réfléchir… un piètre ouvrier avec la réactivité d'un escargot ! Voilà ce qui est arrivé.

Edward s'accroupit sous l'évier. Le joint qu'il avait resserré en démontant le siphon deux jours avant résistait bien, mais celui du robinet avait cédé. Réparer une pièce révélait souvent l'obsolescence d'une autre, cette fuite n'était en rien de sa faute. Néanmoins, toute justification de sa part passerait pour de la mauvaise foi auprès de Lyv. Autant assumer des dégâts qu'il n'avait pas commis pour éviter la foudre.

— Je m'en charge, n'ayez crainte.

— Quelle chance avons-nous eue de tomber sur vous !

Il bricola en ronchonnant.

— Que baragouinez-vous ? lança-t-elle.

— Rien.

— Vous parliez dans votre barbe. Ne mentez pas !

Edward hésita à répondre.

— Je me demandais pourquoi vous n'étiez pas plus amicale avec moi.

— Amicale ?

— Se saluer le matin, par exemple. « Bonjour, Edward ! » chantonna-t-il d'une voix exagérément aiguë avant de s'autorépondre : « Bonjour Lyv ! »

— Seriez-vous également spécialiste en matière de protocole ? Curieux, de la part d'un homme qui fouine dans les affaires de son patron.

Elle poussa un souffle de dédain et quitta la cuisine.

Edward s'accabla. Lyv l'avait-elle surpris à fureter, ou bien Lord Rusbick l'avait-il mise en garde ? En tous les cas, il comprenait mieux son mépris.

Après avoir rétabli la tuyauterie et épongé les dégâts, Edward souleva le couvercle de la marmite qui mijotait sur le feu. Une émanation cramée s'en dégagea. Il transvasa le ragoût dans une cocotte en fonte, diminua la puissance du feu, raccorda l'assaisonnement et dilua la sauce avec une louche d'eau. Il déposa la marmite carbonisée dans l'évier.

Il s'apprêtait à y faire couler de l'eau pour décoller le fond brûlé, quand soudain, la sonnerie du téléphone retentit dans le vestibule. Première fois que l'appareil sonnait depuis son arrivée au manoir. Edward l'avait souvent admiré sur le guéridon de l'entrée, en se demandant si un tel investissement était nécessaire. De rares demeures pouvaient se le permettre.

Ce trouble dans la monotonie quotidienne suscita son intérêt. Il se faufila au bas des quelques marches qui montaient des communs au hall d'entrée.

Le vicomte approcha dans sa boiterie singulière et décrocha.

Très vite, une fébrilité colora sa voix.

— *Que dites-vous ? Seigneur ! Cela ne se peut pas. Comment ?*

L'habituelle assurance de Lord Rusbick avait cédé à un embarras mêlé à de la frayeur. Edward tendit l'oreille.

— *C'est donc cela qu'il… Non, non. Ne vous inquiétez pas, il doit sûrement travailler dehors. Il n'y a que Lyv.*

Pendant un instant, Edward n'entendit plus que le souffle du lord. Était-ce possible qu'il eût fait allusion à lui ?

— *Vous avez raison. Nous devons agir… de toute urgence.*

Silence encore.

— *The Sheep. Dix-neuf heures. Entendu. À ce soir.*

Lord Rusbick raccrocha. Sa canne claqua contre les marches du grand escalier tandis qu'il remontait dans sa chambre.

Edward trépigna d'excitation et d'angoisse. Le ciel avait entendu ses prières. Enfin le début d'une piste.

7

Edward passa la fin d'après-midi à huiler les volets de l'aile ouest, tout en imaginant des hypothèses farfelues au sujet de l'appel. Il prenait tout son temps, étant donné le point de vue idéal dont il disposait sur le grand salon et, en arrière-plan, sur le bas de l'escalier du vestibule. Lord Rusbick y déambulait dans des va-et-vient anxieux.

Point de sieste ni de longue lecture au coin du feu. En revanche, le vicomte s'assit au secrétaire du grand salon. Il remua des paquets de feuilles cornées que Lyv aurait sûrement pris pour des brouillons à jeter aux ordures. Puis, il se mit à rédiger ce qui s'apparentait à une lettre.

Il s'y reprit à plusieurs fois, sans qu'Edward ne puisse discerner les mots qu'il écrivait. Il jeta les essais ratés dans le feu de cheminée, puis glissa l'exemplaire définitif dans une enveloppe. Il la rangea dans la poche intérieure de sa veste, puis referma le secrétaire à clef.

À la tombée de la nuit, alors qu'Edward essuyait ses pinceaux avec nonchalance sur la terrasse, Lyv sortit la Triumph Super 7 de la cour de service et la gara sur le parvis d'honneur. Lord Rusbick, en pardessus et chapeau noir, y embarqua.

Lyv démarra dans un demi-tour fluide et bifurqua vers la sortie en bas du parc. Edward l'admirait. Cette femme avait décidément plusieurs cordes à son arc. Lui n'était jamais monté à bord d'un tel bolide.

Il resta planté devant ses volets jusqu'à ce que la voiture passe le portail et s'enfonce dans la forêt. Désormais seul au domaine, il se précipita dans la chambre du lord.

Cette fois, point de mesure. Edward éventra les penderies qui débordaient de complets en laine et en lin, éplucha les écrins à boutons de manchettes, renversa les caisses à chapeaux, palpa les chaussures, ouvrit les sacs au cuir odorant, souleva les bibelots en porcelaine et en étain, scruta chaque armoire à flacons de la salle de bains.

Aucun indice à propos du coffre ou de la mystérieuse lettre.

Impossible. C'en était assez ! Ce soir, son enquête avancerait, coûte que coûte.

Il poursuivit sa fouille de fond en comble. Placards, literie, secrétaire. Il déplaça même les tableaux pour vérifier si le mur derrière ne dissimulait pas un coffre-fort.

Soudain, un bruit de moteur lui parvint. Edward passa l'œil à la fenêtre. La Triumph remontait le parc. Combien de minutes s'étaient écoulées depuis le départ de Lord Rusbick ? Cette chambre l'avait aspiré dans un vortex, Edward avait perdu toute notion du temps. L'auto freina devant la porte d'honneur.

Seule Lyv en descendit.

Edward se hâta de remettre en ordre les affaires qu'il avait déplacées, éteignit la lumière et dévala l'escalier pour rejoindre les communs avant que Lyv ne s'aperçoive de quelque chose.

Raté. La jeune femme se trouvait déjà dans la cuisine quand Edward y débarqua, hors d'haleine.

— D'où sortez-vous, ainsi essoufflé ?

— De nulle part.

Lyv leva les yeux au ciel.

— J'aurais juré avoir vu la lumière de la chambre de Monsieur allumée. Auriez-vous…

— Je n'y étais pas !

Lyv resta interdite quelques secondes avant de reprendre :

— … l'obligeance d'aller vérifier ? Monsieur a dû l'oublier.

Edward sentit ses joues chauffer. *L'imbécile !* Pourquoi s'était-il justifié de la sorte ?

— Mais certainement.

Il se cogna à l'angle de la table en sortant de la cuisine, quand Lyv l'intercepta.

— Êtes-vous souffrant ?

— Je ne me sens pas en forme, en effet, répondit-il, heureux que Lyv lui serve une explication toute prête à son attitude.

— Pourtant, vous sembliez en pleine forme pour mettre votre grain de sel dans ma marmite ce matin.

— Et tout le monde m'en remerciera, tenta-t-il, le sourire crispé.

Lyv se montrait redoutable.

— J'oubliais que vous étiez un fin cordon-bleu. Vous pourrez vous régaler, Monsieur dîne à l'extérieur. Quant à moi, je n'ai pas faim. Je vais me reposer en attendant l'heure d'aller chercher Monsieur. Vous devriez en faire autant, vous avez vraiment une sale tête.

— Faites-vous aussi chauffeur ?

Edward avait posé cette question sans l'ombre d'un sarcasme. Il restait subjugué par toutes les responsabilités que Lyv assurait. On voyait généralement ce genre de poste occupé par des hommes. Or, la polyvalence de Lyv semblait tous les coiffer au poteau.

— Je fais tout, mon cher. Tout ce que je peux.

Lyv lui passa devant pour sortir.

Edward aurait voulu la retenir, poursuivre leur échange, car pour une fois, il avait perçu une once d'authenticité en elle, une douceur dans sa voix. Mais le répit ne fut que temporaire. Semblant deviner ses intentions, Lyv s'arrêta à son niveau, plongea ses yeux dans les siens et déclara :

— Je ne vous fais pas confiance, Edward. Et raccommoder mes ragoûts n'y changera rien.

Quelques minutes après que Lyv fut rentrée à son cottage, Edward l'imita en s'efforçant de chasser sa contrariété. Il s'habilla le plus chaudement possible, récupéra une lampe torche et quelques pièces de monnaie dans sa table de nuit, puis dévala le parc de Truffle Manor en longeant le sous-bois derrière les cottages plutôt que l'allée principale, pour que Lyv ne le voie pas.

Il franchit le grand portail avec appréhension, puis s'engouffra dans la forêt qui séparait Truffle du village.

Les ténèbres le pétrifièrent. Le faisceau jaune de sa pile électrique faisait danser les ombres des branchages qui, tels des spectres tordus, s'approchaient et s'éloignaient de lui. Edward pressait le pas, mais hésitait à courir, par peur de se coincer le pied dans une racine ou de percuter un animal.

Très vite, un hululement lointain eut raison de son sang-froid. Dans son soubresaut, Edward lâcha sa lampe électrique. Elle s'éteignit en tombant. Hors de question de tâtonner au sol pour la ramasser. Plutôt mourir que de rester une minute de plus ici. Il détala à l'aveugle jusqu'à la sortie de cette jungle abominable.

Après une course effrénée d'une durée incertaine, mais déjà trop longue, Edward aperçut enfin les berges de la Ryla. Il surgit du bois comme revenu d'entre les morts et reprit ses esprits à la vue des premières chaumières de Lloyd.

Plus loin, il traversa le pont vers la place en demi-lune où l'animation du *pub* irradiait derrière les fenêtres fumées.

Lord Rusbick avait donné rendez-vous à son mystérieux interlocuteur dans ce lieu où chaque client saluait le nouvel entrant. Y pénétrer sans se faire remarquer relèverait de l'impossible. De la même façon, la présence de Lord Rusbick n'avait pas dû passer inaperçue. D'après Brown, le vicomte évitait de se mêler aux villageois. Étrange qu'il ait choisi cet endroit.

Alors qu'Edward se tarabiscotait les méninges pour élaborer la meilleure façon d'agir, son cœur bondit dans sa poitrine lorsque la porte du *pub* s'ouvrit. Il reconnut aussitôt le pas boiteux de Lord Rusbick. Il sauta dans le premier bosquet qui délimitait la terrasse. Des dizaines d'épines lui piquèrent les fesses et les bras. Il plaqua sa main sur la bouche pour étouffer un cri.

Lord Rusbick était accompagné d'une femme vêtue d'un long manteau noir. À la faible lueur des réverbères, impossible d'identifier si la femme était celle qui avait quitté Truffle, le jour de son arrivée.

Le couple se dirigea vers la porte d'un pavillon adjacent au *pub*. Il s'agissait de la partie auberge de l'établissement où Edward avait séjourné à son arrivée. Lord Rusbick y entra et referma derrière lui en jetant des coups d'œil furtifs alentour.

La première idée d'Edward fut celle d'un adultère. Pouvait-il s'agir d'une fille de joie ? Impossible, l'établissement des Brown n'appartenait pas à cette catégorie.

La lumière s'alluma à une des fenêtres au premier étage. Pour mieux voir, Edward sortit de son buisson, couvert d'éraflures. Bien qu'il ne discernât que des ombres derrière les voilages, il put largement identifier la silhouette de son patron.

Lord Rusbick faisait de grands gestes. Une attitude qu'Edward ne lui connaissait pas, tant elle détonnait avec son usuelle économie de mouvements. Le plus étonnant fut cette manière que Rusbick eut de courber le dos à plusieurs reprises, en portant la main à son front, comme accablé par un choc.

À un moment, son ombre laissa la place à celle de la femme, qui tira le rideau opaque d'un geste sec.

Trop intrigué pour en rester là et persuadé que la clef d'un mystère lui échappait, Edward décida de tenter le tout pour le tout. Une impulsion le poussa à l'intérieur du Sheep.

M. Brown, qui connaissait la vie de tout le monde, avait la langue bien pendue. Autant en tirer profit.

— Oh ! Mais c'est notre apprenti jardinier. On dirait que tout Truffle s'est donné rendez-vous chez nous. Hein, Martha ?

Sa bonhomie embarrassa Edward qui souhaitait rester discret. Heureusement, Martha accorda beaucoup moins d'importance à son entrée, au même titre que les autres clients passionnés par les commérages du véritable événement de la soirée : l'apparition de Lord Rusbick.

— Bonsoir M. Brown ! salua Edward en prenant place au bar.

— C'est donc toi qui conduis Rusbick ! J'ai su tout de suite qu'un brave garçon comme toi apprendrait vite. Un brave garçon ! Alors, comment se passe la vie à Truffle ?

Edward s'apaisa. M. Brown venait de trouver par lui-même une raison plausible à sa présence au *pub*.

— Oh, disons… chargée en travail, mais confortable. Les Cotswolds n'ont rien à envier à Londres, monsieur.

— Tu l'as dit ! Tu vois Martha, héla Brown, le petit dit qu'ici, c'est mieux qu'à Londres !

Puis il revint à Edward :

— Surtout quand on vit dans un manoir comme Truffle. Le domaine est magnifique, hein ?

— Nous faisons notre possible pour l'améliorer, monsieur.

— Belle entreprise, mon garçon !

— Oui, mais nous ne sommes que deux. Il y a Lyv et moi.

— Lyv ?

— Elle est si agaçante !

Edward s'empressa de boire une gorgée de son thé et se brûla la langue. Pourquoi avait-il fallu qu'il précise que Lyv l'agaçait, qui plus est, sur ce ton puéril ? Heureusement, Brown eut la délicatesse de ne rien rétorquer, mais son sourire en disait long. Edward changea de sujet.

— Il y a aussi ce comptable, ou peut-être un banquier. M. Knowles. Il ne vient pas tous les jours.

— Bien sûr ! Ce brave Julian ne manque jamais de venir nous saluer. Un chic type, tout comme toi !

Visiblement, ce Julian Knowles ne plaisait pas qu'à Lyv. Edward avait remarqué comme elle le regardait. De son côté, Edward ne connaissait rien de lui, mais son allure prétentieuse ne lui plaisait pas et l'enthousiasme de Brown n'y changerait rien. Le malheureux allouait sa confiance au premier venu.

— Votre auberge est très chaleureuse, monsieur Brown, dit Edward pour esquiver le sujet « Julian ».

— Oui, mon garçon. C'est notre fierté à ma chère Martha et moi. Avec nos enfants, évidemment. Je t'ai parlé de mes enfants ?

— Oui, oui, monsieur…

Edward dévia le regard vers l'horloge. Il ignorait combien de temps durerait le rendez-vous secret de Lord Rusbick avec cette femme et il devait à tout prix rester discret. Le temps lui était compté.

Avant que Brown ne s'embarque dans l'un de ses monologues soporifiques à propos de ses enfants, Edward tenta un virage maladroit.

— Vraiment, votre auberge fait des miracles. Monsieur et Madame semblent s'y être réconciliés, ce soir.

Après quelques secondes de réflexion, Brown se mit à rire.

— Non, tu n'y es pas… Rusbick n'est pas avec elle.

— Comme c'est dommage. Moi qui espérais une issue heureuse. Vous savez, la rupture a été vraiment déchirante. J'ai tout vu. Fortuitement, bien sûr. Depuis, Monsieur semble aux prises d'un puissant chagrin d'amour.

— Ne t'en fais pas, cet homme a plus de ressources que tu ne penses.

— Espérons que la femme avec laquelle il est lui fasse passer une douce soirée.

Brown rit de plus belle.

— Les jeunes, vous ne pensez qu'à cela. Non, mon garçon, il ne s'agit pas non plus d'une escapade romantique. Impossible, avec la femme qui l'accompagne ce soir.

— Ah ?

Brown se leva soudain et réajusta son tablier, pour clore la discussion. Pour autant, Edward ne déclara pas forfait.

— Vous savez qui est cette femme, alors ?

Edward s'aperçut immédiatement de sa maladresse. Pourquoi diable ses mots dépassaient-ils toujours sa pensée ?

Sans surprise, l'aubergiste se rembrunit.

— Petit, si le vicomte ne t'en a pas parlé…

Brown clôtura leur échange sans même terminer sa phrase. Au même instant, Martha l'interpella :

— Le vicomte te demande.

Brown fila.

Edward voulut s'enfuir sur-le-champ, mais quitter le Sheep sans saluer Brown pointerait davantage sa grossièreté. Cet homme s'était toujours montré amical avec lui. Edward ne supporterait pas de le décevoir.

Il fut soulagé qu'il réapparaisse seul et revienne vers lui.

— Rusbick est rentré au manoir. Une jeune femme est venue le chercher. Une bien jolie enfant, qui manie les bolides comme un homme.

Le ton de Brown était dépourvu de sa bonhomie légendaire.

— Tu n'étais pas le chauffeur ce soir, n'est-ce pas ?

Edward baissa les yeux.

— Espionnais-tu Lord Rusbick ?

— C'est, simplement, que… Je suis désolé.

— Fiston, tes affaires ne me regardent pas, je te demande seulement de ne pas m'y mêler.

Edward balbutia des excuses malhabiles, posa une pièce sur le comptoir et se rua vers la sortie. Dehors, l'air le glaça, il enfila ses mitaines et se retourna vers le *pub*. La lumière rougeoyait derrière les carreaux opaques, la fumée s'envolait de la cheminée.

Edward songea aux Brown, à leur délicatesse envers lui. Il n'avait pas su s'en rendre digne.

Pire, ses manigances ne l'avaient mené nulle part. Fouiller le manoir. Manipuler Brown. Pour quel résultat ? Passer pour un imposteur aux yeux de Lyv et pour un menteur à ceux des Brown. Les seules personnes à Lloyd qu'il aurait voulu pour amis se méfiaient de lui comme de la peste et son enquête demeurait au point mort.

Que lui restait-il ? Lord Rusbick ne tarderait pas à se rendre compte de sa duplicité. Son avenir à Truffle serait scellé.

Sur le chemin du retour, Edward pensa à son ami John, sûrement employé chez Morris Motors à l'heure qu'il était. Un vrai travail. Un appartement à Oxford. Une vie à lui. Voilà à quoi Edward avait renoncé pour venir à Lloyd, où il n'avait rien.

Il lui faudrait bientôt rentrer à Londres, retrouver sa chambre lugubre chez les Madhouse, affronter la déception de Sœur Augustine. Elle qui avait fondé tant d'espoirs dans cette quête. Elle qui avait sacrifié ses propres économies, qui s'était séparée de Miss Apricot, sa vieille amie, pour qu'Edward ne reste pas seul.

Que de gâchis et tant de questions en suspens ; ce coffre existait-il, provenait-il vraiment de ses parents, était-il seulement à sa portée, que contenait-il ?

Edward traversa la forêt, tellement abattu que les cris des corbeaux et les branches tentaculaires ne l'effrayèrent même pas. Bientôt, il franchit le portail du domaine et monta vers son cottage. Le manoir formait une masse macabre dans le ciel violacé, un monstre émergé des ténèbres, prêt à tout engloutir.

Il tourna la clef dans la serrure et entra. Il faisait noir, mais les ronrons de Miss Apricot l'apaisèrent d'emblée. Un son réconfortant. La voix d'une amie. Edward alluma la petite lampe sur la table près de l'entrée. Quand la lumière irradia, son corps tout entier tressaillit, saisi d'un effroi inouï.

Pendant une seconde, Edward revit tous ces fantômes sous les lits de ses camarades, à Sainte-Berthe, les nuits d'automne où le vent déformait les arbres et où la pluie s'écrasait sur les fenêtres de la chambre.

Hélas, ce soir-là à Truffle, son apparition s'avéra réelle.

Sur le fauteuil, face au lit, Miss Apricot était couchée sur les genoux d'un homme. Deux mains calleuses dansaient sur son pelage.

8

Que dire, comment réagir ? S'asseoir, faire mine d'être à l'aise ? Les Brown avaient-ils vendu la mèche ?

Quoi qu'il en fût, Lord Rusbick l'avait démasqué et avait attendu dans le calme nocturne pour le surprendre et le mettre à la porte. Edward était fichu. La sentence allait tomber : « Vous êtes viré. Quittez mon domaine sur-le-champ. »

Quand la voix du vicomte rompit le silence, Edward frémit de plus belle.

— Vous vous y êtes pris de la pire des manières, mon cher.

— Mille pardons, monsieur le vicomte, se morfondit Edward, les yeux rivés sur ses chaussures. Si vous me chassez ce soir, permettez-moi au moins de rester pour la nuit, je promets de…

— Silence !

Lord Rusbick le lorgnait. Il continuait de gratouiller allègrement Miss Apricot, tandis qu'Edward redoutait qu'il lui torde le cou dans le seul but de se venger. Dieu merci, la chatte ronronnait encore.

— Vous savez combien ce domaine tombe en ruine. M'offrir les services d'ouvriers qualifiés ne m'est guère plus permis. Seul un être désespéré accepterait d'occuper un tel poste, pour de si maigres gages. Aussi, j'accepte que vous restiez.

Un être désespéré. Edward n'en revenait pas ; comment ce mal aimable osait-il le rabaisser ainsi ? Il le maudissait, lui et tous les hommes de son espèce. *Qu'il aille au diable ! Qu'ils aillent tous au diable* ! Edward n'avait pas besoin de sa complaisance. Personne ne lui ferait l'aumône.

Il s'apprêtait à lui balancer ses quatre vérités, quand le vicomte le médusa.

— Vous voulez récupérer votre coffre ; j'ai besoin d'un homme à tout faire. C'est donnant-donnant.

Votre coffre. Lord Rusbick avait dit « votre ».

Une lueur d'espoir. Celle qu'Edward avait tant attendue. Deux mots simples, prouvant qu'il n'était pas venu à Lloyd en vain. La lettre anonyme de Londres disait vrai.

Un coffre l'attendait bien quelque part. Lui.

— Ne me dévisagez pas ainsi, voulez-vous ? Ce coffre ne se trouve pas à Truffle. Mais vous vous en doutez déjà, me semble-t-il. Aucun recoin du domaine ne vous a échappé.

Une bouffée de chaleur submergea Edward.

— Si vous désirez savoir comment récupérer votre… propriété, continua Lord Rusbick, il vous faudra accepter *mes* règles du jeu.

— Vos règles du jeu ?

Lord Rusbick marqua un temps d'arrêt durant lequel il étudia Edward sous tous les plis.

— Si vous pensiez que vous alliez arriver et dérober ce coffre, vous vous trompiez. Il y a une logique pour qu'il ne soit pas déjà en votre possession. Vous devez en saisir les rouages, autrement, vous ne sauriez en jouir comme il se doit et je serais moi-même dans l'impossibilité de vous aider.

Edward n'y comprenait rien. Qu'y avait-il de si compliqué à rendre une boîte à son propriétaire ? Lord Rusbick débitait son monologue prédéfini sans la moindre souplesse, les interrogations d'Edward n'y avaient pas leur place.

— Vous resterez à mon service aussi longtemps qu'il me faudra pour tout vous raconter. La journée, vous travaillerez. Les soirs où vous y serez invité, vous dînerez avec moi. Vous n'aurez qu'à écouter. Vous vous abstiendrez de me poser la moindre question avant d'y être autorisé ! Entendu ?

Edward resta suspendu.

De quoi cet homme était-il en train de lui parler ? Divaguait-il ? Toute lueur d'humanité, déjà rare en lui, avait déserté. Son regard s'était vidé de toute émotion. Son teint avait blêmi. Edward se demanda s'il n'était pas sous l'empire d'une de ces potions que Lyv lui versait dans le gosier. Mais alors qu'il hésitait à adhérer aux propos douteux du vicomte, celui-ci asséna le coup de grâce.

Lord Rusbick déposa Miss Apricot sur le lit et se dressa péniblement sur ses jambes. Il fit face à Edward, toujours debout. Il lui tendit la main et déclara :

— Si vous restez, je m'engage à tout vous dire au sujet de votre coffre, ainsi qu'à propos de vos parents.

9

À son réveil, le ciel était encore noir, la nuit semblait infinie. Edward avait fini par tomber de sommeil plusieurs heures après le départ de Lord Rusbick, qui avait fixé leur premier dîner au lendemain soir. Cette journée serait également le premier congé d'Edward qui, du coup, aurait préféré travailler pour ne pas ressasser les mêmes questions anxieuses.

Il décida donc de commencer la lecture du roman que Lord Rusbick lui avait prêté et qu'il avait gardé sur sa table de nuit sans encore l'ouvrir. Lire un peu le détendrait, voire lui permettrait de s'assoupir jusqu'au lever du jour. Que nenni, *Le meurtre de Roger Ackroyd* le harponna dès ses premières pages. L'auteure écrivait dans un style vif et tranchant, avec des phrases courtes et corsait le mystère par une salve de fausses pistes haletantes. Pari réussi, la concentration d'Edward plafonna et son esprit s'évada.

À l'heure du petit déjeuner, il rejoignit la cuisine du manoir. Pour une fois, il prendrait le temps de s'asseoir pour déguster un repas digne de ce nom. Lyv s'affairait déjà à ses tâches matinales et, bien qu'il n'ait rien oublié de ses propos de la veille, Edward se réjouissait de partager ce moment avec elle.

Il n'aurait su lui en vouloir très longtemps, ce qui n'avait pas l'air réciproque.

Lyv farfouillait bruyamment dans ses placards sans égard pour Edward, qui se servait sa tasse de thé. Il éplucha sa clémentine et s'installa à table. Il sortit de sa poche intérieure *Le meurtre de Roger Ackroyd et* fit mine d'ignorer Lyv aussi. Mais cette fois, le talent d'Agatha Christie échoua à le distraire. Le charme de Lyv l'emportait. Edward butait sur chaque mot, relisait chaque phrase en s'interrompant toutes les trois lignes pour jeter des regards furtifs à la demoiselle.

Il avait disposé sa chaise en plein milieu du passage, dans l'espoir qu'elle l'interpelle. Il jubilait de la voir le contourner, se délectait de son parfum. Lyv, de son côté, s'agaçait dans des gémissements outranciers.

— Vous ne mangez pas à votre cottage ce matin ? cracha-t-elle, une marmite à la main.

— Pas ce matin, non. Je me suis réveillé tôt et…

— N'avez-vous pas mieux à faire qu'encombrer ma cuisine pour lire votre stupide livre ?

— *Votre* cuisine ?

Dans un geste vif, elle lui arracha le livre des mains.

— Quelle est cette œuvre qui vous aspire tant ? *Le meurtre de Ro*… Ah ! Mais il s'agit de l'exemplaire de Monsieur.

— Il me l'a prêté, la nargua Edward en récupérant le roman.

Lyv haussa les sourcils.

— Et où en est votre lecture ?

— J'ai commencé ce matin, répondit-il, content d'avoir enfin une conversation normale avec elle. Cette histoire me passionne, j'en ai déjà lu la moitié. Et je dois dire que je ne le lâcherai pas avant d'en connaître le dénouement.

— Heureuse de voir que vous avez du temps pour lire pendant votre service. Nous ne sommes décidément pas tous logés à la même enseigne.

— C'est ma journée de repos. Vous n'êtes pas la seule à gagner votre vie durement, vous savez.

— Eh bien, échangeons ! Préparez donc chaque repas, occupez-vous des provisions, faites le ménage quotidien, nettoyez et repassez les vêtements de Monsieur, cirez ses chaussures et accessoirement, soignez-le de sa…

Elle ravala ses mots.

— Bref, reprit-elle, je me chargerais volontiers de vos tâches qu'un macaque pourrait réaliser.

— Encore un joli compliment de votre part ! J'apprécie, mais songez plutôt à vos ragoûts.

Edward revint à sa lecture, en pleine confusion. Cette exquise joute verbale constituait le seul mode d'échange qu'il puisse obtenir avec Lyv et il se demandait comment cette femme pouvait l'exaspérer autant qu'elle l'attirait.

— Si seulement vous ne traîniez pas dans mes pattes ! Ce soir, nous avons un invité. Monsieur reçoit pour la première fois depuis… je ne saurais même plus m'en souvenir. Alors par pitié, laissez-moi travailler. Je souhaite préparer un repas d'exception pour l'encourager, voyez-vous ?

Edward la fixa, soudain amusé.

— Et qui est-ce ? L'invité.

— Je l'ignore. Une personne importante, j'imagine. Quelqu'un de la haute société, cela va sans dire. Toujours est-il que je dois tout préparer. Jusqu'alors, c'était Miss Holly qui prenait les commandes pour ce genre de dîner. Je n'étais que son commis. Mais elle ne vit plus ici et me voilà livrée à moi-même. Alors merci de ne pas en rajouter, je vous prie.

— Je peux vous aider si vous le désirez ?

Lyv le toisa. Une moue hésitante. Puis elle battit l'air avec sa main.

— Sans façon.

— Comme vous voudrez. Je serai juste là, au cas où vous changiez d'avis.

— Plaît-il ?

— J'aimerais découvrir la fin de ce roman en terminant mon thé, j'ai promis de rendre son livre à Monsieur dès aujourd'hui, mentit Edward.

Dans une délicatesse inquiétante, Lyv s'empara de la tasse d'Edward, la déversa dans l'évier et débarrassa la soucoupe. Puis, elle se planta devant lui et déclara :

— C'est le narrateur.

Edward resta pantois, pas sûr de comprendre.

— C'est le narrateur, qui est le meurtrier.

— Vous dites ?

Elle s'expliqua, le ton calme et serein :

— Dans *Le meurtre de Roger Ackroyd*, c'est le narrateur… qui tue. À présent, vous connaissez la fin du roman et votre tasse est vide. Vous pouvez donc rendre son livre à Monsieur et déguerpir d'ici.

Edward referma le livre au ralenti. Une vague de larmes monta jusqu'à ses paupières, mais fort d'un contrôle surhumain, il les empêcha de couler. Comme lorsqu'il était enfant et qu'un autre pensionnaire de Sainte-Berthe lui faisait du mal, mais qu'il n'osait pas pleurer devant lui. La lecture de ce roman représentait une telle bouffée de légèreté dans la débâcle des événements, qu'il en voulait férocement à Lyv de la lui avoir volée.

— La cruauté ne vous rend pas grâce, vous savez.

— Parfait. Je n'ai aucune aspiration à trouver grâce aux yeux d'un imposteur.

— Jugez-vous constamment les êtres sans les connaître ?

Lyv souffla et s'approcha de son visage.

— Vous n'êtes pas venu pour trouver un travail, je l'ai compris tout de suite. Je vous ai vu en train de fouiller le manoir. Un jour, je vous prendrai sur le fait accompli, en train de voler et là, je vous dénoncerai. Monsieur a beaucoup souffert. C'est un vieil homme meurtri. Sa crédulité lui a déjà joué bien des tours, mais moi, vous ne me duperez pas.

Edward frémit, il avait été débusqué. Il devait se défendre, vite.

— Depuis quand les nantis sont-ils crédules et fragiles ? Continuez donc de leur graisser la patte, vous ne semblez bonne qu'à cela.

— Pardon ? éclata Lyv.

Dans un mauvais geste, elle se brûla le poignet avec le manche de la casserole. Elle sursauta et poussa un petit cri aigu en s'écartant. Le récipient se renversa, la sauce jaunâtre se déversa partout en éteignant le feu des brûleurs. Lyv fusilla Edward du regard, comme s'il avait prémédité cet accident. Elle plaqua une main sur son poignet rouge et se mordit les lèvres.

Edward s'en voulait atrocement. Il lui tendit la main.

— Montrez-moi votre poignet.

— Non, ne me touchez pas ! Il faut le plonger dans l'eau glacée.

— De l'eau tiède sera plus appropriée. Laissez-moi faire.

Edward attrapa sa main avec vigueur et la mit sous le robinet. Il fit couler un filet d'eau tiède.

— Je ne suis pas l'homme que vous pensez. Je ne veux aucun mal à Monsieur et je ne compte pas vous embêter très longtemps. Vous n'entendrez bientôt plus parler de moi. En attendant, essayons de nous entendre, rien qu'un peu.

Lyv ne répondit pas.

Edward coupa l'eau et déplia un torchon propre. Il l'entoura autour du poignet de Lyv et pressa délicatement ses mains autour, pour éponger la brûlure.

Elle se laissa faire, le regard plongé dans celui d'Edward.

— Je n'avais jamais remarqué que vos yeux étaient si…

— Bizarres ? s'empressa-t-il de conclure. Je sais.

— Non. Je n'allais pas dire cela.

Edward se sentit rougir. Il déballa le bras de Lyv du torchon et étudia la peau de son poignet.

— Voilà.

Il lui lâcha le bras avec prévenance et lui sourit.

— Merci, Edward.

Edward. Pour la première fois, Lyv avait prononcé son prénom spontanément, sans crier et sans l'ombre d'un sarcasme.

Le reste de la journée, Edward patienta à son cottage, davantage angoissé à mesure que l'heure du rendez-vous approchait. Il redoutait ce tête-à-tête pour son contenu autant que pour sa forme. Quelle attitude devait-il adopter ? Il ne maîtrisait aucune manière de bienséance.

De plus, il ne put s'empêcher de rester sur ses gardes. Pouvait-il seulement croire en l'intégrité de Lord Rusbick ? Entre ces traces de sang et l'affreuse dispute où l'homme avait expulsé sa femme de la plus vile manière. Sans compter qu'au moment où la méfiance d'Edward avait commencé à s'émousser, il y avait eu ce rendez-vous secret au Sheep. Une rencontre que le vicomte avait pris spécialement soin de lui cacher. À lui seul.

Et que penser des consignes du corbeau qui résonnaient sans arrêt dans son esprit : « N'ayez confiance en personne. »

Edward se sentait isolé, sans personne à qui se fier. Il ne pouvait même pas parler à Sœur Augustine. Heureusement, Miss Apricot demeurait présente. Toujours. Son ultime soutien.

À la tombée de la nuit, alors qu'il cherchait à soigner sa coupe de cheveux devant son miroir ébréché, Edward éclata en sanglots. Il frotta, comme lorsqu'il était enfant, son visage contre celui de la petite chatte, qui lapa du bout de la langue ses larmes salées.

Dix-huit heures sonnèrent. Edward composa la tenue la plus élégante possible avec les quelques vêtements que lui avait offerts Sœur Augustine. Il enfila son unique veste en laine par-dessus une chemise trop large et cura ses ongles noircis. Un dernier contrôle dans le miroir. Sauf un épi sur le côté gauche, ses cheveux étaient à peu près plaqués à son crâne. Il ne réussirait guère à obtenir mieux. Alors, il sortit, dans la pénombre du parc.

Lord Rusbick lui avait demandé de s'annoncer à la porte d'honneur et non d'entrer par les communs. Ce soir, Edward serait son invité officiel.

Non sans une étincelle d'excitation, il fit claquer trois fois le heurtoir de la porte en expirant lentement. Il imaginait la tête de Lyv en l'accueillant.

— Bonsoir monsieur, dit-elle, sans regarder le visage de l'invité dans l'obscurité. Bienvenue à Truffle Manor, Lord Rusbick vous attend.

Elle tourna les talons pour qu'il la suive dans le grand hall.

— Merci, répondit Edward, d'une voix beaucoup trop virile.

Cette entrée le fascinait chaque fois qu'il l'empruntait. La nuit, les couleurs des vitraux de l'escalier ne scintillaient pas, mais les multiples appliques en forme de chandeliers ravivaient les peintures des tableaux.

— Puis-je vous débarrasser ? demanda Lyv, avant de se tourner et lever les yeux vers Edward. Bon sang, mais c'est vous ! À quoi jouez-vous ?

— À rien du tout ! se défendit-il, de sa voix d'enfant retrouvée.

— Écoutez Edward, ce n'est vraiment pas le moment. Lord Rusbick attend son invité d'une minute à l'autre et je ne vous raconte pas dans quel état il est.

— Qu'entendez-vous par là ?

— Il est exécrable depuis son réveil et me met une pression folle. À croire que nous recevons le roi George. Non, vraiment, Edward, partez et je vous en conjure, ne me troublez pas pendant cette soirée.

— Vous troubler ?

— Vous m'avez comprise. Ne faites pas comme d'habitude, à rester là, à rôder avec vos gestes lents. M'épier avec vos yeux...

Lyv était manifestement embrouillée. Elle scrutait l'horloge et jetait des coups d'œil intempestifs par la fenêtre pour vérifier que l'invité présumé n'arrivait pas. Comme il n'y avait personne, elle saisit Edward par le bras, rouvrit la porte et entreprit de le chasser.

— Attention, tenta Edward, vous allez vous refaire mal au poignet.

— Oust ! Je vous dis. Et merci pour le pansement. Je vais beaucoup mieux.

— Lyv, vous faites erreur.

En un coup de vent, Edward se retrouva sur le parvis d'honneur, la porte au nez. Il eut à peine le temps d'empoigner à nouveau le montoir, qu'à l'intérieur, la voix de Lord Rusbick sévit.

— Lyv, ouvrez immédiatement à notre invité !

S'ensuivit un brouhaha inaudible avant que la porte se rouvre.

— Veuillez m'excuser, dit Lyv à l'attention d'Edward, dans une placidité solennelle. Je n'étais pas au courant que... enfin, j'imaginais simplement que... bref, je croyais autre chose.

Elle avait gardé le visage baissé, mais ses pupilles révulsées fusillaient celles d'Edward. Lord Rusbick fit volte-face. Quand il disparut dans la porte du grand salon, Edward bredouilla des excuses à l'attention de Lyv.

— Pardonnez-moi. J'aurais voulu vous le dire, je vous promets...

— Souhaitez-vous que je vous débarrasse ? lui demanda-t-elle sèchement.

— Non, merci. Écoutez-moi une seconde ! Je vous aurais tout raconté, si...

— Très bien. Veuillez me suivre, je vous prie. Lord Rusbick vous attend.

Edward lui emboîta le pas, résigné.

Dans le salon, il fut invité à prendre place sur un des deux fauteuils au centre, dos à la cheminée, comme à son entretien d'embauche. Lyv leur servit deux verres de gin puis s'éclipsa.

Assis face à face, les deux hommes se dévisagèrent. Lord Rusbick descendit son verre d'un coup sec. Il paraissait aussi raide qu'Edward. Ce dernier refrénait sa nausée en trempant ses lèvres dans l'alcool. Par instants, la bouche du vicomte se tordait et il portait sa main à son buste, comme saisi d'un spasme de douleur.

— Je ne vais pas y aller par quatre chemins, monsieur Oddeye. Vous savez que j'ai pour habitude de me coucher tôt, nous passerons donc au plus vite à la salle à manger, où j'entamerai mon récit.

— Bien, monsieur le vicomte.

Au moment où Lord Rusbick voulut se resservir, Lyv réapparut.

— C'est assez, monsieur, intervint-elle.

Lord Rusbick se soumit en posant son verre vide sur le guéridon, non sans rechigner dans sa barbe. Lyv sortit du salon, sous l'œil pantois d'Edward.

Ils rejoignirent la salle à manger où les bougies rayonnaient sur les couverts en argent et les verres en cristal. Salières et saucières reposaient sur des napperons finement brodés et chaque assiette portait les initiales du domaine, en lettres d'or : *TM*.

Edward réprouva un frisson à l'idée d'abîmer la porcelaine laiteuse avec sa fourchette. Il s'asseyait pour la toute première fois à une telle table. Il attendrait que son hôte se serve pour l'imiter sans fausse note, choisir les bons couverts, au bon moment.

Lyv réapparut, poussant une desserte chargée d'une soupière et d'une louche. Elle servit un potage couleur ocre dans les deux assiettes où elle cisela quelques herbes fraîches.

Edward sentit sa déception. Elle s'était démenée pour ce dîner, pour le servir, lui, un simple domestique et surtout, un collègue qu'elle méprisait.

Lorsqu'elle ressortit, Lord Rusbick porta une cuillère à sa bouche.

— Seigneur ! cracha-t-il, les joues crispées. Comment peut-on rater une *London particular* à ce point ?

— Lyv s'est donné beaucoup de mal, monsieur le vicomte.

— Ne jouez pas au gentleman. Ce potage est épouvantable.

Son arrogance avait le mérite de la franchise. Edward n'avait jamais mangé une soupe de pois cassés aussi crayeuse.

— Monsieur, avant de commencer, permettez-moi de vous demander : comment avez-vous fait le lien…

— Pas de ques-tion ! le réprimanda Lord Rusbick, fidèle aux stupides consignes qu'Edward avait dû accepter. Chaque chose en son temps. À quoi bon lire la dernière page d'un livre si l'on saute le développement ?

— Certes, marmonna Edward, en songeant au *Meurtre de Roger Ackroyd*. Enfin… nous ne sommes pas dans un roman.

— Hélas, non. Il s'agit de la vie. *Ma* vie. Je tâcherai d'être clair et de ne pas m'emmêler les pinceaux pour vous retranscrire au mieux la chronologie des faits. Voyez-vous, certains épisodes remontent à des années en arrière et ma mémoire me fait parfois défaut. Maudits poisons qu'on m'administre chaque jour. Et pour gagner quoi ?

Il réessaya une cuillère de potage, atterré.

— Ces événements vous seront relatés de mon point de vue. À savoir, la façon dont je les ai vécus. Ainsi, il ne tient qu'à vous de me faire confiance, ou pas. Je vous révèlerai uniquement les éléments nécessaires à votre compréhension.

Nul besoin de s'épancher outre mesure. Ainsi, ménagez vos indiscrétions, elles ne seraient contentées d'aucune manière.

Edward écoutait George Rusbick lui parler de confiance. *Le croire ou non.* Quel autre choix avait-il : partir et tout oublier ?

Lyv fit à nouveau valdinguer sa desserte jusqu'à eux. Elle débarrassa les assiettes de soupe à moitié pleines et servit la suite.

— Eh bien, monsieur. Vous avez beaucoup à dire et vous mangez peu ! Vous n'êtes pas sans savoir que ces « maudits poisons qu'on vous administre » ne peuvent agir pleinement si votre estomac est vide.

Edward gloussa. Ce petit théâtre intime le choquait autant qu'il l'amusait.

— Je vous en prie, Lyv, pas ce soir.

— Ce soir et tous les autres, monsieur ! N'est-ce pas l'une des tâches pour lesquelles je suis payée ?

Elle déposa dans une soucoupe en argent cinq pilules multicolores et une fiole opaque.

— Merci, dit Lord Rusbick. À présent, laissez-nous *seuls*, je vous prie. Oddeye se chargera de nous servir ces délicieuses *cornish pasties*.

— Certainement, monsieur.

Edward acquiesça, intrigué par l'aspect du plat.

Lyv tourna les talons, mais avant qu'elle ne soit sortie, George l'interpella.

— Lyv.

— Monsieur ?

— *Vraiment* seuls !

Elle sortit sans un mot.

— Elle peut se montrer redoutable dès qu'il s'agit de ma santé, dit Lord Rusbick quand elle eut claqué la porte. Cette enfant me tient en vie à la sueur de son front.

— De quoi souffrez-vous, monsieur ? demanda innocemment Edward.

— Servez-nous donc les quelques boulettes que vous parviendrez à sauver de ce désastre.

Edward s'exécuta. Visiblement, toute question, même la plus anodine, resterait en suspens.

George Rusbick prit une profonde inspiration et entama son récit.

10

Je suis né en 1890, fils aîné de Lord Karl Rusbick et Lady Rosaly Rusbick.

Au siècle dernier, notre famille prospéra grâce à l'exploitation de nos fermes et notamment celle des moutons.

Le siège de père à la Chambre des lords nécessitait qu'il se déplace régulièrement à Londres. Mère, jeune aristocrate originaire de Brighton, régissait le domaine en son absence. Une femme douce et généreuse. Truffle nécessitait une intendance gargantuesque et donc, la galerie de domestiques concordante : valets, femmes de chambre, cuisinières, jardiniers, homme d'écuries, nurses et autres bonnes.

Clayton naquit trois ans après moi, en 1893. Un camarade providentiel. En ce temps-là, tout enfant unique vivant dans une telle demeure mourait d'ennui. Dans notre monde, les intérêts et les préoccupations des adultes prédominaient. Malgré la bonté des gouvernantes, rien ne peut remplacer l'attention d'une mère et d'un père. Ce n'est pas vous qui me contredirez. Nous avons donc grandi dans la pure tradition de l'aristocratie britannique ; une cage dorée sans contrariété financière, éloignée de la débâcle politique d'alors.

Clayton et moi évoluâmes aux antipodes l'un de l'autre, une sorte d'Abel et Caïn. Notre rivalité exaspérait même nos parents, forcés de nous départager à chaque moment passé tous les quatre. Et Dieu sait qu'ils étaient rares !

Aujourd'hui encore, je méconnais l'origine d'un tel antagonisme.

Peut-être est-ce le lot de tous les frères… me direz-vous. Les travaux des médecins de l'inconscient posent aujourd'hui de nouveaux regards sur la tendance précoce des enfants à se disputer l'amour de leurs parents. Qui sait s'ils ont raison ?

Bien qu'il fût mon cadet, Clayton eut très vite un temps d'avance. Il m'apprit à monter aux arbres avec plus d'agilité quand mes pieds se coinçaient dans les branches. Il m'expliqua comment pêcher de plus gros poissons. Il rectifia la hauteur de mon fusil lors de nos parties de chasse. Dès l'enfance, ce frère cadet au charisme certain s'avéra doté de réelles appétences pour conseiller et diriger.

La préoccupation capitale de père concernant évidemment la postérité de son empire, il nous expliqua très tôt les enjeux du droit d'aînesse. Aussi loin que je m'en souvienne, j'ai toujours exécré les conversations narcotiques à propos de la gestion du domaine. J'attendais impatiemment que les conseillers financiers partent de la maison, pour enfin disposer de toute l'attention de mon père, en vain.

Je n'ai d'ailleurs jamais désiré que ce domaine me revienne. Je le redoutais presque. J'étais né trois ans trop tôt.

À l'inverse, en grandissant, Clayton abandonna nos parties de jeux pour s'intéresser aux questions patrimoniales et commerciales. Naturellement. Passionnément, même.

Moi, je préférai la littérature. Les histoires. Entrer dans l'imaginaire d'hommes et de femmes inconnus en tournant les pages. Cela me fascinait. Mes livres me donnaient une raison d'exister au moment où je me sentais le plus en marge de la société dans laquelle j'évoluais. Même s'il essayait de ne pas le montrer, je devinais chaque jour la déception de père, d'avoir un fils aîné comme moi.

J'en souffris parfois, mais j'étais soulagé que Clayton se charge de la relève. Il prit position dans les affaires de père, délestant mère de ses obligations et moi des miennes. On me laissait tranquille, à la faveur de son total dévouement. Qu'il s'épuisât ne nous importait guère.

Clayton travaillait jour et nuit, pourtant sa réflexion restait limitée et son approche, instinctive. La tâche nécessitait plus d'expertise, or, père refusait qu'il poursuive ses études, en dépit de l'avis de mère, qui insistait pour que Clayton acquière les savoirs théoriques essentiels, notamment en matière d'économie. Comme bien des ladies en son temps, elle n'eut guère droit au chapitre. Père ne prêchait qu'en la transmission d'expérience.

Glorifié par ses réussites d'antan, il refusait d'admettre que les temps changeaient et que nous devions suivre. Il s'obstinait à ignorer la prolifération des technologies de l'industrie. Il dédaignait les enseignements scientifiques, la recherche, le progrès. Comme bon nombre de ses congénères d'avant-guerre, père se prétendait exempt de toute faillite.

Ainsi, Clayton se tua à la tâche, selon les codes de notre père. Personne ne considéra qu'il en souffrait. Dans notre microcosme, les émotions n'ont pas bonne presse. Vous ne choisissez rien. Le sort décide pour vous. L'aîné hérite de tout, qu'il le veuille ou non. Les cadets n'intéressent personne, à moins de briller par des qualités extraordinaires.

Clayton tenta le pari, mais à quel prix !

J'avais donc tout le loisir de l'oisiveté, tandis que mon frère se démenait au domaine. Il bravait chaque combat, sans jamais rechigner. Il épluchait les comptes, vérifiait chaque détail administratif, étudiait les contrats passés avec les entreprises que père engageait, rencontrait nos fermiers, mettait la main à la pâte sur le terrain. Pourtant, jamais Clayton n'obtint la reconnaissance qu'il méritait, ni un réel pouvoir de décision.

Déchargé, père se mit à voyager beaucoup, mais plus pour les affaires. Il acceptait des invitations à l'autre bout du monde pour se rendre à des mondanités auxquelles il se gardait bien de convier mère. « Le voyage sera pénible et long, vous vous ennuierez, vous feriez mieux de rester à Truffle, je reviendrai vite. » La bienséance exigeait qu'elle taise tout ressentiment devant nous, mais dans leur intimité, allez savoir…

Avant ses départs, père livrait des directives strictes à Clayton. Toutes allaient dans le même sens : ne pas dépenser un penny dans des équipements novateurs, se référer aux méthodes et outils traditionnels, quitte à essorer l'énergie des fermiers. Clayton les suivait sans y déroger.

Vendre notre laine à un prix exorbitant, alors que des industriels produisaient en masse pour beaucoup moins cher, ne l'inquiétait pas outre mesure.

Clayton tenta vainement de le raisonner. La laine des moutons ne suffisait plus, tout comme nos productions fermières. La trésorerie du domaine fondait à vue d'œil. Il fallait investir, se diversifier. Fidèle à lui-même, père banalisait les alertes de Clayton.

De surcroît, toute notre enfance, nous avions entendu notre père reprocher à notre mère de trop dépenser et voilà qu'à ce jeu, il la battait désormais à plates coutures. L'argent et la réussite sociale lui étaient montés à la tête. Ses voyages lui coûtaient chaque fois de belles fortunes. Mère, qui voyait tout cela d'un œil extérieur, ne diminua guère ses frais non plus. Si son mari profitait, pourquoi pas elle ? J'en fis de même, gavé par l'illusion que notre fortune serait éternelle.

Sans surprise, Clayton devint taciturne, inquiet et en conflit perpétuel avec notre père, toujours plus absent. Truffle était devenu son fardeau.

De mon côté, père m'avait souvent considéré comme une espèce rare et dépréciée, difficile à appréhender, à comprendre. Enfant, je n'avais généré que peu d'intérêt à ses yeux. J'étais trop original, trop éloigné de la sphère dans laquelle

Clayton avait plongé tête baissée. Une sorte de déception, aussi. Même adulte, je demeurais une intrigue. Un fils qui délaisse chasse et finance, pour lire et rêver de voyages, quelle idée ?

Toutefois, l'attention dont il m'avait privé durant mon enfance naquit sur le tard. Ses conflits avec Clayton au sujet de Truffle l'obligèrent presque à se tourner vers moi. Mère évitant toute allusion aux voyages de père, je devins peu à peu le dernier membre de la famille enclin à entendre ses anecdotes et découvertes.

Même si je n'avais jamais voyagé, je lisais suffisamment pour visualiser les contrées et les peuples qu'il me décrivait.

D'un côté, j'exécrais son attitude ; il abandonnait sa femme et mon frère, qui lui restaient fidèles. Pour moi, qui n'avais jamais reçu ses louanges, ses absences importaient peu, mais pour eux, c'était différent. Ils se sentaient trahis.

Cependant, je l'admets aujourd'hui, son affection nouvelle me galvanisa. Même si ce fut par dépit, je me sentais enfin estimable. J'en profitai. J'écoutais, je riais, je m'émerveillais des récits de père. Faussement, parfois. Excessivement, souvent. Je faisais tout pour combler son orgueil ; je l'admirais. Je récoltai ainsi à un âge avancé, ce qu'il m'avait refusé dans l'enfance : de l'amour.

Après avoir été sa fierté, Clayton devint sa bête noire ; le balourd qui prenait de mauvaises décisions, qui manquait d'ambition. Mon pauvre frère se retrouva pris au piège. Père se permettait de le dénigrer devant nous. De manière subtile, cela va sans dire, mais les regards et le ton d'un père envers son fils ne mentent pas.

Mon frère me demanda maintes fois de le cueillir à sa place, lui souffler telle ou telle idée, aborder les demandes délicates. « Allez, dis-lui. Toi, il t'écoutera... », me suppliait-il. Je refusai. Je préférai ne pas m'en mêler. Je n'écrasai pas Clayton, mais ne le défendis jamais non plus.

Je misai sur l'impartialité, pour continuer à jouir au mieux de ma nouvelle position. Mon estime personnelle s'en trouva fort bonifiée. Parfois, il ne faut que cela pour se sentir valable ; le regard d'un père.

Mes rapports avec Clayton se crispèrent. Il prétendait que notre père ne m'aimait pas, il le traitait d'éternel égoïste, disait qu'il vivait dans un monde imaginaire et qu'il s'était rapproché de moi par dépit.

Je me défendis en accusant mon frère de jalousie. Je lui rabâchai l'énorme déception de père à son égard et lui affirmai qu'il ne comprendrait jamais rien aux intérêts que lui et moi avions en commun. Je blâmai Clayton de manquer de culture, de conversation et d'idées. Je l'accablai d'être l'exécutant de père, sa marionnette. Je déversai là toute l'amertume que j'avais héritée d'une enfance au placard. En vérité, cette jalousie, dont je l'affublais, n'appartenait qu'à moi.

Parmi les diverses responsabilités de mon cher frère, le recrutement des domestiques demandait une vigilance particulière. Comme je vous le disais, nous employions autant de servants que notre domaine et notre rang l'exigeaient. Nous n'aurions su nous débrouiller autrement. Inconcevable, pour mère, que d'avoir à se changer seule avant le dîner. N'intégraient Truffle que des employés sérieux, scrupuleux, appliqués et prêts à s'investir sur le long terme.

La loyauté d'un domestique envers la famille qu'il sert peut s'avérer inaltérable lorsque le lien se crée. Il ne fut pas rare que nous éprouvions de vives émotions lorsque l'un d'eux nous quittait. Les départs en retraite furent les plus pénibles, car les anciens faisaient pour ainsi dire partie de la famille. Certains vivaient à Truffle bien avant notre naissance, à Clayton et moi. Ceux-là pouvaient garder gratuitement et à vie leur cottage au domaine, ou leur chambre à Lloyd.

Recruter le personnel constituait donc un enjeu de taille. Sans une batterie de domestiques efficaces, un domaine comme le nôtre se démantèle à vue d'œil.

Voyez par vous-même ! Ne le prenez pas personnellement, mon cher. Les temps ont changé, vous et Lyv faites votre possible.

Holly Wiggins fut l'une de nos plus fidèles recrues. Cette femme a quitté Truffle le jour de votre arrivée, pour rester au service de mon épouse.

Père l'avait embauchée alors à peine âgée de vingt ans, lorsque mère tomba enceinte de moi. Elle fut formée par la célèbre cuisinière du baron de Salt, dans le Yorkshire. Ilda Drumstik, morte il y a peu. Les Salt lui organisèrent de sublimes funérailles. Enfin, ne nous égarons pas.

Holly Wiggins fut présentée à père après son passage dans le Yorkshire. Démunie de toute famille, elle cherchait une place pérenne, qu'elle obtint à Truffle grâce aux recommandations du baron de Salt. Miss Wiggins a chouchouté nos papilles durant près de quarante ans et si les événements n'avaient pas tourné au vinaigre, elle continuerait aujourd'hui.

Miss Holly Wiggins était très exigeante. Moult commis furent remerciés pour leur incompétence. Holly présentait ses candidats à père, puis les prenait sous son aile. Lui ne se chargeait plus que de leur licenciement, quand Holly le préconisait.

Un matin de l'automne 1911, à son retour du marché, Holly leur présenta sa nouvelle recrue. Une jeune femme d'à peine seize ans, au teint mat et à la chevelure noire et bouclée. Assurément pas une Anglaise. Une vendeuse de pacotille qu'elle avait repérée pour son tempérament singulier envers des bougres avinés qui l'avaient tarabustée en pleine rue.

Holly s'était assurée que la jeune fille, qui s'était défendue comme un homme, n'était pas blessée. Notre cuisinière recherchait quelqu'un de droit et d'efficace et la jeune femme lui avait tapé dans l'œil. De plus, il était inconcevable pour Holly qu'une telle enfant soit ainsi livrée à elle-même aux dangers de la rue. Dans les bas-fonds de Londres, à la rigueur, mais pas dans les Cotswolds. Ici, on s'entraide.

D'après Holly, cette femme saurait l'assister avec brio. Père et Clayton se soumirent à son jugement. La jeune basanée prit ses fonctions sur-le-champ et s'avéra, sans surprise, d'une redoutable efficacité. Clayton et père furent soulagés que Miss Holly en soit satisfaite ; au moins, ils n'auraient pas à souffrir une énième embauche.

La femme dont je vous parle a également quitté Truffle le jour de votre arrivée, Oddeye. Et vous n'en avez pas perdu une miette. N'est-ce pas ?

Voilà, vous savez désormais comment Rhita est entrée dans nos vies à tous.

Chacun ignorait alors combien cette femme embraserait la vie de Truffle et bouleverserait nos destinées, pour l'éternité.

11

Edward rumina son entrevue avec Lord Rusbick une bonne partie de la nuit et sa journée de travail en pâtit tout autant. Son esprit n'avait jamais été aussi embué.

Comme convenu, il n'avait pas interrompu George Rusbick, malgré son trouble face aux confessions de cet inconnu et patron, de surcroît. Des récits qui témoignaient d'une intimité contradictoire à la froideur et la réserve habituelles du vicomte.

Après avoir mentionné l'arrivée de Rhita, George Rusbick avait pâli. Sa voix s'était éraillée. Il avait conclu le dîner sans attendre le dessert ni sans préciser à Edward la date de leur prochaine rencontre.

— Ressasser n'est pas tâche aisée, avait-il justifié. Vous subirez, autant que moi, les fluctuations émotionnelles que me feront vivre les souvenirs.

Sans trop savoir quoi dire, Edward avait répondu de façon sommaire :

— Votre temporalité sera la mienne.

Cet homme constituait son unique espoir de ne pas repartir bredouille de Truffle. Une alliance, même prudente, devait tenir.

Au déjeuner, Edward se concocta un sandwich avec les restes de la veille. Les boulettes de Lyv seraient plus digestes ainsi. Il profiterait des quelques timides éclaircies pour aller le déguster sur l'un des bancs du parc. En cuisine, alors qu'il commençait à imbiber son pain de gras de viande, une voix masculine et forte s'éleva depuis le vestibule.

— Merci, monsieur. À la semaine prochaine. Au revoir.

Edward s'avança dans le couloir des communs.

— Julian ! appela Lyv, dont les talonnettes dévalaient le grand escalier. Vous partez déjà ? Nous nous sommes à peine croisés aujourd'hui.

L'homme marmonna une réponse qui cette fois échappa à Edward, bien trop outré du ton mielleux que Lyv employait.

— Restez donc déjeuner !

— Vous êtes adorable, douce Lyv, mais je dois filer.

Douce Lyv ! cracha Edward, en silence. Si les détails de la conversation lui échappèrent, ce mot avait comme résonné dans l'office : « Douce ! » Depuis quand cette femme était-elle douce et de quel droit ce baratineur se permettait-il pareille familiarité ?

— Laissez-moi au moins vous préparer un sandwich à emporter pour ne pas travailler le ventre vide.

— D'accord, mais rapidement. Comment pourrais-je refuser l'un de vos délicieux petits plats ?

Foutaises ! Cette femme était la pire cuisinière qu'Edward connaisse.

Les pas de Lyv et Julian se rapprochèrent. Edward déguerpit, traversa la cuisine et sortit dans la cour de service. Il attrapa une caisse au sol, pour faire mine de s'occuper des ordures ménagères.

Il n'avait pas réfléchi. Pourquoi n'était-il bonnement pas resté à préparer son sandwich ? Après tout, il était un des employés de Lord Rusbick, au même titre que Lyv et ce Julian.

Il se colla à la fenêtre pour épier à l'intérieur, avec une discrétion relative.

Julian l'excédait. Cette mèche de cheveux soyeux aux reflets chocolat qui retombait sur le haut de son front, dans une vague impeccable. Sa moustache homogène et précise qui surplombait ce sourire niais qu'il affichait constamment. Et puis : *quel genre de créature possédait des dents aussi blanches ?*

Lyv gloussait, se tortillait, se cognait aux meubles qu'elle ne voyait même plus. Un contraste flagrant avec la gestuelle lente et précise de Julian. D'un naturel déconcertant, il se plaquait au flanc de la jeune femme pour établir un contact physique qui, bien sûr, ne la rendait que plus nerveuse.

Edward les espionnait comme un scélérat tapi dans l'ombre.

Julian déposa une main sur l'épaule de Lyv pendant qu'elle lui préparait son sandwich. Quand son index effleura le lobe de l'oreille de la belle, c'en fut trop. Edward lâcha la cagette qu'il avait en main. La dizaine de bocaux qu'elle contenait explosa au sol comme des obus.

Dans un même mouvement, Lyv et Julian s'écartèrent pour pivoter vers la fenêtre. Par réflexe, Edward se baissa pour ne pas être vu. Raté. Julian et Lyv déboulèrent dans la cour de service et le découvrirent à genoux, en train de ramasser les dégâts.

En bon gentleman, Julian lui proposa son aide.

— Cela ira, monsieur.

— Permettez-moi d'insister. Un accident est vite arrivé avec tout ce verre.

— Relevez-vous, monsieur. C'est mon travail. Lord Rusbick n'apprécierait pas.

— Lord Rusbick n'est pas obligé de tout savoir, répondit Julian, dans un clin d'œil.

Il s'accroupit avec élégance et imposa son aide à Edward. Lyv n'avait pas pipé mot. Elle admirait son bellâtre prêter main-forte à ce domestique aux deux mains gauches. Julian cochait une case de plus sur le formulaire de l'homme idéal.

Les nerfs à vif, Edward s'entailla le majeur. Une fine giclée de sang tacha la manchette de Julian.

— Dieu tout-puissant ! s'affola Lyv.

— Ce n'est rien, déclara Edward en veillant à garder un faciès neutre pour dissimuler la douleur qui irradiait le bout de son doigt.

— Venez vite, dans ce genre de situation, il faut agir sur-le-champ. Je vais arranger cela.

Elle tendit sa main vers les deux hommes au sol. Edward leva son bras pour saisir la main de Lyv. Mais la jeune femme ajouta :

— Pressons, les taches de sang doivent être frottées avant de sécher.

Elle attrapa Julian pour l'aider à se relever.

À terre, Edward le regarda passer de position accroupie à debout, comme s'il se transformait en géant. Julian disparut au bras de Lyv dans les communs, sans se soucier d'Edward et de son majeur blessé, qu'il pointait vers le ciel à son adresse.

La brûlure gagnait à présent tout son corps et surtout son cœur. Entre nausée et sanglot, il imaginait Julian retirer sa chemise devant Lyv, pour qu'elle la nettoie.

Une torture.

Edward se raisonna ; non, il n'irait pas rejoindre Lyv et Julian dans la cuisine pour le ficher à la porte. Non, il ne l'insulterait pas non plus, pas plus qu'il ne crèverait les pneus de son véhicule garé sur le parvis d'honneur. Et, enfin, il ne lui balancerait surtout pas son poing dans la figure.

À quoi bon ? Aux yeux de Lyv, Edward ne rivaliserait jamais avec ce dandy aux dents fluorescentes. Il rentra à la cuisine rincer son doigt et enroula un petit torchon autour, pour contenir l'hémorragie.

Il était largement l'heure de déjeuner en vitesse et reprendre son travail. Seulement, impossible de remettre la main sur ses tranches de pain et ses rondelles de tomates. Il vérifia si Lyv n'avait pas rassemblé ses ingrédients dans une assiette qu'elle aurait rangée dans un coin, mais comprit aussitôt :

— Ce sandwich est di-vin, Lyv, chantonna Julian alors que tous deux reparurent dans la cuisine. Imbiber le pain de gras de viande, quelle idée succulente.

Il se tourna vers Edward :

— Encore désolé pour ce fâcheux incident, je vous laisse à présent. Belle journée à vous, monsieur ?

— Oddeye. Edward Oddeye.

— Bonne journée, monsieur Oddeye.

Il sortit.

— Vous n'avez pas encore repris le travail ? demanda Lyv.

— Je n'ai toujours pas déjeuné, voyez-vous ! Vous avez donné mon sandwich à ce rustre.

— N'en faites pas un fromage, la marmite d'hier soir est quasiment pleine. Le plat sera encore meilleur aujourd'hui !

Edward se mordit la joue pour ne pas exploser.

— De toute façon, cette blessure m'a coupé l'appétit.

Lyv attrapa sa main sans la moindre délicatesse et arracha le torchon pour l'examiner.

— Vous plaisantez ? C'est une égratignure ! Les hommes, tous les mêmes. Une goutte de sang et les voilà prêts à se faire amputer. Une mauvaise toux, c'est l'agonie. Une pauvre diarrhée et voilà…

— J'ai saisi, merci ! la coupa Edward, sans pour autant retirer sa main de la sienne.

— Allez. Venez par ici.

Elle l'attira dans un cagibi dans lequel il n'était jamais entré et tira sur une chaînette pour allumer l'ampoule jaunâtre au plafond. La pièce mesurait deux mètres carrés maximum. Quelques blouses de travail étaient suspendues autour d'un miroir ébréché.

Lyv ouvrit une armoire murale à médicaments en fer rouillé. Elle en sortit une petite fiole, ainsi qu'une compresse et du ruban adhésif. Edward la regardait se concentrer, en se laissant faire avec beaucoup de plaisir. L'étroitesse du vestiaire obligeait entre eux une proximité physique inédite.

Edward pouvait sentir l'eau de toilette fleurie que Lyv portait. Qu'importe l'odeur d'alcool que l'antiseptique dégageait, la fragrance de Lyv était la plus exquise qu'Edward n'eut jamais inhalé. Et, quand Lyv souffla sur la mèche orange échappée de son chignon, pour dégager sa vue, Edward huma son haleine mentholée, hypnotisé par sa poitrine qui allait et venait au rythme de sa respiration.

Lyv tapota sa blessure d'une compresse humide, puis lui souffla sur le doigt pour le sécher et atténuer les picotements.

Edward oublia tout de la chemise de Julian. Cette fois, toute l'attention de Lyv lui était réservée. Elle n'avait jamais fait preuve d'autant de douceur et de sollicitude à son égard. En cet instant, il comptait à ses yeux, plus que quiconque. Elle le regardait, le touchait, lui parlait avec bienveillance. Elle lui souriait. Quelque chose avait changé.

— Voilà, monsieur l'estropié, vous êtes sorti d'affaire.

Elle rangea son matériel sans prendre la peine de refermer l'armoire et éteignit la lumière. Inerte, dans l'obscurité totale du cagibi, Edward sentit un élan brûlant lui remonter du bas-ventre jusqu'à sa gorge. Un frisson ardent.

Un câlin. Un baiser, une étreinte. Ses doigts dans ses cheveux. Leurs deux corps nus. Leurs jambes entrelacées. Sa langue caressant ses lèvres. Dévorant ses seins. Son sexe…

— Vous comptez dormir là ?

— Oui. Non. Merci infiniment, Lyv. Pardon pour votre chiffon.

Mais avant de sortir, Lyv le retint, une main sur son buste et ralluma la lampe.

Edward suait à grosses gouttes.

— Edward…

Edwarrrd.

Il n'allait pas pouvoir résister. Comment succomber quand Lyv faisait sonner son prénom avec une telle sensualité ? Le désir ressurgit. Lyv continua de parler, mais il n'entendait plus rien. *Lèvres, bouche, cheveux, jambes, seins...*

— Hey oh ! Vous comprenez ? Il est très malade ! Hier soir, il était éreinté. J'ai dû le déshabiller moi-même pour qu'il ne dorme pas avec ses chaussures. Et ce matin, Julian et lui ont travaillé toute la matinée. Lord Rusbick ne se ménagera pas de lui-même. Alors, soyez raisonnable, je veille au grain.

— Entendu, Lyv.

Elle retira la main de son buste.

Avait-elle perçu les battements effrénés de son cœur ?

Edward n'avait qu'une hâte, sortir de cette niche, au risque de ne plus pouvoir se contenir et de céder à ses fantasmes. Mais Lyv avait décidé de lui mener la vie dure.

— Il y a autre chose, Edward.

Edwarrrrd.

Des gouttes perlèrent sur son nez.

— J'ignore ce que vous et Monsieur vous racontez, mais... ce matin, je l'ai trouvé, disons, bizarre.

Bon sang, qu'allait-elle encore lui reprocher ? Il transpirait déjà. Si Lyv continuait, il se mettrait bientôt à suffoquer. Allait-elle enfin le laisser ressusciter ?

— Il m'a paru heureux, mais triste à la fois. Et puis, pour la première fois depuis votre arrivée, il m'a parlé de vous. Spontanément ! N'allez pas imaginer que je me sois permis quelque curiosité. Bref, j'ignore pour quelle raison et je n'ai pas besoin de le savoir, mais Monsieur vous considère. La perspective de vos rendez-vous lui redonne de l'élan. Et vous m'en voyez satisfaite. Faisons simplement en sorte que cela ne le tue pas !

— Je ne le fatiguerai pas outre mesure, Lyv. Je vous le promets.

— Oui, enfin, je ne parle pas uniquement de la fatigue. Monsieur n'est pas le roc qu'il fait paraître. C'est un homme plus sensible que vous ne l'imaginez. N'abusez pas de sa confiance ni de sa sensibilité.

Elle esquissa un sourire. Edward perdrait bientôt tous ses moyens. Ses aisselles dégoulinaient. Lyv le serrait trop. Il leva alors les yeux pour détourner son attention, dans l'espoir que son cœur ralentisse.

Son regard se fixa sur l'étagère supérieure de l'armoire murale où s'étalait un amas de pots et de flacons remplis d'herbes sèches, de poudres orange et marron, d'huiles ou d'autres liquides plus ou moins troubles. De toute évidence, ces récipients dataient d'un passé lointain. Les étiquettes étaient illisibles, sauf sur la plus fine.

Au bouchon en liège pendait un carré de carton, noirci d'un pictogramme à tête de mort.

Edward l'attrapa et lut à haute voix :

— Cyanure.

Lyv ouvrit les yeux grands.

Edward s'empara d'une autre fiole arrondie, pleine de poudre blanche.

— Acide chlorhydrique.

Il interrogea Lyv du regard.

Elle déboucha une des bouteilles qu'Edward serrait dans sa main et se pencha dessus pour inhaler. Edward sentit ses lèvres lui effleurer l'annulaire.

Frisson. Sueur. Tachycardie.

Lyv renifla un peu, balaya l'air dans une grimace et déclara :

— Dites donc, vous êtes à l'affût ! Je n'ai jamais eu le temps de trier ces médicaments.

— Lyv, il y a au moins dix sortes de poisons différents là-dedans. On pourrait assassiner tout Lloyd avec.

— C'est une bâtisse vieille comme le monde. Vous qui êtes amateur de romans noirs… la mort-aux-rats, le poison, cela fait partie du décor, non ?

Elle sortit autant amusée que s'ils avaient découvert une étagère pleine de friandises, en abandonnant Edward à ses émois.

S'ensuivirent deux journées sinistrement calmes durant lesquelles George Rusbick ne descendit pas prendre ses repas. Lyv les lui apportait en chambre.

Edward s'impatientait de recevoir sa deuxième invitation à dîner. Il dut prendre son mal en patience sans rien laisser paraître à Lyv, qui semblait surmenée et sans arrêt préoccupée.

Ses allers-retours dans la chambre de Lord Rusbick se succédaient. Lyv allait et venait, chargée de compresses, de cruches d'eau bouillante, ainsi que de bonbonnes de médicaments. Selon elle, la santé de Lord Rusbick oscillait sans arrêt, au point de devoir garder le lit quelques jours pour se rétablir.

Le troisième soir, alors qu'Edward partageait un scone rassis avec Miss Apricot, Lyv frappa à la porte de son cottage.

— Pardonnez-moi d'interrompre votre… casse-croûte nocturne.

Elle lui signifia des miettes au coin de sa bouche par un geste rapide de l'index. Edward aurait voulu disparaître à six pieds sous terre, d'autant plus qu'il avait ouvert la porte sans réfléchir, en collants de laine et en tricot de peau.

— Monsieur demande à vous voir.

— Maintenant ?

— Je crains qu'à force de dormir tous les après-midi, son rythme ne soit complètement décalé. Il me demande de servir le brandy. À cette heure-ci ! J'ai bien entendu refusé, mais il exige que vous veniez quand même.

— Mais… bredouilla Edward, en jetant un œil à Miss Apricot, comme si la chatte allait prendre part au débat.

— Ne pensez pas que cela me plaise. Tant que Lord Rusbick veille, je veille. Et telle que vous me voyez, je tombe de fatigue. Alors je vous saurais gré d'éviter que cela ne s'étire en longueur.

— Certainement.

Edward s'empara de son pardessus qu'il enfila à la hâte, mais se heurta à l'immobilité de Lyv.

— Dans cette tenue ? Vous n'y pensez pas.

— Non. Bien sûr que non. Je vous rejoins au salon dans une minute.

Lyv repartit vers le manoir. Ses pieds disparurent peu à peu dans la brume. Edward ne put détacher ses yeux de sa silhouette parfaite qui flottait telle une nymphe, au clair de lune. Elle se retourna subitement, à mi-chemin.

— J'oubliais. Il demande que vous ameniez votre animal.

Trop excité pour réfléchir à cette requête incongrue, Edward se changea à toute vitesse, prit la chatte sous le bras et fila.

Le feu crépitait dans la cheminée du salon. Quelques lampes allumées tamisaient l'atmosphère. Les étoiles scintillaient dans le ciel d'encre derrière les grandes fenêtres.

Edward prit place face à un George Rusbick dont les jambes étaient recouvertes d'un plaid en tartan. Lyv leur servit du thé. Miss Apricot sauta des bras d'Edward pour aller renifler les tapis, puis grimpa sur les genoux de George Rusbick qui l'avait appelée par d'imperceptibles claquements de doigts.

— Elle vous apprécie, on dirait.

— Notre rencontre nocturne à votre cottage nous a rapprochés, en effet. N'est-ce pas, Miss ? Comment est-ce déjà ?

— Miss Apricot.

— Miss Apricot, oui oui, susurra George aux oreilles du félin qui se délectait de ses gratouilles. Les chats sont des animaux fascinants. D'une grande sensibilité.

— Miss Apricot est la meilleure de tous, répondit Edward, un peu jaloux des infidélités de sa vieille amie.

— Hélas, mon épouse ne les appréciait pas. Aujourd'hui, il est trop tard pour en adopter un. Je ne saurais laisser un animal derrière moi.

Edward tiqua, puis Lord Rusbick s'assombrit.

— Alors, où me suis-je arrêté, la fois dernière ? Ah ! Oui. Rhita.

12

Par où continuer ? Peut-être par décrire Rhita.

Je ne m'attache que peu aux détails physiques, mais pour elle, c'est différent. Tout était différent. Je dois admettre qu'en ce temps-là, les vicissitudes de la jeunesse engendraient en moi les troubles que vous connaissez bien, au contact de la gent féminine.

Rhita était le genre de femme au magnétisme singulier. Elle pouvait provoquer deux types de réaction chez autrui, qu'il soit homme ou femme. Soit elle fascinait et c'est par conséquent qu'Holly Wiggins la recueillit pour travailler à Truffle, soit elle repoussait. C'était une beauté froide, intrigante. Personne ne restait indifférent à Rhita.

Je surpris d'ailleurs maintes fois père s'arrêter sur ses yeux, son cou, ses jambes, ou d'autres attributs. Elle ne ressemblait pas aux femmes de chez nous, celles au teint pâle et aux cheveux roux dont Lyv est l'exemple parfait. Non que je le déplore, cette enfant est ravissante, ce n'est pas vous qui me direz le contraire. Mais Rhita incarnait un tout autre genre de beauté. La peau hâlée, le regard charbonneux et les cheveux ébène aux reflets bleutés. Ses hanches ondulaient comme les anneaux d'un serpent.

Nulle nécessité d'en dire davantage pour expliquer comment Clayton et moi-même tombâmes sous son charme.

Nous n'avions guère besoin de nous confier l'un à l'autre pour le comprendre.

Quoi qu'il en fût, Rhita était une domestique et nous, les maîtres des lieux. Envisager la moindre relation était exclu. Chez les Rusbick, les mariages se scellaient selon des règles établies et pour l'éternité, amour ou pas. Néanmoins, personne ne peut tout contrôler. Ainsi va la nature humaine ; dites à votre enfant de ne pas manger de piment et il voudra y goûter.

Je gardai donc mon attirance secrète autant que possible. Je doutais trop de moi et de mon pouvoir de séduction pour me risquer à me dévoiler. Je ne savais regarder Rhita que par-dessus la couverture de mes livres, convaincu qu'une telle femme ne pourrait jamais éprouver d'attirance charnelle envers moi.

J'étais l'intellectuel, le rêveur au tempérament calme, distant et, j'en concède, un brin hautain. Un rôle que j'incarnais à la perfection et qui me permettait de garder autrui à distance.

Clayton, lui, arborait sa virilité sans complexe, jusque dans sa démarche. Ses pas résonnaient quand il enfonçait le talon au sol, le parquet couinait sur son passage. Clayton était ancré dans l'espace. Ses gestes se montraient résolus, précis. Son visage était ferme, anguleux, son attitude aussi. Même sa malice était hardie, car si mon frère aimait taquiner et rire, chacun savait qu'il restait le dominant, qu'il aimait les défis et les remporterait. Son autorité incandescente faisait fléchir ses challengeurs, qu'il s'agisse de badinerie ou de travail.

Sa désinvolture lui permettait de vivre selon ses envies, libéré des précautions stériles dont je m'encombrais. Il osait s'affranchir de la bienséance pour préserver sa vie privée. L'aventure ne l'effrayait guère. Il avait le courage de ses convictions. Il pouvait défoncer les portes, sans s'excuser.

Clayton ne faiblissait que face à père. Malheureusement pour lui, père le savait et en jouissait. Clayton brillait, quoi qu'il ait pu en penser jadis. Quoi que père lui ait laissé entendre et moi aussi.

Inévitablement, il fit de l'effet à Rhita. Les regards qu'elle lui jetait la trahissaient. Au début, leur flirt naissant passa inaperçu aux yeux de tous, sauf des miens. Je remarquai les battements de cils, l'effleurement de leurs bras lors des services de Rhita, les premiers sourires échappés et puis les apartés secrets dans les recoins du manoir à la tombée de la nuit.

Lorsque je compris la connexion qui s'établissait petit à petit entre eux, je me débrouillai pour dissimuler mes sentiments et ma jalousie. J'ignorai Rhita, je la méprisai presque, pour feindre l'indifférence. Je n'hésitai pas à critiquer son travail auprès de père. J'espérais au fond de moi que Rhita trouve l'aplomb de Clayton grotesque et qu'elle rejette ses avances.

En vain. Ces deux-là s'attiraient comme des aimants et à mon grand désarroi, ce n'était pas que par luxure.

Père rentrait de ses voyages, chargé de présents folkloriques : livres, tissus, vêtements, ou encore des trouvailles onéreuses pour mère, toujours exclue de ses pérégrinations. La pauvre femme passait ses journées à boire le thé chez les vieilles douairières du comté, à ressasser des cancans mille fois essorés. Les cadeaux de père constituaient la touche d'exotisme de sa triste existence. Père le devinait et concentrait tous ses récits de voyages autour de ses découvertes locales. L'issue toute trouvée pour éviter d'avoir à expliquer ce qui l'occupait aussi longtemps loin d'elle. Mère feignait la crédulité, cela convenait à tout le monde.

À son retour de Suisse, père rapporta une cargaison spéciale pour mère ; des dizaines de boîtes de truffes en chocolat, une douceur cacaotée tout droit venue de la frontière française. Quand mère était enfant, grand-père l'emmenait passer des vacances à Chambéry, une chatoyante bourgade des Alpes. Il y rendait visite à un dénommé Dufour, son ami pâtissier ; le créateur des truffes. À cette époque, Dufour venait tout juste de les commercialiser et mère disait s'en être goinfrée toute son enfance.

C'est notamment pour cette raison qu'au mariage de mes parents, *Lloyd's Hall* devint *Truffle Manor*.

Mère se réjouit tant de l'attention de père, qu'elle voulut en gâter tous nos convives. Elle prétendait qu'aucune truffe qu'elle avait mangée depuis lors n'avait la finesse de celle de Dufour. Chaque occasion convenait pour faire découvrir ses confiseries préférées. Elle en avait même distribué à quelques domestiques.

Comme tout ce qu'elle possédait, Holly Wiggins avait partagé sa truffe avec Rhita, sa petite protégée. Leur dégustation eut lieu dans la cour de service, à un moment où Clayton armait son fusil pour la chasse.

Celui-ci me relata la scène, en mimant la délectation de Rhita quand elle avait mangé la truffe. Surtout, il me décrivit l'effet qu'avaient eu sur lui les gémissements extatiques de Rhita. Clayton frétillait. Jamais je ne l'avais connu aussi enclin à s'épancher. À croire que cette misérable gourmandise avait exacerbé leur désir mutuel. Je l'écoutai volontiers, persuadé que Rhita avait fait exprès de pousser ses soupirs obscènes, pour attiser l'excitation de mon frère.

Je n'avais évidemment guère besoin d'en apprendre autant pour brûler de jalousie.

Au lieu de m'épargner, je me mis à espionner et disséquer leurs moindres mouvements, en dépit de tous leurs efforts pour se cacher. J'employai tout mon temps à inspecter leurs déplacements en faisant mine de me balader, de lire, ou d'écrire je ne sais quoi dans un carnet. Je surpris Clayton dérober plusieurs truffes dans une des boîtes de mère pour les déposer sur l'oreiller du lit de Rhita, au sein même des cottages des domestiques dans lesquels vous séjournez aujourd'hui.

Je voulais tout voir, tout savoir. Jusqu'où irait ce petit jeu ? Je m'improvisai confident de Clayton. Je lui cachai mes réels sentiments pour l'inciter à me confesser tous les détails.

Étrangement, cette jalousie qui me faisait me sentir encore moins intéressant, moins beau, moins puissant, moins homme que lui, me poussait à désirer Rhita encore plus fort à mesure que Clayton s'en rapprochait. Je tombais amoureux sans m'en rendre compte et pour de mauvaises raisons.

Une nuit, je fus tiré de mon sommeil par des pas sonores sur le parvis d'honneur. Du haut de ma fenêtre, je vis Clayton en compagnie d'une femme en manteau noir et chapeau rond. Je la reconnus, malgré la pénombre. Clayton chancelait, soutenu par Rhita.

Elle l'empêchait de flancher sous l'effet du vin pour qu'il fasse le moins de bruit possible.

Ils s'étaient permis d'emprunter la porte principale depuis laquelle quiconque aurait pu les surprendre. Seule l'ivresse pouvait faire prendre un tel risque à Clayton.

J'entrebâillai la fenêtre de ma chambre pour entendre. Ils riaient, surtout. Clayton s'amusait, vivait la vie, s'épanouissait. Une preuve supplémentaire de son héroïsme. Il réjouissait Rhita par cette désinvolture qui excite les femmes autant qu'elles la déplorent. Du haut de ma tour, mon émulation s'embrasait.

Être comme lui, prendre sa place auprès d'elle. Voici les fantasmes dont je souffrais.

À un moment, Clayton sortit une truffe de la poche de son pardessus et la secoua devant Rhita, comme pour faire bisquer une chienne avec un morceau de bifteck. La belle ondula et se cambra contre un Clayton bien plus stable.

Ils pivotèrent pour offrir leurs profils à la lune, me permettant par là même de mieux les voir. Je n'en perdis pas une miette. Mon frère coinça la truffe en chocolat entre ses incisives et approcha son visage de celui de Rhita. Il caressa ses lèvres du bout de la truffe et joua à la narguer quelques instants encore. Rhita attrapa la nuque de Clayton avec toute son ardeur et vint coller ses lèvres aux siennes. Elle arracha la moitié de la friandise avec ses dents. Clayton l'observa langoureusement s'en délecter, puis quand elle l'eut avalée, il serra ses hanches contre son bassin et l'embrassa à pleine bouche.

Mon cœur dégringola jusque dans mes entrailles. La sensation que j'éprouvai alors me revient parfois au fond des tripes. Je vous confie sans pudeur qu'une larme coula sur ma joue.

Le couple pénétra dans le manoir, tandis que sous le choc, je refermai ma fenêtre, saisi d'effroi à l'idée que Rhita ne rejoigne pas son cottage. Je ne dormis plus et passai ma nuit à imaginer ce qu'il advenait derrière les murs, écœuré et triste, mais honteusement excité. Ce ne fut qu'à quatre heures vingt et une précises que Rhita quitta la chambre de Clayton.

Toute la nuit, les ronflements continus de père, qui obligeaient mère à boucher ses oreilles avec de la cire, m'avaient assuré que mes parents n'avaient rien entendu.

Dès le lendemain, Clayton me raconta son escapade nocturne. Il était si heureux, si animé, qu'il lui fallait partager son exaltation. Je jouai l'ahuri, feignis la crainte qu'il soit découvert et me montrai empli de joie pour lui. En l'écoutant, je troquai mes rictus amers en des sourires extatiques, modifiai mes spasmes de rage en soubresauts de rires. Je me consumais de l'intérieur.

En me dépeignant sa première nuit d'amour avec Rhita, Clayton combla tous mes instincts voyeuristes. Je me délectai des charmes de Rhita par procuration et maudis Clayton de jouir à ma place de cette néréide.

Il vivait ce que je ne connaîtrais jamais, moi qui demeurais relégué aux dindes qu'on présentait à la cour chaque année pour qu'elles finissent gavées par les richesses de leurs maris.

Mon désir pour Rhita tourna à l'obsession. Je lui vouais mes envies les plus viles, les plus obscènes. Cela me rendit fou, complètement perverti. Elle me possédait tout entier et j'étais persuadé qu'elle le savait. Je ne divague pas, Oddeye ; les femmes comme Rhita connaissent la passion qu'elles déclenchent chez les hommes.

Vous vous demandez sans doute pourquoi je m'éternise sur des aspects si peu décents... Figurez-vous qu'ils ont toute leur importance pour comprendre l'état d'esprit duquel a découlé ma pire erreur à ce jour.

Bientôt, Clayton aménagea son emploi du temps pour rejoindre sa belle aussi souvent que possible. Il réservait des chambres dans des *pubs* sous une fausse identité, vêtu de chapeaux et lunettes grotesques. Il couvrait aussi les absences de Rhita à Truffle. À ce moment-là, je présume que certains domestiques virent clair dans leur jeu. Pourtant, aucun ne trahit jamais la discrétion qu'impliquait leur position. Le secret perdura.

Nos parents n'y virent que du feu.

Alors, consumé par ma jalousie, je décidai de jouer la bonne carte pour que père se saisisse de l'affaire.

L'occasion se présenta un soir au brandy où nous n'étions que tous les deux. Père radotait combien ses grands-parents s'étaient démenés pour Truffle. J'écoutais sa sérénade habituelle ; les pâturages verdoyants d'antan, l'essor des prix de la laine, puis l'avènement des industries, l'indispensable lutte des exploitations rurales pour contrecarrer la décrépitude du patrimoine des Cotswolds... La même rengaine, réactionnaire et nostalgique, dès qu'il buvait trop.

L'aristocratie déclinait, père s'en rendait malade. Lui qui avait pris goût à dilapider l'empire que nos aïeux avaient bâti.

S'il avait su qu'après la guerre, tous nos avantages seraient littéralement déchus…

Mais en ce temps-là, notre domaine résistait, quand bien d'autres fléchissaient. Quoi qu'il prétendît, j'ai toujours présumé que père admirait Clayton et cela, même s'il préférait s'attribuer tous les mérites de son travail. Mon frère n'en fit jamais cas, mais chacun savait qu'il était l'unique garant de cette réussite.

Ce soir-là, père acheva sa logorrhée par ses sempiternelles menaces envers quiconque ternirait la réputation de Truffle. Des ennemis imaginaires. La seule menace existante était son orgueil et les barrières qu'il érigeait contre les perspectives novatrices de Clayton.

Pourtant, ce discours que j'avais moult fois subi, pétri d'ennui et d'agacement, sema en moi de sombres desseins. Les plus cruels que j'eus jamais.

Hélas, j'agis par impulsion, phénomène inédit chez moi, sans prendre la mesure des conséquences. Attisé par mon émulation, je commis l'irrémédiable infamie de mon existence.

13

— Père, je dois vous confesser quelque chose, commençai-je. Mais voilà, Clayton m'a fait jurer de ne rien vous dire. Pour autant, je ne peux garder un tel secret. Mon pauvre frère ne dispose plus de son libre arbitre et je ne saurais lui faire entendre raison si je demeure seul dans cette entreprise.

Le regard de père se ternit aussitôt. J'avais son attention.

Je continuai :

— Voyez-vous, si je ne vous disais rien, cela me rendrait indigne d'habiter ce domaine. Vous prônez qu'il incombe à chacun de nous de protéger Truffle et de surcroît, de préserver la famille de la rumeur et de la déchéance.

J'actionnais les pédales les unes après les autres pour maximiser l'impact.

— Oh Père, je suis tellement contrarié. Je ne suis pas sûr de moi, pourtant, je sens qu'il me faut prendre mes responsabilités envers la famille. Envers Clayton. Envers vous.

Tout du long, je dissimulai ma jubilation derrière une mine affectée.

— Allons, il suffit, le doute est l'apanage des dames, sévit soudain père. S'il y a péril en la demeure, vous devez parler. Il y va de votre loyauté !

Loyauté. Père avait prononcé le mot le moins conforme à mon intention.

— D'accord Père, dis-je, avant de marquer une pause pour accentuer mon trouble apparent et titiller sa curiosité. Il s'agit de Clayton et Rhita.

Silence.

— Clayton et qui ?

— Rhita. Notre aide-cuisinière.

Père resta suspendu le temps de tout saisir.

— La basanée ? Cette bohémienne que Wiggins a ramassée au marché ?

— Oui, Père.

Mon annonce sonna la fin du brandy. Père se retira sans un mot. Dans la nuit, fait rarissime, j'entendis mes parents se disputer dans leur chambre. Père ne partageait d'habitude jamais ses tourments avec mère. Cette fois, il la rendit responsable des déboires de Clayton.

L'adrénaline redescendue, je m'endormis sur mes deux oreilles. J'avais une totale confiance en la discrétion de père ; jamais il ne révélerait à Clayton ma trahison. Il prétexterait qu'un domestique lui avait émis ses suspicions ou qu'un villageois les avait surpris. Clayton n'aurait aucun mal à le croire étant donné les risques que Rhita et lui prenaient. Il ne me soupçonnerait jamais capable d'une telle perfidie, j'étais son seul véritable ami.

Quelques nuits plus tard, alors que je dormais à poings fermés, Clayton me tira de mon sommeil. Le forcené, penché au-dessus de mon lit, me secouait les épaules pour me réveiller.

— Allons, qu'y a-t-il ? paniquai-je.

Clayton s'effondra sur mes couvertures. J'étais phagocyté. Ma respiration, coupée.

— C'est affreux. Ma vie est ruinée. C'est horrible, George. Horrible.

Je me libérai avec difficulté.

— Père… père sait tout, me lâcha-t-il.

Mon attente prenait fin. Père avait sévi, Clayton souffrait.

Contre toute attente, la déception me gagna, je ne jubilai pas comme je l'avais espéré. J'assistais à la déchéance d'un héros, rassuré qu'il se révèle faillible comme tout un chacun, mais inquiet à la fois.

— Père a commis l'irréparable, George.

— Va-t-il congédier Rhita ? demandai-je.

— C'est bien pire.

— Allons, cela ne peut pas être si dramatique, tout de même.

Clayton plongea ses yeux rougis dans les miens. Un désarroi infini m'aspira dans ce regard où j'avais jadis puisé le réconfort et l'assurance. Clayton se leva du lit et se détourna vers la fenêtre, où un éclair balafra le ciel violacé.

— Tu n'as aucune idée de sa barbarie. Père a voulu renvoyer Rhita, mais les choses ont dégénéré.

— Qu'entends-tu par « dégénéré » ?

Clayton sembla produire un effort surhumain pour organiser ses pensées. Son attitude m'alarmait.

— Je t'en prie, parle !

— J'avais rendez-vous à Gloucester ce matin, afin de négocier l'achat de cinq batteuses à manèges pour nos fermes ainsi que deux tracteurs à essence. Père savait qu'il s'agissait d'une transaction cruciale. J'avais fait rapatrier les trois machines à Gloucester depuis Londres ; une dépense considérable. Je comptais me rattraper sur le prix de vente. Je devais donc m'absenter la quasi-totalité de la journée. Après ce rendez-vous, j'avais prévu de filer au Widdle Sheap pub. Rhita devait profiter d'aller chercher les provisions de la semaine de Miss Holly pour m'y rejoindre. J'avais loué une chambre où nous devions passer une heure tous les deux à l'issue de laquelle je la remettrais dans le train de quinze heures douze pour Lloyd. Elle serait de retour à Truffle vers seize heures et prétendrait à Miss Holly qu'elle s'était éternisée au village pour aller prier à l'église. De mon côté, j'avais l'intention de rentrer bien plus tard de Gloucester. J'avais prévenu père que je rendrais visite aux fermes de messieurs Vince et Laury, pour leur annoncer la bonne nouvelle de nos acquisitions agricoles.

— Bon sang, Clayton, viens-en aux faits !

Clayton avait regagné quelque entrain dans son développement détaillé, comme pour éviter d'aborder le pire.

— Père a profité de mon absence pour tendre un piège à Rhita, à son retour. Il s'est présenté à sa chambre où personne ne pourrait les entendre. Miss Holly l'a retrouvée effondrée. Elle vient de tout me rapporter. Pauvre Rhita, elle n'avait aucune échappatoire possible.

Clayton s'affala sur le fauteuil près de mon lit et enfonça son visage dans ses mains. Dehors, un nouvel éclair surgit.

— J'aurais dû m'en douter. Voici quelques jours que je trouvais père froid et distant. N'as-tu pas remarqué ?

— Peut-être bien, concédai-je. Père a ses humeurs.

— Cette fois-ci, c'était différent. J'ai soupçonné qu'il avait appris la vérité. Rhita pensait que je divaguais, que je devenais trop méfiant. Mais je sentais que père ne me regardait plus de la même façon. Comme Rhita me savait triste et préoccupé, elle m'a proposé de tout avouer à père. Elle était convaincue qu'ainsi, nous pourrions lui imposer notre amour. Elle disait que père avait trop besoin de moi pour me renier, que nous serions forts et qu'il n'aurait d'autre choix que de s'y soumettre.

— Tu as refusé ?

— Évidemment ! La malheureuse s'est crue dans un conte pour enfants. George, tu connais père, tout de même.

Clayton s'effondra en sanglots tandis que je prenais la mesure des sentiments que lui et Rhita partageaient.

— Quand père est venu la trouver ce matin, il a commencé par lui faire étalage de son influence dans le comté, de sa renommée et celle de Truffle. Il lui a expliqué combien ses recommandations impacteraient sa carrière et son avenir tout entier, lorsqu'elle quitterait le domaine. Sans s'en justifier davantage, père l'a destituée de son poste.

— Clayton, je suis navré...

— Ce n'est pas tout, George. Père avait d'autres projets. Il a promis à Rhita de ruiner nos deux vies, si elle refusait d'obéir à sa requête.

— Sa requête ?

— Avant de t'en dire davantage, je dois t'informer d'un élément capital.

Clayton se releva du fauteuil, il regarda la fenêtre à nouveau, pour éviter mon regard. Je le vis baisser la tête et affaisser les épaules.

Dos à moi, il prononça les mots qui changèrent tout.

Définitivement.

— Rhita était enceinte.

14

George avait stoppé net son récit, soulevé par un spasme de douleur. Il se mit à gémir, la main sur la poitrine et le regard vitreux.

— Monsieur ? l'interpella Edward.

Lord Rusbick ne répondit pas. Il se raidissait, haletait, le souffle de plus en plus court. Son teint vira livide.

— Lord Rusbick ? George !

Miss Apricot se réveilla d'un bond et mordilla aussitôt la main du vicomte.

— Lyv ! s'écria Edward. Lyv, venez vite !

Il secoua la clochette qu'il détestait entendre tinter à longueur de journée, quand George sonnait Lyv. Il s'agenouilla, prit la main du vicomte et lui asséna quelques claques revigorantes.

Quand Lyv débarqua dans le grand salon, deux secondes lui suffirent pour analyser la situation. Elle ouvrit le tiroir du secrétaire calé entre la fenêtre et la porte pour en extirper un flacon rempli d'une solution blanchâtre.

Edward remarqua qu'elle n'eut pas besoin de clé pour l'ouvrir. Il en déduisit que les papiers que Lord Rusbick y avait renfermés quelques jours avant n'y étaient plus.

Lyv dilua le médicament dans un fond d'eau et accourut au fauteuil de Lord Rusbick.

— Levez-vous, Edward. Aidez-moi à surélever ses jambes sur le repose-pieds. Vite.

Edward s'exécuta tandis qu'elle ouvrait la fenêtre.

— Couvrez-le avec cet édredon.

Elle désigna le tartan dont George s'était débarrassé plus tôt.

Elle chassa Miss Apricot de ses genoux, inclina sa tête avec délicatesse, puis d'un geste précis et méthodique, fit couler dans sa bouche la potion entière. Les traits du vicomte se détendirent instantanément et son corps se relâcha dans le fauteuil. Il offrit un regard rempli de gratitude à la jeune femme, toujours sur le qui-vive.

— Que lui est-il arrivé ? demanda Edward. Je n'ai rien vu venir. Je...

— Il ne vous a rien dit ? Lord Rusbick est...

— Non ! coupa George. Ne dites rien, Lyv. Mon état s'expliquera à Oddeye dans la suite de nos rencontres.

— Oui, eh bien, c'en est assez ! Vous vous verrez en plein jour, dorénavant. De quoi avons-nous l'air, au milieu de la nuit, après la frayeur que vous nous avez faite ?

Lyv se leva, referma la fenêtre, tira les rideaux et épousseta les coussins.

— Je fais comme je peux, ma chère. La journée n'est parfois pas le meilleur moment pour moi.

— Et pour moi, alors ? Avez-vous pensé à moi ? Le jour, la nuit, je n'arrête pas et vous ne m'écoutez pas. Comment aurais-je pu joindre le docteur Stew à cette heure-ci ?

La supplique de Lyv traduisait sa détresse.

— Je vous payerai plus cher.

— Il ne s'agit pas de cela !

— Encore quelques entrevues. Deux. Trois, au plus.

Edward était désorienté. Lyv connaissait-elle la finalité de toutes ces rencontres ?

Elle épaula George pour se relever et l'accompagner dans son lit. Edward proposa son aide, Lyv lui confia les affaires à emporter à l'étage. Elle lui fit éteindre le feu et les lumières. Il s'exécuta avant de les rejoindre là-haut, Miss Apricot sur les talons.

— Inutile d'essayer de vous changer ce soir, objecta Lyv en soutenant George Rusbick qui s'asseyait sur son lit. Dormez en habits. Vous êtes trop faible, vous risquez d'avoir des vertiges.

Dépourvu de valet de pied, George Rusbick était contraint de se déshabiller lui-même.

— Puis-je aider, monsieur le vicomte ? proposa Edward.

Lyv et George le jaugèrent d'un même air.

— Non. Merci.

Lyv s'avança vers la porte pour sortir.

— Monsieur va se reposer à présent. Vous pouvez y aller. J'attendrai qu'il s'endorme pour rejoindre mon cottage.

— J'attendrai avec vous.

— C'est très aimable, mais c'est inutile.

Edward prit alors congé. Personne ne désirait qu'il reste au manoir. Avant de sortir de la chambre, il jeta un œil à la poignée de la salle de bains, obnubilé par le souvenir du sang.

L'herbe humide du parc déplut à Miss Apricot. Edward la cala sous le bras.

Il trembla, sans sentir si cela était dû au pelage mouillé de la chatte, ou bien à la soirée qu'il venait de vivre.

Le malaise de Lord Rusbick était survenu à la révélation de la grossesse de Rhita. Un événement qui, selon ses dires, avait tout bouleversé.

Pourquoi ? Comment ?

Les spéculations les plus folles lui brouillaient l'esprit. L'une d'entre elles en particulier ; la plus grandiloquente de toutes. Il s'arrêta au milieu du parc, se retourna vers le manoir dans un tournis. Le vicomte allait-il finir par lui annoncer que cette Rhita était sa mère ?

L'attente serait terrible, mais Edward prendrait son mal en patience. George Rusbick semblait si tourmenté.

Edward s'était inquiété pour lui. La sincérité dont ce dernier avait fait preuve pour livrer ses souvenirs intimes et avouer ses regrets, témoignait d'une confiance qu'Edward n'aurait jamais soupçonnée. Une proximité qui d'ordinaire lui était refusée par les personnes importantes. Lord Rusbick semblait lui louer une considération qu'aucun homme auparavant ne lui avait offerte.

Edward venait de s'endormir au moment où les premiers rayons du soleil percèrent derrière ses rideaux et que le coq des Brick poussa son chant. Il sortit admirer la rosée givrée.

Le froid le cingla. Le manoir flamboyait en haut de son esplanade. Edward remplit ses poumons d'air glacé. Ça sentait l'herbe et l'écorce des arbres. La fraîcheur lui piqua les joues. Drôle de sensation. Il sourit. Où donc était passée sa peur de mourir de froid ?

Après l'échec de sa lecture précédente, Edward voulut se dénicher un nouveau roman dans la collection de Lord Rusbick. Il opta pour l'histoire de Stevenson : *L'étrange cas du Dr Jekyll et de Mr Hyde*.

— Pris la main dans le sac !

Du haut de l'échelle des rayonnages, Edward chancela. Il se précipita en bas. Lyv souriait près de la porte, amusée de lui avoir fait peur. Elle lui tendit un livre qu'elle sortit de la poche avant de son tablier.

— Vous l'aviez égaré dans la cuisine.

C'était l'exemplaire du roman d'Agatha Christie.

— Merci, répondit Edward. Je vais le remettre en place.

— Vous ne le finissez pas ?

Il ricana.

— Après que vous m'en avez gâché la lecture ? À quoi bon ?

— Gâché ? Ce n'est pas parce que vous connaissez un élément de l'énigme que le roman n'a plus d'intérêt.

— Ah ! Mais il ne s'agissait pas d'un simple détail. Vous m'avez révélé *la* solution.

— Ce n'est pas parce que l'on connaît la fin que le reste n'a plus d'intérêt. L'important, c'est le chemin parcouru, pas la finalité. L'intrigue n'est qu'un prétexte pour découvrir le héros, ses pensées et la façon dont elles évoluent. Autrement, ne lisez que le premier et le dernier chapitre des romans, vous gagnerez du temps.

— Seriez-vous romancière à vos heures perdues ?

Lyv révulsa les yeux dans un sourire dissimulé. Elle quitta la bibliothèque. Edward reposa le livre de Stevenson pour donner une seconde chance au *Meurtre de Roger Ackroyd.* Après tout, savoir le narrateur coupable lui permettrait peut-être d'être plus proche de lui, de mieux le comprendre.

Les jours suivants, travail et lecture s'alternèrent dans une agréable routine. Lord Rusbick n'était guère réapparu depuis leur entretien nocturne, au grand désarroi d'Edward, pressé de connaître la suite de son récit.

Lyv veillait sur le vicomte, elle se souciait qu'il ne s'alimente plus assez. Selon ses dires, sa perte de poids ne lui permettrait pas de supporter la rudesse des températures hivernales. Edward écouta les craintes de Lyv en lui rappelant les trois cheminées dont disposait Truffle, rien qu'au rez-de-chaussée.

La malheureuse était sur tous les fronts. Elle employait son temps libre à nettoyer rideaux et tapis et à astiquer les vitraux du grand escalier. Elle fit même ramoner les conduits de cheminée à Edward, qu'elle houspilla ensuite pour la suie qu'il avait laissée s'envoler.

Conscient que ce remue-ménage l'aidait à réduire son angoisse, Edward l'assistait dès qu'il le put en supportant ses coups d'éclat, ce dont Lyv s'accommodait volontiers.

Le cinquième jour, il la retrouva à genoux dans la cuisine, le chignon défait, des mèches de cheveux collées au visage et le tablier plein d'une sauce verdâtre. Pas sûr de discerner si son visage était noyé de sueur ou de larmes, Edward s'accroupit tout contre elle et lui retira avec douceur la casserole qu'elle serrait dans les mains.

— Laissez, Lyv. Je m'en occupe.

Elle se releva en silence, s'affala sur un tabouret. Edward rangea le bazar, pendant qu'elle arrangeait sa coiffure et essuyait son visage.

— J'ai voulu préparer une recette indienne et cette sauce à la menthe m'a explosé à la figure. Je ne comprends pas ! J'ai suivi à la lettre les instructions de ce satané manuel !

Il l'examina avec tendresse. À l'évidence, Lyv se donnait un mal fou pour satisfaire Lord Rusbick et lui redonner le goût de manger.

— Lyv, le docteur Stew préconise des bouillons sans sel et de la viande grillée. Je suis certain que l'un de vos ragoûts ferait l'affaire.

Un sourire se dessina sur les lèvres de la jeune femme. La taquinerie d'Edward avait fonctionné.

— Allons, ne vous tracassez pas. Quel que soit le menu, Monsieur l'appréciera. J'en suis certain.

— Peut-être, mais pas son invité de ce soir.

— Un invité ? Vous voyez, je vous avais dit que Monsieur se rétablirait. C'est une très bonne nouvelle ! Qui est-ce ?

— Le même que les autres soirs, marmonna-t-elle, comme si cela lui avait échappé.

Puis elle se détourna, le teint rosi.

Edward resta interdit. Lord Rusbick avait donc prévu de le recevoir à dîner le jour même. Pourtant, ce ne fut pas cette nouvelle qui lui procura ces drôles de frémissements dans le bas-ventre. Non. Edward venait de comprendre que si Lyv se donnait tout ce mal, c'était pour lui.

Elle s'empara d'un chiffon et astiqua la casserole, qui égouttait sur l'évier, dos à Edward.

— Oh, mais n'allez pas croire que je cherche à impressionner qui que ce soit. Vous avez été tout à fait odieux à critiquer ma gastronomie, sans compter vos échanges à ce sujet avec monsieur le vicomte. Qu'il se plaigne s'entend encore, mais vous, mon brave, qu'avez-vous connu ? Des *fish and chips* huileux servis dans du papier journal ? De quel droit vous permettez-vous de juger mon travail ?

— Je savais que vous écoutiez aux portes ! Vous avez tout entendu de nos conversations avec Monsieur, pas vrai ?

— Seulement ce qui m'intéresse, répondit-elle avec dédain. Et ce que l'on pense de moi m'intéresse.

— Lord Rusbick ne jure que par vous. De quoi avez-vous peur ?

— Certainement pas de vous !

Elle le poussa et entreprit de débarrasser le plan de travail.

Edward soupira.

— Je ne souhaite plus me bagarrer, Lyv. Marcher sur des œufs et tenter d'anticiper chacune de vos sautes d'humeur ne m'amuse plus. Si vous préférez que nos rapports demeurent hostiles, qu'il en soit ainsi. Pour ma part, j'arrête d'essayer.

— Enfin, c'est absurde ! C'est moi qui marche sur des œufs avec vous.

— Par pitié, ne soyez pas de mauvaise foi ; vous m'avez jugé dès le premier jour !

— Comment vous faire confiance, Edward ? À peine arrivé, vous fourriez votre nez partout. Les domestiques ne font pas ça ! J'ai tout de suite vu que vous n'étiez pas à Truffle par hasard. Et voilà que Lord Rusbick vous convie à sa table, que je dois vous servir et accepter que vous recueilliez les faveurs de Monsieur alors que c'est moi qui veille sur lui, jour et nuit !

— Seriez-vous jalouse ?

Lyv détourna le visage.

— Je vous en prie, je me méfie, voilà tout. Qui êtes-vous à la fin, Edward Oddeye ? Et que cherchez-vous ?

Edward réfléchit. Lyv n'avait pas crié, elle ne l'avait pas toisé. Ses interrogations étaient légitimes.

Il empoigna les oignons qu'elle avait émincés, les jeta dans la marmite avec les morceaux d'agneau, puis ouvrit la bouche pour parler. Mais il se ravisa. Lyv lui tendit alors une cuillère en bois, sans un mot. Il gratta le fond de la marmite, déglaça les sucs avec un verre d'eau. Lyv le regardait faire, en silence. Il couvrit la marmite, inspira un grand coup et accepta de se raconter.

Il déroula le fil de son histoire avec une sincérité sans faille : Londres, Sainte-Berthe, Sœur Augustine, M. et Mme Madhouse, les travaux dégoûtants, sa piaule miteuse, ses larcins misérables. Lyv l'écouta avec attention. Il s'interrompit avant d'aborder la lettre qui l'avait conduit ici, détournant la conversation vers quelques conseils culinaires.

— Il vaut mieux saler votre tambouille dès le début… N'ajoutez point de beurre avec l'agneau… il sera plus tendre s'il cuit à feu doux…

— D'où vous vient votre expertise en matière de cuisine ? Avez-vous déjà occupé un poste de commis ?

— Hélas non. Je n'ai jamais trouvé de place aussi respectable. Sœur Augustine m'a appris. Elle acceptait parfois que je traîne dans ses pattes quand elle cuisinait. Un temps privilégié où je n'avais pas à la partager avec mes camarades. C'est étrange, la vie collective me pesait tellement à l'époque, mais depuis que j'ai quitté Sainte-Berthe, c'est la solitude qui me ronge. J'aime cuisiner dès que j'en ai l'occasion, comme si une ribambelle d'enfants allait partager mon repas ensuite.

Lyv plongea les carottes dans la sauce brunâtre, l'air absorbé par ses propres pensées.

— J'ai vécu la même chose, Edward.

Edwaarrd… Frissons, sueur.

— Je ne savais pas que vous étiez également…

— Non. Mon père est mort, en effet, mais ma chère mère vit encore. Je viens d'une fratrie de six parmi lesquels je suis la seule femme. Notre famille avait une condition honorable. Pas aussi riche que les Rusbick, disons plutôt bourgeoise. Père a fait carrière dans la vente de sirupeux. Mes frères ont tous pu entreprendre les études de leur choix, faisant la fierté de mes parents. J'étais pour ma part destinée à me marier à *un bon parti*, comme disait mère. Elle souhaitait que je vive à son image ; me faire épouser, rester discrète et docile. Que j'aime mon mari ou pas importait peu, pourvu que je le garde.

Elle poussa un rire sans joie.

— Dégénérée ! Et puis, père est mort…

Son amertume avait subitement laissé place à des larmes.

— Satanés oignons, lança Edward. Tenez, Sœur Augustine dit qu'il faut pincer une allumette entre les lèvres. Cela n'a jamais fonctionné pour moi, mais vous pouvez toujours essayer.

Lyv le remercia par un sourire.

— J'en ai tant voulu à père, pour m'avoir abandonnée aux mains de cette femme qui ne me comprenait pas, qui ne m'écoutait pas, qui ne m'aimait pas vraiment. J'ai fini par partir, loin de mes frères, loin de ma maison. C'était le prix à payer pour être libre et indépendante.

— Votre mère doit vous regretter chaque jour qui passe.

— Je ne crois pas, non. Elle n'a pas essayé de me retenir. Je lui ai écrit une lettre en arrivant à Truffle, avec l'adresse à laquelle elle pourrait me joindre. Je n'ai jamais reçu de réponse.

Edward s'était souvent comparé aux chanceux qui vivaient avec leur véritable mère. À l'écoute de Lyv, il songea avec regret à Sœur Augustine et à tout l'amour qu'elle lui avait donné.

— J'ai d'abord tenté ma chance à Oxford, poursuivit Lyv. J'y ai occupé pendant quelques semaines un emploi de femme de ménage dans un hôtel familial, mais la grande ville ne me convenait pas. Une femme esseulée y est beaucoup trop vulnérable. J'avais entendu parler de Gloucester et des Cotswolds comme d'un coin paisible. Alors j'ai proposé mes services aux portes des auberges. Au bout d'une semaine de démarchage infructueux, je suis arrivée à Lloyd, proche du désespoir. Bénis soient les Brown qui m'ont présenté Holly Wiggins. J'avoue qu'elle m'a recrutée par charité plus que par nécessité. Elle a fait preuve de beaucoup de patience à mon égard, notamment en cuisine. Je lui dois beaucoup. Madame n'aurait jamais consenti à me garder si Miss Holly n'avait pas été là pour défendre ma place. Elle m'a appris à mieux travailler durant nos quelques mois de collaboration. Je regrette tant qu'elle ait suivi Madame après la dispute avec Monsieur.

Lyv touillait la marmite, le regard dans le vague.

— Pourquoi se sont-ils séparés ? demanda Edward. Madame et Monsieur.

— Aucune idée, répondit Lyv en plongeant le nez dans le livre de recettes, dont la dernière consigne leur avait déjà indiqué de laisser mijoter une heure.

Son embarras transpirait.

Edward savait qu'elle refusait tout cancanage, mais l'occasion d'aborder le sujet ne se présenterait plus de sitôt. Jouer franc jeu semblait la meilleure alternative.

— Lyv, j'ai vu du sang. Sur la porte de la salle de bains, dans la chambre de Monsieur.

Silence.

— Vous voyez de quoi je parle, n'est-ce pas ?

Elle ferma les yeux, comme pour se protéger d'une déflagration à venir, sans répondre.

— J'ai tenté de me convaincre que ce sang provenait d'une blessure que vous auriez soignée. Mais je connais votre application, vous n'auriez jamais laissé cette tache sans la nettoyer. Lord Rusbick sait que j'ai tout vu. Je suis certain qu'il a remarqué ma frayeur. Pour autant, il ne m'a rien dit. Pas la moindre explication.

— Edward, écoutez. Il vaudrait mieux que…

— Lyv ! La brutalité de cette rupture, la froideur de Monsieur et ce sang… Comment ne pas envisager les pires scénarios ? Je vous en conjure, si vous savez quelque chose, aidez-moi à comprendre.

— Je suis désolée que vous ayez eu peur, mais je ne peux rien vous dire.

— S'il vous plaît !

— Si Monsieur ne s'est pas justifié, c'est qu'il a jugé bon de se taire.

— Je croyais que nous nous faisions confiance, à présent.

— Je n'ai jamais prétendu cela. Nous avons fait connaissance, comme vous le vouliez. J'en sais plus sur votre passé et vous sur le mien. Toutefois, je ne sais toujours rien de vos intentions, Edward.

Elle fixa ses yeux dans les siens.

— Que faites-vous à Truffle ?

Edward hésitait. Lyv soutenait son regard. Résolue. S'il voulait s'en faire une alliée, il devait tout lui raconter.

Ne faites confiance à personne. Tant pis.

— J'ai reçu un courrier anonyme à Noël. Il m'informait qu'un héritage m'aurait été légué par mes parents. Un coffre qui serait ici, à Truffle.

Edward éprouva un soulagement insoupçonné ; quelqu'un d'autre savait.

— C'est insensé, mais cette lettre, aussi bizarre soit-elle, a bouleversé ma vie entière. Car me voilà dans cet endroit, livré à l'incertitude la plus totale.

— Qui vous a envoyé cette lettre ?

— Si seulement je le savais… L'auteur est resté anonyme. L'enveloppe ne contenait que mon prénom, l'année de mon abandon et la couleur de mes yeux. Mon pitoyable matricule.

Lyv eut un mouvement vers Edward, qu'elle réprima aussitôt.

— Je sais que vous me trouvez secret, indiscret. Mais avais-je le choix ? « Ne faites confiance à personne. » Voilà l'unique recommandation que cette lettre contenait. Si vous ne me croyez pas, je peux vous la montrer.

Lyv fit une moue suspicieuse, alors Edward poursuivit. Tout dire, vider son esprit, ouvrir son cœur, il n'espérait plus que cela. Pourvu qu'il ne fût plus seul.

— Le soir où vous avez conduit Monsieur, à Lloyd, je l'ai suivi. J'avais surpris son appel téléphonique qui lui donnait rendez-vous au Sheep.

— Vous l'avez espionné ?

— Monsieur ne savait pas que j'étais dans les communs quand le téléphone a sonné et je l'ai entendu assurer à son interlocutrice que leur conversation me resterait cachée.

— Enfin, Edward, vous vous faites sûrement des idées ! Pourquoi Monsieur…

— C'est la vérité ! J'ai entendu très distinctement Lord Rusbick dire à la personne au bout du fil : « Ne vous inquiétez pas, il n'y a que Lyv. Il doit sûrement travailler dehors. » Qui d'autre pouvait désigner ce « il », si ce n'est moi ? Qu'auriez-vous fait à ma place ?

Lyv consentit dans un léger acquiescement.

— Ma filature a échoué. Je n'ai pas pu voir la femme qui l'accompagnait. Quand je suis rentré à Truffle, Monsieur m'attendait à mon cottage. Dans le noir. J'ai eu la peur de ma vie. Il connaissait tout de mes intentions, sans que j'aie à lui parler de la lettre. Alors que je croyais être viré, il m'a proposé ces rendez-vous pour m'aider à trouver mon coffre. Il a dit qu'il me parlerait de mes parents.

Lyv écarquilla les yeux comme si enfin tout s'éclairait, tandis qu'une vague fugace de panique submergea Edward. S'entendre relater toute l'histoire l'avait déchargé, mais brouillé davantage.

La perplexité de Lyv s'était atténuée et son intérêt s'était accru.

— Le coffre ne serait donc pas en la possession de Monsieur ?

— Si j'en crois ses dires, non.

— Alors, comment compte-t-il vous aider ? Je veux dire : que vous raconte-t-il pendant vos dîners ?

— Son enfance. Ses relations avec ses parents et son frère. La façon dont il a connu Madame. Mais il refuse de répondre à mes questions. Il dit qu'il doit respecter la chronologie des événements.

Edward lui relata succinctement les derniers éléments que Lord Rusbick lui avait dévoilés. En face, Lyv semblait glisser dans les affres de la fascination.

— Vous savez tout désormais. Je suis livré à cette énigme nébuleuse, sans autre solution que de me fier à Lord Rusbick, un inconnu dont cette lettre m'avise de me méfier. À présent, comprenez-vous pourquoi cette tache de sang me hante ?

— Edward…

— Et voilà que cette femme, chassée du domaine au moment même où j'arrive, réapparaît dans les récits de Monsieur à une place où je ne l'attendais pas. Je suis perdu, Lyv. J'ai besoin de savoir. Savoir qui elle est. Savoir si elle est ma…

Edward ne termina pas sa phrase.

Lyv se figea. Il attendait sa réaction, soumis à son ambiguïté. Il restait persuadé que Lyv n'avait pas tout dit, mais s'ouvrirait-elle seulement à lui ?

Mais alors, sans transition, elle alluma la radio. Une mélodie grésilla. Son visage se détendit. La conversation semblait close.

Edward n'insista pas. Lyv avait sans doute besoin de temps.

Leur tambouille mijotait. La sauce ocre s'était épaissie. Son goût correspondait à celui d'un plat indien. Il était temps d'y ciseler les herbes aromatiques avant de l'enfourner pour trente minutes. Edward nettoya le plan de travail pendant que Lyv fit bouillir de l'eau. Elle disposa quelques sablés sur une soucoupe et leur servit deux tasses de thé.

Elle augmenta le son de la radio, ferma les yeux et fredonna la mélodie en se balançant sur sa chaise. Elle n'avait pas enlevé son tablier maculé de jus verdâtre, indifférente à son apparence, ce qui ne la rendait que plus belle.

Edward l'admirait, persuadé qu'elle ignorait l'effet qu'elle lui faisait. Il embrassait les détails adorables de son visage ; son nez retroussé trop court, la pulpe de ses lèvres orange.

Lorsqu'elle rouvrit les yeux, Edward se détourna. Fixer n'importe quoi. La tasse de thé, les gâteaux… Pourvu que Lyv ne remarque pas qu'il la dévisageait.

— Matilda Alice Powles ! frémit-elle. Quelle femme !

Il dodelina, un sourire constipé aux lèvres, sur le rythme de la chanson.

— Vous appréciez aussi Vesta Tilley ? demanda-t-elle.

— Oh oui, les deux sont formidables, dit Edward, sans savoir de qui Lyv parlait.

Elle gloussa.

— J'adore *Burlington Bertie* !

— Oh oui, lui aussi, se hasarda Edward.

Lyv rit de plus belle.

— Il s'agit du personnage joué par Vesta.

— Oui, bien sûr, s'embrouilla-t-il. Tout à fait, le personnage de Vesta.

Ses joues chauffaient un tantinet trop. Il but une gorgée de thé. C'était pire.

— Vesta Tilley est le nom de scène de Matilda Alice Powles, expliqua Lyv. Une sainte femme. Cette chanson, *Following in Father's Footsteps*, est ma préférée.

Edward gloussait niaisement.

— J'aurais rêvé de la voir se produire ! Hélas, elle ne monte plus sur scène depuis une décennie au moins. Cela m'étonne que vous ne connaissiez pas cette femme. Elle ne passe pas inaperçue avec ses numéros. Elle se travestit souvent en policier ou en dandy. Elle est tellement libre !

Lyv plongea dans sa tasse fumante, avant d'ajouter :

— Saviez-vous qu'elle est une fervente donatrice aux bonnes œuvres et notamment aux établissements caritatifs pour enfants ?

Edward l'écouta lui parler de son idole, désireux que ce moment s'étire à l'infini.

Soudain, une conviction l'inonda : jamais il ne se lasserait de la compagnie de Lyv.

15

Ce dîner est un délice. Lyv a beaucoup progressé. Vous voyez Oddeye, le travail paye systématiquement !

Bon, reprenons… la dernière fois, nous avons laissé cette pauvre Rhita enceinte aux mains de père.

La malheureuse avait jugé bon de lui révéler sa grossesse, dans l'espoir qu'il prenne pitié et se ravise. Hélas, elle ne connaissait pas père. Au lieu de s'inquiéter de son sort et de celui du bébé, il opta pour l'autre solution ; faire appel à une faiseuse d'anges.

Voyons, Oddeye ! Une tricoteuse, pardi. Ne me dites pas que vous ignorez… Votre naïveté est touchante.

Les faiseuses d'anges permettent aux femmes de mettre fin à leur grossesse, en toute clandestinité. Elles percent la poche dans laquelle l'enfant se développe et pouf… Une torture. Dangereuse pour la mère, qui plus est. Vous imaginez qu'en de pareilles circonstances, père ne pouvait faire appel aux services du docteur Stew.

Après le départ de Rhita, père prit un malin plaisir à tout raconter à Clayton. L'avortement forcé, l'enveloppe qu'il avait donnée à Rhita pour qu'elle subsiste le temps de retrouver un emploi loin de Lloyd. Et ce serment contraint : ne jamais remettre les pieds à Lloyd, ni revoir Clayton.

Il en a tant voulu à père, or ce n'était rien, comparé aux reproches qu'il s'adressait à lui-même. Pour sauver l'honneur des Rusbick, la femme qu'il aimait s'était fait charcuter pour tuer l'enfant qu'elle portait. Un enfant de l'amour. Dans l'esprit de mon frère, tout était sa faute.

À compter de ce jour, Clayton ne fut plus le même homme. Il devint de plus en plus taciturne. Lors des repas, il ne décrochait pas un mot, ne souriait plus. Il répondait sporadiquement aux questions qu'on lui posait, avec une froideur terrifiante. Il portait un masque de colère triste, tout le temps.

Il continuait d'obéir aux moindres ordonnances de père, avec une subordination exacerbée. Il régentait les affaires du domaine avec une rigueur maladive, une ténacité aussi efficace que curieuse. Jamais il ne s'effondra.

En revanche, Clayton se mit à boire beaucoup. Il commençait après sa journée de travail et poursuivait bien au-delà du brandy. Un soir, notre chère Holly le surprit à sangloter, ivre, dans la cour des domestiques, à l'abri des regards.

Holly avait amené Rhita à Truffle, leurs liens outrepassaient largement le simple chaperonnage professionnel. Elle savait où avait atterri Rhita, ce qu'elle advenait depuis les événements. Alors ce soir-là, pour réconforter Clayton, Miss Holly lui rapporta que Rhita avait trouvé un nouvel emploi au sein d'une maison bourgeoise, dans une bourgade assez éloignée de Lloyd pour assurer sa disparition.

Naturellement, Clayton implora Holly de lui révéler le nom des nouveaux patrons de Rhita. Mais elle refusa sans céder. Résigné, Clayton lui réclama une dernière faveur ; transmettre des mandats à Rhita. En secret.

Assurer la prospérité à son amour déchu demeurerait son unique réconfort.

Très vite, nos parents estimèrent judicieux de présenter de futures épouses potentielles à Clayton. Selon eux, il était temps qu'il fonde sa propre famille, sans quitter Truffle bien sûr. Les invitations se succédèrent. Mère tentait d'attirer des familles de renommée équivalente à la nôtre. En ce temps-là, les titres avaient encore de l'importance.

À l'issue d'un défilé laborieux, Clayton tomba sous le charme relatif d'Olivia Rustalt, la fille d'une douairière dont le mari avait succombé à une pneumonie deux ans avant. On prononça le mariage au mois de décembre de l'année 1911. Olivia ne possédait guère l'aura de Rhita, mais elle était douce et gentille, parfaite pour la vie que menait Clayton. Elle représentait la sûreté, ou plutôt l'absence de contrariété.

Leur union entraîna vite une grossesse. Cependant, la pauvre Olivia souffrait d'un mal que seules les femmes peuvent connaître. Des douleurs au ventre la torturèrent sans que les médecins puissent l'expliquer. Le bébé n'y survécut pas. Mère se montra d'un grand soutien pour Olivia, à l'inverse de Clayton, que ses obligations accaparaient même dans ces circonstances.

Olivia donnait la sensation d'un grand gâchis. Elle déambulait dans Truffle en attendant le retour tardif de son mari. Elle suivait mère chez les bourgeoises du coin et avalait les romans, assise seule dans le parc. La malheureuse ne cultivait pas cette intelligence qu'on devinait à son contact.

J'en touchai deux mots à mère qui, derrière son apparente légèreté, témoignait aussi d'un ennui morbide. Je savais qu'elle refrénait ses ambitions au profit de celles de père. Je l'incitai à en échanger avec Olivia, persuadé qu'elles se comprendraient.

À raison.

Bientôt, elles assemblèrent leurs idées pour servir la communauté du village. Elles organisèrent des événements caritatifs prolifiques auxquels on doit notamment la création de notre dispensaire et de la bibliothèque, la construction de la halle près de la voie de chemin de fer, ou encore l'aménagement de la terrasse du Sheep.

Au mois d'avril 1912, père consentit enfin à offrir à mère le voyage de ses rêves pour le trentième anniversaire de leurs noces : découvrir l'Amérique. Mère, qui pourtant préférait le calme des Cotswolds au vacarme des villes, brûlait d'envie de découvrir New York et ses fameux gratte-ciel qui fascinaient le monde. Je me souviens encore de leur joie avant le départ. On eût cru de jeunes mariés. Ce voyage serait inoubliable.

Père déboursa une petite fortune pour participer au premier voyage transatlantique du paquebot le plus luxueux jamais construit. Le navire faisait la une de tous les journaux. Le 10 avril 1912 au matin, père et mère se rendirent à Southampton, afin d'embarquer à bord du *Titanic*, direction l'Amérique. Les malheureux n'y accostèrent jamais. Ils périrent dans les profondeurs glacées de l'océan, en compagnie de quelque deux mille autres passagers, toutes classes confondues.

Après le choc de l'annonce et le deuil, nous apprîmes à vivre sans eux. En tant que fils aîné, les titres de propriété de père m'appartinrent désormais. Honteuse injustice ! Moi qui avais profité du labeur de mon frère pour vivre au gré de ma paresse, j'héritais de tout.

J'ordonnai au notaire familial une répartition équitable des biens, entre Clayton et moi. À ma grande stupéfaction, Clayton refusa. Il déclina le legs de la moindre parcelle du domaine.

Son unique exigence concernait la propriété du petit manoir que père possédait à Roy, un village au sud de notre campagne, à quelques *miles* de Bristol. Père avait acheté cette sublime bâtisse à la mort de la douairière de Galt, qui avait vu s'éteindre avec elle, toute la lignée de ses aïeux. Quoique un peu étroite, cette bâtisse témoigne d'un raffinement et d'une coquetterie délicieuse. Disons qu'elle s'apparente plus à un cottage luxueux qu'à un manoir comme Truffle.

Nous n'y séjournions que rarement, mais père y tenait beaucoup, il prétendait que la nature était différente dans le sud de la région. Allez comprendre. À mon sens, côté Bristol ou Gloucester, les Cotswolds demeurent les Cotswolds : des amas de chaumières étranglées par le lierre, nichées au creux de collines fendues de rivières grises.

Sans vraiment comprendre la requête de Clayton, j'y accédai sans débat. Il obtint Roy, tout en continuant de vivre à Truffle avec Olivia.

À partir de cet instant, ses absences se rallongèrent, parfois jusqu'à des nuits entières. Olivia et moi nous retrouvions souvent à deux, pour dîner. Malgré sa pudeur, je la pressentais soupçonneuse. Toutefois, ses doutes au sujet de son mariage furent recouverts d'un voile de bonheur, lorsqu'elle tomba de nouveau enceinte.

En dépit de ma joie pour Olivia et Clayton, je constatais l'analogie entre leur vie et celle de mes parents. J'allais devenir l'oncle d'un bébé qui connaîtrait le même préjudice que moi : être issu d'un couple dénué d'amour.

Au fil de la grossesse, Clayton demeura toujours aussi distant. J'entrepris de lui en parler, pour le bien d'Olivia.

Je me fis envoyer valser *illico*. Voici ses mots :

— George, tu es la dernière personne de laquelle j'accepterai un quelconque avis sur ma vie et encore moins sur mon mariage.

Je restai estomaqué par son agressivité.

— Je désire simplement t'aider, insistai-je. La grossesse est une période délicate…

Il m'interrompit sans détour.

— Ma phrase n'était-elle pas assez claire ?

Je ravalai mon caquet.

Dorénavant, Clayton et moi n'échangeâmes guère plus, y compris sur des sujets badins. J'ignorais tout de ses pensées joyeuses ou tristes, de ses projets et lui des miens, pour peu qu'il y en ait eu.

Je l'observai de loin, songeai à sa souffrance ; le deuil de père, son amour bafoué pour Rhita. Deux relations qui le hantaient indubitablement. Deux relations qui lui avaient été interdites. Dans les deux cas, j'avais été au milieu.

Ma honte commença à prendre le pas sur la simple culpabilité que j'avais éprouvée jusqu'alors.

Je pris mes distances avec Olivia aussi, dans le but de contrarier Clayton le moins possible. À mesure que le ventre de ma belle-sœur grossissait, ma présence devint de moins en moins légitime. J'étais un étranger dans sa propre demeure. Qu'allais-je devenir ? Quel sens avait ma vie ?

Je n'aspirais plus qu'à trouver un lieu où m'exiler, quand la providence m'envoya un signe.

Voilà plusieurs mois que le climat politique mondial se dégradait. Chacun s'attendait à ce qu'une guerre éclate. Lorsque l'Angleterre entra officiellement dans le conflit, mes questions se clarifièrent. Nous étions accablés d'appels au volontariat. Chaque homme valide était sommé de contribuer au combat et chaque femme sachant enfiler du fil dans une aiguille se faisait infirmière.

Convaincu de mon inutilité dans ce monde, j'y vis l'occasion de changer. À l'inverse de la majorité des soldats, je n'abandonnerais ni femme ni enfant.

En juillet 1914, peu avant l'accouchement d'Olivia, j'intégrai la Kitchener's Army, qui rassemblait des volontaires pour combattre l'empire allemand. La dégradation de notre relation tint l'étonnement de Clayton sous silence. Son bébé naîtrait incessamment tandis que j'étais attendu en France sur le champ de bataille. Je décampai sans délai et sans que personne n'en fasse cas, soulagé de débarrasser Truffle de son dernier fantôme.

Je m'efforcerai de vous épargner les horreurs de la guerre, mais il me faut malgré tout m'y pencher quelque peu. Car cette période est en tout point cruciale dans notre développement.

Je découvris la campagne française, très différente des descriptions de père. *Exit* les villages ensoleillés où le vin coule à flots, l'odeur du pain frais et les champs de lavande. Là où j'étais, la pluie tombait sans arrêt.

Les tranchées boueuses ne séchaient jamais complètement, mes bottes collaient au sol spongieux, si bien que chacun de mes pas représentait un effort. Connaissez-vous l'odeur de la boue, Oddeye ? Je la goûtais matin, midi et soir. Jamais, je ne vomis autant qu'à la guerre. Mon corps ne trembla jamais autant non plus, la terreur ne me quittait pas. Chaque seconde de mon existence devenait potentiellement la dernière. Nous perdions la notion du temps et, pour ma part, je n'avais personne à qui penser dans l'espoir d'un retour.

Clayton et Olivia avaient assuré la descendance des Rusbick. Revenir ou périr dans la glaise des tranchées m'était donc devenu égal. La guerre nous renfermait dans un interminable tunnel dont les méandres laminèrent la majorité d'entre nous. Une infime partie en trouverait l'issue et compte tenu de mon habilité en tant que soldat, je n'avais que très peu de chance. J'étais l'un des moins téméraires. Si je me surpris quelques rares fois à prendre part active dans les missions que nous menions, j'encombrais en général inutilement les tranchées déjà trop étroites. Je ne commis aucun acte héroïque, tels ceux de mes camarades.

Souvent, je me prenais à penser que Clayton, lui, aurait su comment se battre.

J'ai survécu ainsi jusqu'à ce que l'armée britannique fût appelée à se joindre aux alliés français qui, à ce moment, s'épuisaient. En juillet 1916, nous prenions part à l'un des pires carnages que cette guerre eut causés : la bataille de la Somme.

Jusqu'alors, les tirs d'obus m'avaient épargné, mais j'ai su, aussitôt arrivé là-bas, qu'il en serait autrement. Dans la Somme, raser les parois des tranchées ne suffirait pas. Impossible de passer entre les balles. L'horreur à laquelle j'étais confronté me donnait presque envie d'être touché, mais pas pour rentrer.

Il est vrai que bon nombre de soldats se blessaient par eux-mêmes en secret pour être rapatriés. Beaucoup d'hommes pleuraient le soir, parlaient à des photos cornées, embrassaient des portraits de bambins avant de s'endormir. Pour moi, il ne me restait qu'à en finir. Trop lâche pour me sacrifier, je me morfondais sans passer à l'acte, dans l'attente du coup fatal.

C'est en attendant la mort que je ressentis, après tous ces mois de silence, le besoin de parler à mon frère. Je n'aurais pu souffrir d'emporter la vérité dans la tombe. Clayton devait savoir.

J'ai dans cette enveloppe que voici, la lettre que je lui écrivis.

Mon cher frère,

Il n'y a pas un jour sans que tu me manques. Toi, mon ami à la loyauté sans faille. Tu as assuré à notre famille la réussite dont père lui-même demeurait incapable. En retour, moi, ton aîné, n'ai fait que gâcher ton destin.

Je n'ose imaginer ta stupeur quand tu liras ces mots, mais je te dois la vérité sur les événements du passé, car malgré les années, ton cœur n'a jamais guéri. Certes, mes aveux n'y aideront guère. Pour autant, tu dois savoir, mon frère, que ton malheur n'est dû qu'à la bassesse de mes instincts. Je t'ai trahi, Clayton. C'est moi, qui ai livré à père le secret que tu partageais avec Rhita. J'ai volontairement attisé sa colère et par surcroît, provoqué les drames qui en ont découlé.

Te dire que j'ai regretté cette perfidie à l'instant même où je l'ai commise n'y changerait rien. Cela ne guérira point ta souffrance. J'aurais aimé te donner des raisons valables d'avoir agi ainsi, mais aucune ne saurait le justifier. La honte me grignote chaque jour un peu plus. Peut-être ne me pardonneras-tu jamais. Peut-être ne nous reverrons-nous jamais, mon frère.

À présent, je peux partir. La guerre emporte les hommes par milliers. Mon tour viendra.

Je vous aime pour toujours, toi, Olivia et votre enfant.

George.

Quelques jours après, des éclats d'obus bénis me perforèrent le poumon droit. Dans l'explosion, mon corps fut projeté sur ceux de mes camarades déjà morts. Dans ma chute, un troupeau de bougres affolés à la recherche d'un abri me piétina, brisant mon genou gauche à tout jamais.

On me transféra dans un couvent réaménagé en hôpital en pleine campagne normande, duquel je sortis, après des mois de convalescence, dans l'état que vous connaissez. Les médecins et infirmières priorisaient les urgences. Je reçus bien moins de soins que mes blessures nécessitaient, mais tellement plus que d'autres soldats. Je rentrai au pays, le corps en morceaux, le cœur vidé. Je reste incapable aujourd'hui encore de dormir sans me réveiller en plein cauchemar. Par tous les moyens dont il dispose, mon corps me rappelle chaque jour que je suis à moitié mort.

Je retrouvai un Truffle poussiéreux où l'écho de ma voix résonna inutilement lorsque j'appelai mon frère, sa femme ou les domestiques. J'en conclus que Clayton, Olivia et leur enfant avaient emménagé à Roy. Pour la première fois, j'étais seul. Désespérément seul au monde.

Ma jambe ne me permettant plus de manœuvrer une automobile, je me fis conduire à Roy. Un trajet d'une heure vers ce village où je n'étais plus allé depuis mon enfance. Pendant la route, j'écoutai mon chauffeur déverser son analyse navrante des conséquences de la guerre.

— Les nobles ne sont plus nobles, mon bon monsieur. L'aristocratie n'a plus d'aristos ! Vos privilèges ne vous donneront bientôt plus aucun privilège et…

— Laissez-moi deviner, lui répondis-je, mon argent ne me rendra plus riche ?

— Vous êtes loin d'imaginer ce qui se passe !

Je le laissai déblatérer son discours sans queue ni tête, conscient qu'au fond, il avait raison.

J'entrai dans le jardin défraîchi du manoir de Roy, boiteux. La fontaine en son centre ne fonctionnait plus, mais la grille était grande ouverte et une voiture stationnait devant. J'avançai vers la bâtisse, pétrifié de manquer d'air. La perforation de mon poumon engendre un épanchement pleural qui m'empêche parfois d'inspirer correctement. Je ne m'en formalise plus aujourd'hui. À l'époque, en revanche, j'avais l'angoisse permanente d'une asphyxie mortelle. Je me revois, frappant au heurtoir de la porte, pétrifié.

J'allais retrouver mon frère, la seule famille qu'il me restait, après tout ce temps. Avait-il lu ma lettre ? Olivia connaissait-elle toute l'histoire ? Me renieraient-ils tous les deux ?

J'envisageai toutes les formes que pourraient prendre nos retrouvailles. Toutes, sauf celle qui eut lieu.

On gratouilla la serrure de l'intérieur. La porte s'entrouvrit. Une ombre s'immisça dans la fente. Puis, elle s'ouvrit grand.

Je défaillis, une main sur ma canne, l'autre agrippée au cadre de la porte. Mon souffle… coupé. Ma survie… livrée à la merci de la femme face à moi.

— Bonjour, George.

J'avalai tant bien que mal une bouffée d'air, pas sûr de réussir à inspirer complètement et décoinçai du fond de ma gorge un :

— Bonjour, Rhita.

16

George Rusbick s'était tu.

— Que s'est-il passé ensuite ? demanda Edward. Qu'est-il advenu d'Olivia Rusalt, l'épouse de votre frère ?

George attrapa le verre d'eau posé sur le guéridon, le porta à ses lèvres, agité de tremblements comme s'il soulevait une jarre pleine.

— J'ai besoin de sommeil. Nous devons suspendre. Vous m'excuserez, le moment n'est pas approprié, vos interrogations sont légitimes, mais je dois me retirer, au risque de ne plus jamais me réveiller.

Edward trouva la métaphore curieuse.

— Très bien monsieur, mais s'il vous plaît, quel est donc le lien entre toute cette histoire et ce coffre, supposé mien ?

— Les réponses viendront, n'ayez crainte.

George essaya de se lever, chancela, puis retomba dans le siège qu'il venait de quitter. Edward se précipita pour le soutenir.

— Non, merci, le repoussa George Rusbick avant de se reprendre.

Cette fois, tout juste s'érigeait-il sur sa canne qu'il s'effondra au sol.

Edward ne vit plus à ses pieds qu'un amas d'os brisés. Il s'agenouilla, rejoint par Miss Apricot, qui s'était d'abord réfugiée sous le fauteuil. Elle porta de légers coups de patte sur l'épaule de George.

— Monsieur le vicomte ? Monsieur !

Du sang coulait des rides du front de Lord Rusbick, jusqu'à ses yeux clos.

Diable ! jura Edward, pourquoi Lyv n'était-elle pas là quand il avait besoin d'elle. Il consulta l'horloge. Minuit passé. Lord Rusbick l'avait libérée deux heures avant, quand Edward avait promis d'assurer les corvées du coucher.

Il souleva délicatement la tête de Lord Rusbick et lui tapota la joue. Les paupières de l'homme soubresautèrent.

Edward expira sa frayeur. Tous leurs dîners devaient-ils se solder par un malaise ?

— Attention ! Ne vous levez pas trop vite. Vous vous êtes cogné dans votre chute. Laissez-moi juste le temps de téléphoner au docteur Stew.

— Non. N'appelez personne. Aidez-moi plutôt à rejoindre ma chambre.

— Mais, vous...

— J'ai dit non !

Lord Rusbick tendit sa main à Edward. Ce dernier passa sous son aisselle pour le hisser en position verticale. Lord Rusbick était lourd, dépourvu de tout tonus, le corps désarticulé.

Ils gravirent l'escalier à grand-peine, Miss Apricot à leur suite. Le vicomte trébuchait sur chaque marche. Là-haut, il s'écroula sur son lit, en nage, le teint blême.

— Ma chemise de nuit se trouve dans la commode près de la cheminée.

Edward la lui apporta et lui souhaita une bonne nuit, prêt à quitter la chambre.

— Attendez... s'il vous plaît, le rappela Lord Rusbick.

Il tendait son pyjama à Edward, le visage baissé. Edward marqua un temps d'arrêt et scruta alentour, comme si un valet de pied allait intervenir. Il hésita, puis s'approcha en silence.

Il déboutonna le col de la chemise de Lord Rusbick et la lui ôta.

Les membres qui, couverts de laine, semblaient déjà d'une épaisseur modeste n'étaient plus que des tiges chétives prêtes à se briser à chaque contorsion. Un sillon violacé et boursouflé balafrait son buste, du sternum au nombril. La cicatrice paraissait tellement fine qu'elle menaçait de se fendre à nouveau. Edward redoubla de délicatesse pour retirer le pantalon de Lord Rusbick. L'atrophie de ses muscles dévoilait des fractures osseuses qui déformaient ses jambes.

George ne regarda pas une fois Edward dans les yeux.

Quand il fut couché, Miss Apricot s'élança sur son lit et se faufila dans les couvertures. Edward voulut la rattraper, mais George le retint.

— Je vous en prie, laissez-la.

Miss Apricot frotta ses moustaches à la joue du vicomte. Des chatouilles réservées habituellement à Edward, depuis son enfance à Sainte-Berthe.

— Asseyez-vous, Edward.

George désigna le fauteuil près du lit. Edward obéit.

— Ouvrez donc le tiroir de la table de nuit.

À l'intérieur, Edward découvrit un coffre en laque dorée, de forme carrée, gravé d'un petit R. Son corps entier frissonna. Comment était-ce possible ? Il avait déjà fouillé ce tiroir, le coffre n'y était pas !

George avait-il enfin consenti à lui révéler l'objet qu'il cherchait depuis son arrivée à Truffle ?

— R pour… Rhita ? demanda Edward.

— R pour Rusbick. Mon frère Clayton faisait graver tous ses écrins. Une sorte de collection. Regardez dedans.

Edward voulut l'ouvrir, mais une force le retint.

— Monsieur, s'agit-il de… *mon* coffre ?

L'homme l'incita de nouveau à l'ouvrir en lui assurant que ce qu'il y trouverait lui plairait à coup sûr. Alors, Edward défit le loquet en priant de toutes ses forces pour que la réponse à sa question fût « oui ».

D'emblée, une odeur âcre le repoussa.

— Servez-vous ! Ce sont les fameuses truffes des Alpes. Chaque Noël, Dufour nous en envoie une caisse entière, en mémoire de feu mes parents. Ma femme les adore. Goûtez-les donc, elles sont délicieuses.

Edward voulut essayer par politesse, mais il ne put s'y résoudre. La nausée le menaçait.

— Qu'y a-t-il ?

— Je déteste le chocolat. Désolé, monsieur. C'est depuis que je suis petit.

— Enfin ! Quel genre d'enfant déteste le chocolat ?

Edward se sentit rougir. *Quel genre d'enfant ?*

— Pardon, se reprit Lord Rusbick. Où avais-je la tête ? Vous ne mangiez peut-être pas de chocolat à l'orphelinat. Pas même pour Noël, si ça se trouve. Veuillez excuser mon indélicatesse.

— Pas du tout ! Sœur Augustine et les autres organisaient chaque année de jolies festivités.

— Bien sûr. Oui.

Puis Edward sourcilla.

— Mais, monsieur, comment savez-vous que j'ai grandi en orphelinat ?

George ébaucha un sourire couronné de tendresse, puis évita de répondre, dans une pirouette.

— Ainsi, vous n'aimez pas les chocolats ?

— Ils me rendent malade.

— Une allergie ?

— Une aversion. Un mauvais souvenir.

Lord Rusbick le sonda des yeux, dans une sollicitude sincère. Edward y répondit dans un élan inattendu en s'ouvrant à cet homme, qui s'avérait bien plus humain qu'il ne l'avait imaginé.

— À l'orphelinat, nous recevions parfois la visite de nos mécènes, surtout aux fêtes de fin d'année. Ils nous apportaient des pâtes de fruits, des sucres d'orge, parfois des jeux. Au Noël de mes huit ans, un homme et sa femme sont venus à Sainte-Berthe, avec leur fils. Je me souviens d'eux comme si c'était hier. L'homme portait un complet marron, un pardessus en laine marine et un chapeau haut de forme anthracite. La toilette de sa femme était tout aussi sublime. L'apparence du petit garçon est floue, mais je revois très distinctement le *Casse-Noisette* qu'il tenait en main. Le plus beau pantin de bois du monde, avec des chaînettes dorées. Il sortait tout juste de chez le marchand, c'est sûr. Miss Apricot s'en souvient aussi, hein, ma belle ?

Edward gratouilla la chatte qui redoubla de ronrons.

— Les *Casse-Noisette* attireront les enfants de toutes les époques, sourit George pour encourager Edward à continuer.

— Ses parents avaient dû le lui acheter juste avant leur arrêt à Sainte-Berthe. Le petit garçon serrait ce *Casse-Noisette* comme si sa vie en dépendait. Il avait l'air terrifié. Pauvre enfant de riches dévisagé par une horde de garnements.

Edward regretta d'avoir utilisé le mot « riches » avec son mépris habituel, mais le vicomte fit mine de ne pas s'en formaliser. Il poursuivit :

— Je rêvais de posséder un jouet comme celui du garçon. Un jouet rien qu'à moi. Un objet qui n'aurait appartenu à personne d'autre. Cela doit vous paraître futile, mais tout ce que je voulais, c'était détenir quelque chose sur quoi aucun autre enfant n'aurait eu des droits. Pourtant, ce jour-là, plutôt que d'offrir un petit jouet à chacun, un cadeau de rien du tout, une toupie ou une marionnette, une babiole qui aurait donné à mes camarades et moi la sensation d'être uniques comme ce garçon blotti entre sa mère et son *Casse-Noisette*, eh bien l'homme au chapeau avait jugé plus opportun de nous offrir une cargaison de chocolats. Sœur Augustine, qui venait d'empocher une enveloppe pleine de billets pour son établissement, s'est alors écriée : « Que Dieu vous bénisse ! Les enfants ne sauraient vous être assez reconnaissants. » Puis, elle a ouvert les chocolats et en a distribué à la marmaille. Le couple avait un air de fierté, de supériorité. Ils allaient rentrer festoyer chez eux, la conscience adoucie d'avoir égayé le Noël des misérables orphelins, avec leurs pauvres chocolats ! Comme les autres, je m'en suis gavé. Sans appétit. Sans plaisir. Il y avait des noisettes entières à l'intérieur. J'ai tout dévoré. Nous avons englouti la cagette de friandises avant d'avoir entamé notre dîner de réveillon. Comme beaucoup, j'ai passé ma nuit à vomir et à pleurer. C'est la première fois que Miss Apricot a dormi avec moi.

À nouveau, Edward enfonça sa main dans le pelage de la chatte endormie.

Lord Rusbick posa sa main sur la sienne.

Submergé par une bouffée de chaleur violente, Edward dégagea sa main *illico*. Il se leva d'un bond, voulut attraper Miss Apricot, se ravisa et bafouilla un « bonsoir » effarouché.

Sans répit, il fila à toutes jambes jusqu'à son cottage.

Mais alors qu'il s'apprêtait à se tapir sous les draps jusqu'au lendemain, on toqua à sa porte.

17

Il ouvrit. Lyv se tenait derrière sur le pas de la porte.

Décidément, se réjouit-il, cela devenait une habitude. Heureusement cette fois, il n'avait pas gardé ses collants. D'autant plus que Lyv resplendissait, emmitouflée dans un pardessus au bas duquel sa robe de chambre dépassait.

Toutefois, elle semblait nerveuse. Après avoir écarté toute urgence éventuelle, Edward la fit entrer et s'asseoir.

— Un thé ? Il doit me rester un scone. Mais je ne vous garantis pas sa fraîcheur.

— Non, merci. Écoutez, Edward, je vous ai reproché vos manigances secrètes et je dois dire que je tiens en horreur tout ce qui s'apparente au mensonge ou à la malhonnêteté. Alors, me voilà.

Edward sentit sa gorge se nouer. Qu'avait-il encore fait de mal ?

— Je suis venue pour m'excuser. Pour ce matin. J'ai nié alors que c'est moi qui ai nettoyé cette fichue poignée de salle de bains. Je l'ai fait à la demande de Monsieur. Ce sang appartenait à Madame. Elle était… disons qu'elle était souffrante.

Edward refoula son vertige.

— De quoi souffrait-elle ?

— Monsieur n'a rien voulu m'en dire, mais j'ai ma petite idée.

— Ah oui ?

Lyv resta muette. Était-ce la peur qui l'empêchait de tout dire ? Fallait-il l'inciter à poursuivre ? Après tout, sa présence chez Edward, en plein milieu de la nuit, montrait qu'elle désirait se confier à lui.

— Je vous en conjure, Lyv, racontez-moi.

Elle expira lentement par la bouche.

— Le soir de votre arrivée à Truffle, monsieur le vicomte m'a demandé de nettoyer sa salle de bains. Il a dit que Madame s'était blessée. Une entaille superficielle, d'après lui, dont il restait une trace de sang séché. Je suis montée avec un seau rempli d'eau chaude, du vinaigre blanc et un mélange de cristaux de soude et de citron. J'ai très vite enlevé le sang de la poignée qu'une simple coupure au doigt aurait effectivement pu expliquer. Madame avait déménagé le matin même. Dans la précipitation, ce genre de chose peut arriver. Mais, lorsque j'ai voulu vider mon seau dans l'évier de la salle de bains de Monsieur…

Lyv ravala sa salive, Edward pendu à ses lèvres.

— Oui ?

— C'est un endroit où j'allais peu. Du temps de Madame, c'est Holly Wiggins qui s'en occupait.

— Lyv, venez-en au fait.

— Eh bien voilà, je suis entrée dans cette salle de bains et… il y en avait partout. Sur le carrelage du sol et même dans la baignoire.

— Quoi ? Qu'est-ce qu'il y avait ?

— Du sang.

— Du sang ! hurla Edward.

Lyv leva les yeux au ciel.

— Calmez-vous, s'il vous plaît. Si vous commencez à paniquer, j'arrête…

— D'accord, très bien. Je reste calme.

— J'ai remarqué des traînées rose pâle sur l'émail du lavabo, puis sur toutes les surfaces. Elles révélaient clairement qu'il s'était répandu une dose hémorragique de sang, que quelqu'un avait mal nettoyé. Impossible que ce soit Miss Holly. Elle n'aurait jamais laissé l'endroit dans cet état. Ce devait être Monsieur. De vous à moi, Edward, ces gens-là n'ont jamais tenu une éponge de leur vie.

— En avez-vous parlé à Monsieur ?

— Non ! Quelle indiscrétion !

— Alors, qu'avez-vous fait ?

— Rien. Je me suis exécutée. J'ai gratté les rainures du carrelage, les joints, les plaintes, j'ai décapé la pièce entière. Mais ce n'est pas tout. Deux jours avant, une dispute avait éclaté entre Monsieur et Madame. C'était au lendemain de Noël, je m'en souviens parfaitement. Je cirais la rampe de l'escalier, comme chaque semaine, quand tout à coup, mon cœur a fait un bond dans ma poitrine. Madame venait de pousser un cri terrible. J'ai rarement ressenti une frayeur aussi vive. Monsieur hurlait, lui aussi. Je ne savais pas quoi faire. Miss Holly était à son cottage, j'étais seule et...

— Quoi ? Et quoi ?

Edward luttait pour ne pas s'emporter.

— Cette dispute a eu lieu dans un endroit qui n'a rien d'anodin. C'était dans cette salle de bains. J'en suis sûre. Elle résonne et j'ai entendu la porte claquer un bon nombre de fois. On aurait cru que l'étage allait s'effondrer. Et puis, tous ces rires affreux...

— Des rires ?

Lyv grelotta comme si l'épouvante ne l'avait pas quittée.

— Des rires aigus, maléfiques. C'était Madame. On aurait cru une folle, Edward. Une sorcière.

Lyv respira un grand coup.

— J'ai eu très peur, sur le coup. Mais je crois avoir compris la raison de leur crise. Madame avait perdu beaucoup de sang ce jour-là...

— Comment êtes-vous sûre que ce sang lui appartenait ?

— Je m'occupe des soins de Lord Rusbick chaque jour, il n'avait aucune lésion, rien d'anormal. Seule Madame pouvait être blessée et en tant que femme, je peux vous dire que ce sang n'a pas coulé d'une plaie habituelle.

Le teint de Lyv rosit.

Edward cogita un instant pour comprendre.

— Oh non, Lyv… pensez-vous que Monsieur aurait battu Madame ?

— Absolument pas ! éclata-t-elle. Vous n'y êtes pas du tout.

— Lyv, je suis désolé, j'essaye juste de vous suivre. Mais vous dites qu'ils se sont disputés et qu'elle était hystérique, alors je…

— Oh ! Et puis laissez tomber après tout… j'ai dit tout ce que je savais. Bonne nuit.

Elle enfila son manteau, sans laisser Edward la retenir. Il la contempla sans savoir quoi dire.

Une beauté. Si pure.

Sur le pas de la porte, Lyv se retourna.

— Edward…

Oh, non ! Elle recommençait : *Edwaarrrd.*

— Oui ? couina-t-il.

— Où est votre animal ?

— Miss Apricot est restée dormir avec Monsieur.

Lyv gloussa et claqua la porte.

Au matin, après avoir sermonné Edward pour ne pas l'avoir alertée la veille du malaise de Lord Rusbick, Lyv sollicita l'intervention immédiate du docteur Stew ; qu'importe l'avis de l'intéressé. Repos et vigilance furent prescrits. Les capacités pulmonaires affaiblies occasionnaient des attaques dues aux carences en oxygène et aux baisses de tension.

Miss Apricot avait élu domicile dans le lit du malade. Edward se doutait qu'elle le collerait tant que son état ne s'améliorerait pas. Rien d'étonnant à ce que Lord Rusbick apprécie ce réconfort ; qui résisterait à la douceur de Miss Apricot ?

— Il semble que vous lui manquiez, dit Lord Rusbick lorsqu'il fit appeler Edward à sa chambre. Elle est adorable et aime dormir tout autant que moi. Elle peut rester, si vous n'y voyez pas d'inconvénient. Cependant, sentez-vous libre de venir lui rendre visite quand il vous plaira.

Cette proposition déconcerta Edward autant qu'elle le ravit, car elle constituait, selon lui, un prétexte du vicomte pour reprendre le cours de son récit sans délai. Ainsi, dès le lendemain, Edward toqua à la porte de la chambre, non sans une certaine appréhension.

À peine entré, il s'empressa d'étreindre Miss Apricot pour dissimuler son embarras face à l'intimité de la situation. Après les longs câlins, Miss Apricot retourna se lover dans les couvertures du lit. Edward redoutait d'avoir mal interprété la proposition de Lord Rusbick, qu'il n'apprécie pas sa visite. Mais son sourire quand il se redressa sur ses oreillers le rassura.

Edward prit place sur le fauteuil à la tête du lit, moins pétrifié qu'il l'avait imaginé, voire heureux d'être là.

Contre toute attente, Miss Apricot occupa toute leur conversation ; les chats, leurs habitudes et surtout la sensibilité de celle-ci et ses drôles de manies. Ce sujet les passionna pendant une bonne demi-heure, à l'issue de laquelle Edward prit congé, empli d'entrain. Ce bavardage s'était avéré très agréable. L'échange n'avait concerné ni le travail ni le coffre, pourtant, Edward n'en éprouva aucune frustration.

C'est ainsi que durant la semaine suivante, il se présenta chaque jour au chevet du vicomte, quelquefois dès le matin, ou plus tard dans la soirée, après sa besogne. Si au coucher, isolé dans son cottage, toutes les intrigues liées à Truffle ligotaient son esprit, une fois assis avec George à causer, son obsession s'envolait.

Edward se surprit une première fois à rire, autant épaté par l'humour de George que par le fait d'y avoir cédé. Les suivantes, il laissa éclater son hilarité sans entrave. À maintes reprises, il se força à quitter la chambre à regret.

Lyv les interrompait quand ils abusaient de l'heure. Elle délogeait gentiment Edward et intimait à George l'ordre de se reposer. Tous deux obtempéraient, amusés par son autorité caractérielle.

Edward tolérait beaucoup moins d'être écarté par la venue de Julian Knowles. Les obligations de Truffle précédant la santé du vicomte, Julian s'entretenait avec lui dans le respect des directives du médecin ; pas plus d'une heure par jour.

Venir plus souvent, mais moins longtemps, permit à Julian d'encore mieux courtiser Lyv, au grand désarroi d'Edward, qui s'arrangeait pour rester dans les parages.

Il scrutait la conduite du jeune dandy, dont lui n'avait pas l'expérience ; sa façon de tenir la porte à Lyv, de la complimenter, de la conduire pour s'asseoir ou sortir d'une pièce. Julian ne posait pas tout à fait sa main sur Lyv, il frôlait juste assez le bas de son dos pour qu'elle se sente accompagnée, guidée. Surtout, il la faisait rire.

Edward avait régulièrement déploré que dans leurs romans, les sœurs Brontë (ses préceptrices en matière de séduction) décrivent la façon dont les femmes étaient charmées, bien plus que celle dont les hommes s'y prenaient. Là, il en avait l'illustration *in vivo*. Qu'importe qu'il s'agisse de cet homme insupportable.

Le soir, Edward s'entraîna à répéter ses gestes. Il les imitait, les réinventait pour se les approprier. Il courtisait une Lyv imaginaire, face à son miroir, dans l'attente du jour où il oserait dans la vraie vie.

Être aimable avec Julian lui demeurait pourtant pénible. Au-delà de sa jalousie (qu'Edward n'admettait qu'à moitié), ce qui l'incommodait restait ce mélange d'hypocrisie et de malhonnêteté qu'il percevait chez Julian. Une impression qui ne le lâchait pas. Cependant, Edward devait lui accorder le bénéfice du doute, tenter de gommer son hostilité envers lui. Après tout, Julian demeurait courtois avec chacun.

Un matin, au ramassage du courrier, Edward tomba sur une nouvelle providentielle. Un tract annonçait la venue à Lloyd de Vesta Tilley. L'occasion inespérée pour courtiser Lyv.

Il fila au chevet de Lord Rusbick.

— Monsieur, pourrais-je m'absenter quelques heures cet après-midi ? Je sais que ce n'est pas mon jour de repos, mais je voudrais faire une course à Lloyd. Je reviendrai vite.

— Nous pourrions demander à Julian qu'il vous rapporte ce dont vous avez besoin. Inutile de vous déplacer.

— Non ! cria Edward avant de se reprendre. C'est très aimable, mais je préférerais vraiment m'y rendre par moi-même.

— Y aurait-il quelque urgence ? Êtes-vous souffrant ?

— Aucunement, monsieur. Je voudrais acheter des billets pour assister à un… comment dit-on ?

Il mima un micro devant sa bouche. Il se sentit ridicule.

— Un gala ? tenta George. Un tour de chant ?

Edward opina.

— Il s'agit de Vesta Tilley, monsieur. Elle vient chanter. À Lloyd. C'est au profit des bonnes œuvres, pour l'agrandissement de l'école.

— Vesta Tilley, vous dites… baragouina George Rusbick dans un sourire entendu.

Aussitôt sa permission obtenue, Edward ramassa toutes les économies dont il disposait et galopa jusqu'à Lloyd. À l'hôtel de ville, l'affiche du spectacle n'affichait pas encore la mention « complet ».

— Deux tickets pour le spectacle de madame Tilley, je vous prie.

— Z'avez de la chance, reste qu'une poignée de places. Ensuite, fini ! La Tilley, elle a toujours le vent en poupe !

La petite femme à la coupe de cheveux volumineuse derrière le guichet soupira lorsque Edward déposa sur le comptoir une montagne de pièces de monnaie.

— Quatre-vingts, quatre-vingt-cinq, comptait-elle avec nonchalance. Zut ! J'ai raté. Je r'commence. Trente-cinq…

Edward trépignait d'impatience.

— Quatre-vingt-trois. Quatre-vingt-quinze. Et… désolée m'sieur. Manque un shilling.

— Un shi… oh non, non, ce n'est pas possible. Vous en êtes sûre ?

— J'ai tout bien compté, m'sieur. Tout bien. Et là… manque un shilling. Ouais ! Rien qu'un petit shilling.

— Pourriez-vous me faire crédit ?

— Crédit ? Ah non ! Pas de crédit, m'sieur.

— Je vous en supplie. J'aurai mes gages dans dix jours, au plus. Je vous promets de venir vous rembourser.

Elle dodelinait la tête de gauche à droite sous les supplications d'Edward.

Il capitula, cette vieille pie ne céderait pas. Il rentra au manoir bredouille, tout espoir chu de conquérir le cœur de Lyv.

Quand Lord Rusbick le questionna sur le résultat de sa course, Edward prétendit que le spectacle affichait complet.

Alors, comme dans une tentative maladroite de réconfort, George lui donna rendez-vous pour leur prochain dîner.

18

Nous y voilà, mon cher Edward… le cœur de notre histoire.

Voyez-vous, à mon retour du front, je n'avais pas projeté avoir quitté la guerre pour en livrer une autre, plus pernicieuse, plus occulte. Hélas, je ne m'en rendrai compte que des années plus tard.

Trop tard.

Pour l'heure, je rentrai de France, amoché autant dans mon corps, que dans ma tête. Je n'étais plus que l'ombre de moi-même. Mon seul besoin : retrouver une famille, recevoir de l'affection, de l'amour, de la chaleur humaine.

Éloigner la mort. Me sentir vivant à nouveau.

Rhita m'ouvrit la porte de notre manoir à Roy, dans une tenue qui n'avait rien de celle d'une domestique. Sa manière de m'inviter à entrer et de m'offrir à boire montrait qu'elle était ici chez elle. Elle nous servit thé et petits sablés, dans son habituelle froideur tandis que dans ma tête, le fossé se creusait.

Où était mon frère ? Où étaient donc passés sa femme Olivia et l'enfant qu'ils avaient eu ensemble ? Clayton avait-il fini par se libérer de ses chaînes, pour vivre avec Rhita, son seul véritable amour ? N'avait-elle jamais quitté la scène, comme père le lui avait ordonné ?

Le choc atténué, je l'assaillis de questions, non sans une certaine opiniâtreté.

— Où est ma famille, Clayton et son épouse ? Et que faites-vous chez nous ?

— Permettez-moi de rectifier, mon brave. Vous n'êtes plus chez vous. Vous avez légué cette propriété à votre frère. Ne vous en souvenez-vous guère ?

Rhita restait comme je l'avais toujours connue, indomptable.

— Voici la raison pour laquelle Clayton désirait la maison de Roy, n'est-ce pas ? Pour vous y loger en secret !

— Non. Je n'habite là que depuis peu.

— Vous mentez ! m'emportai-je. Vous et Clayton, vous n'avez jamais cessé de vous voir. Avouez !

— Ne haussez pas le ton, c'est inutile. Je n'ai jamais voulu détourner Clayton du destin que monsieur votre père avait envisagé pour lui. J'ai sacrifié beaucoup pour que Clayton vive heureux, selon vos prédicats.

— Qu'allez-vous m'annoncer alors ? Que Clayton, son épouse et vous-même vivez ici tous les trois, en parfaite harmonie ?

— Je n'ose imaginer l'enfer duquel vous revenez et j'entends votre confusion. Toutefois, je ne me laisserai pas offenser. Commencez donc par vous tranquilliser, ou alors vous devrez sortir de chez moi.

— De chez vous ?

En quelle année avais-je atterri ? Dans quel monde ?

— Lorsque votre père m'a chassée de Truffle, je me suis retrouvée seule. Je n'avais plus personne vers qui me tourner. J'étais meurtrie par ce qu'il m'avait fait subir. Vous savez ? « La correction. »

Lorsqu'elle prononça le mot « correction », tout mon corps frémit. Elle l'avait dit lentement, ses yeux plongés dans les miens. Je compris alors que ce terme ne venait pas d'elle, mais de mon père. Il avait dû ainsi nommer son acte effroyable ; tuer le bébé, *corriger* l'erreur de Clayton, pour rétablir l'ordre.

À cet instant, je me détestai.

— Holly Wiggins demeura mon unique lien avec Truffle. J'ai respecté le contrat, vous en concéderez. J'ai laissé mon Clayton épouser cette femme.

Mon Clayton. Le terme était éloquent, mais Rhita disait vrai ; Clayton n'avait appartenu à personne d'autre qu'à elle.

— Croyez-le ou non, Clayton n'a jamais rien su de ma situation ni de celle de son fils.

— De son fils ?

Rhita me transperçait du regard.

— Les desseins de monsieur votre père ont échoué. L'aiguille de la tricoteuse n'a engendré aucun ange. La correction n'a pas fonctionné.

Je chancelai. Sidération et soulagement s'entrechoquaient en moi. Ma trahison avait provoqué la mutilation de Rhita, mais Dieu avait protégé son bébé. Si illégitime eut été cette grossesse, je n'étais pas à l'origine d'un homicide.

— Ne vous en faites pas, j'ai confié le bébé. Je ne pouvais ni l'assumer ni l'aimer assez. J'étais dépouillée. De tout. Dehors, comme dedans. Ce n'est pas à vous que j'apprendrai combien souffrir peut vous faire envisager le pire. Comment s'occuper d'un enfant, quand on n'est pas sûre de vouloir vivre soi-même ?

J'étais ébranlé. Ma colère avait déserté. J'examinai cette femme en train de siroter son thé, de déguster son sablé du bout des lèvres, sans parvenir à me représenter la cruauté qu'elle avait subie.

Je tentai des excuses.

— Ce que ma famille vous a fait endurer est effroyable et je suis…

— Vous n'avez pas à vous inquiéter, me coupa-t-elle. Personne n'a jamais rien su pour l'enfant. Sauf Holly, qui s'est occupée de moi. Elle sera d'ailleurs heureuse de vous revoir. Holly s'est fait un sang d'encre, pendant votre absence.

Elle disait que vous ne tiendriez pas une journée dans les tranchées.

Rhita me toisa de haut en bas et déclara :

— Elle s'est visiblement trompée.

— Miss Wiggins vit ici, avec vous ?

— En effet. La guerre a tout bouleversé. Peu après votre engagement, votre belle-sœur a accouché. Hélas, la malheureuse a connu de lourdes complications. Miss Rusalt n'a pas survécu. L'enfant non plus.

J'étais abattu.

Rhita m'expliqua que ce ne fut qu'après la mort d'Olivia qu'elle avait consenti à revoir Clayton. La guerre lui avait fait perdre le poste qu'elle avait trouvé après Truffle. L'aristocratie s'appauvrissait à mesure que le conflit progressait. La relève des grandes familles mourait au combat. On convertit de nombreuses demeures en hospices. Certains furent contraints d'abandonner leur domaine ou de vendre leurs biens, pour habiter de simples cottages ou appartements de ville.

Alors qu'il venait de perdre femme et enfant, rester vivre à Truffle n'avait plus eu de sens pour Clayton. Le commerce en berne, les marchés s'effondraient. Il s'était séparé des domestiques pour mener une vie plus simple et plus sûre à Roy. Il n'avait conservé que Miss Holly.

Elle avait toujours maintenu les liens avec Rhita. Ainsi, après le décès de nos parents et d'Olivia, aucun obstacle ne s'était plus érigé entre eux.

Le conflit mondial s'envenimait, la guerre n'avait pas dit son dernier mot. Mon frère, ce héros, s'était engagé à son tour, dans la troisième armée.

Et devinez où a combattu cette armée ? Dans la Somme. Nous étions tous les deux au même endroit, au même moment.

A posteriori, l'enrôlement de Clayton m'apparut logique. Se dévouer pour sa patrie, s'engager pour l'honneur. Je l'imaginai s'adonner au combat avec ferveur comme il menait toutes ses batailles ; envers et contre toutes embûches, même quand on bafouait son mérite. Clayton menait ses ambitions à terme, avec intégrité et courage. Il n'y avait aucune raison pour que sa carrière de soldat en fût exempte.

J'étais rentré avec le poumon droit perforé. Les médecins m'avaient affirmé que la plaie s'était résorbée, mais que je souffrirais de lourdes séquelles le reste de ma vie. Ma jambe droite invalide, je la traînais déjà comme une enclume. Dans quel état s'en était sorti mon frère ?

Je me souviens du désarroi de Rhita, quand je demandai.

— On ne vous a donc rien dit ?

Je restai ahuri pendant qu'elle hésita un bon moment avant de soupirer :

— Je suis désolée.

J'attendis, incertain. Rhita allait m'achever.

— Notre bien-aimé Clayton a péri dans la Somme.

Mon frère adoré, celui que j'avais trahi, celui qui s'était battu quand je me dérobais, était mort. Jamais je ne le reverrais. Jamais, je ne me repentirais. Jamais il ne pourrait me pardonner.

Ma lettre d'aveux lui était-elle parvenue ? Je n'en sus rien. Je ne réussis guère à recouper les dates de mon envoi avec celle de son enrôlement et celle de sa mort. D'autant que les délais postaux de l'époque souffraient de la conjoncture. Clayton avait tout aussi bien pu lire cette lettre, comme ne jamais la recevoir.

Peut-être était-il parti sans connaître la vérité. Peut-être était-ce mieux ainsi. Il pourrait me garder comme éternel ami, l'allié, le frère de son enfance.

Évidemment, je me gardai d'évoquer le contenu de la lettre avec Rhita. Leur enfant avait survécu au sort de père, voilà ce qui comptait vraiment. Aucun intérêt qu'elle apprenne que tout avait été ma faute.

19

L'aube teintait le parc en bleu. Comme après chaque soirée avec Lord Rusbick, Edward avait veillé la moitié de la nuit, l'esprit muselé. Au seuil de son cottage, il contemplait les premiers rayons de soleil fondre la rosée givrée. Il se resservit une tasse de café. On s'habituait vite au confort.

Miss Apricot ne le contredirait pas. Elle passait ses journées à se toiletter roulée dans les fauteuils ou étalée sur un tapis. Elle sillonnait les coins du parc qu'elle n'osait pas visiter au début et chassait même les petites souris de la cour de service. Comme Sainte-Berthe avant, Truffle était son nouveau refuge. Accepterait-elle seulement de le quitter ? Les chats étaient si farouches au changement.

Lyv vint aux nouvelles à peine Edward avait-il mis le pied au manoir. Il lui relata les dernières révélations de George, ce qui lui valut d'écarquiller les yeux, d'ouvrir la bouche en grand et de plaquer sa main sur la joue. Edward appréciait de pouvoir se confier à elle, cependant, il se demandait si Lyv le soutenait réellement ou si elle rassasiait simplement sa curiosité.

En milieu de matinée, alors qu'ils se disputaient sur le parvis d'honneur pour déterminer la meilleure arme contre la mousse entre les pavés, une arrivée incongrue suspendit leur débat. Une silhouette remontait l'allée centrale du parc depuis le grand portail.

— Qui est-ce ? demanda Edward. Monsieur attend-il de la visite ?

Tous deux savaient que Julian Knowles venait toujours en voiture. Impossible que ce pût être lui.

— Cela m'étonnerait, il dort encore. Il n'a même pas répondu quand j'ai apporté son petit déjeuner en chambre, ce matin. Je vous avais dit d'être plus raisonnables sur les horaires !

L'homme approchait, recroquevillé sur sa canne. Au vu de ses multiples haltes sur les bancs du parc, son identité se révéla vite.

— Monsieur le vicomte ? marmonna Lyv. Que fait-il ici ?

Lord Rusbick parvint enfin à leur niveau et leur adressa un sourire radieux. Il passa entre eux et entra dans le manoir, sans un mot. Lyv y répondit par une grimace avant de se retourner vers Edward.

— Vous étiez au courant ?

— De quoi ?

— Que Monsieur était sorti ! Je croyais que nous étions d'accord, Edward. Nous devions faire preuve de vigilance.

— Oui et ?

— Vous avez dîné ensemble, hier soir !

— En effet. Quel est le rapport ? Comment aurais-je pu deviner son programme de la matinée ?

Il s'accroupit pour continuer à gratter la mousse, mais Lyv lui arracha la spatule des mains.

— Oui eh bien, nous verrons quand il se retrouvera encore à convulser, écroulé je ne sais où dans le sous-bois.

— Mais enfin, Monsieur n'a jamais convulsé dans le sous-bois !

Elle lui balança la spatule et partit en râlant.

— Après tout, débrouillez-vous, puisque tout le monde n'en fait qu'à sa tête, ici…

De retour à son cottage, en fin d'après-midi, Edward découvrit une enveloppe rectangulaire sur son oreiller. L'inscription indiquait sobrement : « Monsieur Oddeye ». Un vertige le troubla et avec lui, le souvenir de Miss Augustine lui tendant la missive qui l'avait conduit jusqu'ici.

Il ouvrit le pli comme s'il risquait de s'embraser à tout instant et faire exploser le cottage. Il sortit le feuillet et lut les trois lignes.

Il restait visiblement quelques sièges libres.
Le spectacle commence à 19 h 30, je tâcherai de libérer mademoiselle Lyv à 18 heures.
Amusez-vous. Miss Apricot veillera sur moi.
G.R.

À l'intérieur, Edward trouva deux petits carrés de carton verts portant les mentions :

Vesta Tilley
28 janvier 1933 – 19 h 30
Grand hall des fêtes — Hôtel de ville — Lloyd

Edward se mit à danser sur place, embrassa les tickets à pleine bouche et vérifia l'heure sur son réveil : dix-huit heures trente.

Panique.

Il effectua une toilette rapide pour la deuxième fois de la journée (ce qui ne lui arrivait jamais), changea de sous-vêtements, choisit une tenue propre dans son placard et chaussa ses souliers les moins abîmés. Il examina son allure dans le reflet du miroir. *Satanés épis.* Il cracha sur sa main, aplatit le plus récalcitrant au sommet de son crâne et arracha le reste de sa crinière avec le peigne à poux qu'il avait depuis l'orphelinat. Après avoir obtenu le meilleur résultat possible, il se badigeonna d'eau de Cologne bon marché. Il enfila son pardessus, glissa les billets dans sa poche et sortit.

Il sautilla jusqu'au cottage de Lyv.

Devant la porte, il inspira de grandes bouffées d'air frais, dans l'espoir que son rythme cardiaque se régule. Il s'apprêtait à inviter une femme à sortir pour la première fois de son existence pour assister à un gala de chant et lui offrir un dîner au *pub*.

Tournis.

Première étape : frapper à la porte de Lyv et lui proposer de l'accompagner pour voir Vesta. Facile, Lyv ne résisterait pas à Vesta. Et le bonheur de voir son idole la rendrait encore plus radieuse.

De toute façon, Edward la trouvait tous les jours sublime, même lors de ces matinées où, pour une raison qu'il ignorait, son visage était moins gracieux.

Il se retint de gigoter, leva le poing et frappa trois coups. Son cœur tonna. La porte finit par s'ouvrir après cinq secondes d'attente interminable.

— Edward ?

Edwaarrd…

Il manqua défaillir. Lyv avait libéré ses cheveux de son chignon usuel, le rouge de ses lèvres brillait, le fard de ses paupières révélait deux pépites turquoise qui surplombaient son irrésistible sourire. Edward ravala sa salive.

— Lyv…

— Veuillez m'excuser, j'en ai pour une minute.

Elle lui tourna le dos pour rajuster le col de sa magnifique robe face à son miroir et enfiler des boucles d'oreilles violettes. C'était la première fois qu'Edward entrevoyait l'intérieur de son cottage. Lyv l'avait aménagé avec goût. Cette femme était parfaite.

Edward ne pourrait jamais remercier assez Lord Rusbick d'avoir organisé cette soirée pour tous les deux.

— Qu'y a-t-il ? Vous en faites une tête.

Edward ne put décrocher le moindre mot. Il n'en revenait pas. Lyv s'était apprêtée ainsi pour sortir à son bras.

— Vous trouvez cela excessif, n'est-ce pas ? s'inquiéta-t-elle, en posant sa main sur son collier de perles.

— Non ! Non, pas du tout. C'est… délicieux. Vraiment adorable. Enfin, très joli.

Elle rougit.

— Merci. Vous êtes très élégant aussi, ce soir.

Edward déglutit. Quelques gouttes de vomi lui brûlèrent l'œsophage.

— Eh bien ?

Qu'attendait Lyv ? s'apeura-t-il. Elle était prête, lui aussi… Fallait-il quand même qu'il l'invite de vive voix ? Les femmes faisaient de tels spécimens. Des chichis, toujours des chichis.

Il s'éclaircit la gorge, inquiet de manquer d'éloquence et baragouina une formule inaudible.

— Plaît-il ? demanda Lyv.

— Je disais que j'apprécierais, heu… que j'aimerais assez que vous… Non. Me feriez-vous l'honneur de…

Alors qu'il luttait pour aligner trois mots, le vrombissement d'un moteur retentit derrière eux. Une automobile se gara devant les cottages, dans un nuage de pot d'échappement. La portière claqua. Julian Knowles en sortit et accourut.

Il portait l'un de ces couvre-chefs démodés qu'aucun jeune homme de son âge n'affectionnait plus. Un haut-de-forme, serti pour l'occasion, d'un liseré cuivré.

— Pardonnez mon retard, ma chère !

— Je suis tout excitée, frétilla Lyv. Pressons.

Elle s'agrippa au bras de Julian. Edward se décomposa.

— Oh, pardonnez-moi Edward, se reprit-elle. Vous me disiez quelque chose ?

Edward ouvrit la bouche, mais aucun son n'en sortit. En guise de réponse, il ne parvint qu'à secouer la tête de gauche à droite.

— Allons, Lyv, ne soyons pas en retard, dit Julian. C'est Vesta, tout de même !

Puis il s'adressa à Edward :

— Vous en rendez-vous compte, mon brave ? Ves-ta Tilley ! Bien sûr que non, vous ne vous rendez pas compte.

Il ricana, la tête rentrée dans les épaules.

Le bougre était-il aussi fan de cette Vesta ? se questionna Edward, ou exagérait-il pour charmer Lyv ?

— Pourriez-vous rester au manoir jusqu'à ce que Monsieur s'endorme ? demanda Lyv.

Cette fois, Edward secoua la tête de haut en bas en regardant le couple trotter jusqu'à la voiture de Julian.

— J'oubliais, lança Lyv avant d'embarquer, si vous pouviez récupérer votre chatte. Elle devient incontinente, ça sent l'urine à plein nez là-haut.

Tandis qu'ils filèrent dans leur bolide, Edward s'interdit de verser la moindre larme. Il revêtit son habit de travail, ébouriffa ses cheveux et regagna la bibliothèque du manoir.

Il s'installa près de la cheminée où le feu crépitait et se plongea pour la deuxième fois dans l'histoire du *Dr Jekyll et de Mr Hyde*. Il lut la nouvelle d'une traite. Le dernier chapitre le régala comme la première fois. La confession du personnage principal lui glaçait le sang, pourtant, Edward éprouvait de l'empathie pour la solitude de cet homme, contraint de taire ses pires souffrances. Même si la comparaison fut fortuite, il pensa à George Rusbick.

Il refermait tout juste son livre, quand un bruit sourd frappa au plafond. Il jeta un œil à l'horloge ; bientôt minuit. Il grimpa à l'étage et déboula dans la chambre du vicomte.

— Vous ne frappez donc plus aux portes ? dit George Rusbick à moitié endormi dans son lit.

— Pardonnez-moi, monsieur. J'ai entendu un bruit, je pensais…

— Miss Apricot a fait tomber ma canne, n'ayez crainte. Mais, quelle heure est-il ? Vous n'êtes pas au concert ?

Edward répondit du tac au tac :

— C'est terminé, monsieur.

— Déjà ! Comment était-ce ?

— Merveilleux. Mille mercis pour votre générosité, monsieur.

— Vous m'en voyez ravi. Je suis heureux que vous vous entendiez avec Lyv. Vous le méritez, tous les deux. Était-elle surprise ?

La gorge d'Edward se resserra.

— Oui, elle l'était. Ravie !

— Racontez-moi.

Si Edward appréciait leur proximité nouvelle, à cet instant, il aurait préféré que son patron ne lui pose aucune question.

— Si vous aviez vu son visage lorsque Miss Tilley est entrée en scène. Elle m'a littéralement sauté au cou à la fin de la représentation. Ce fut une soirée vraiment délicieuse. Nous avons marché au clair de lune sur les rives de la Ryla et nous nous sommes pris la main.

Edward se tut aux premiers ronflements de Lord Rusbick. Miss Apricot ronronnait au creux des couvertures où elle dormait désormais chaque nuit. Edward tortilla ses doigts dans son pelage chaud, jusqu'à ce qu'un bruit de moteur lui parvînt de l'extérieur. Il se leva et écarta les rideaux de la fenêtre.

Julian raccompagnait Lyv à la porte de son cottage. Ils s'échangèrent quelques mots. Julian prit sa main dans la sienne. Même à cette distance, Edward aperçut le sourire de Lyv. Il souffrait, pourtant, impossible de détourner le regard. Il comprit la douleur de Lord Rusbick quand jadis, il avait observé Clayton et Rhita à cette même fenêtre.

Julian se pencha vers Lyv. Le moment fatidique. Il apposa une main délicate sur la hanche de la jeune femme, approcha langoureusement sa bouche vers la sienne. Les entrailles d'Edward se crispèrent. C'en fut trop. Il tira le rideau et recula.

Un écart de quelques centimètres subsista entre les deux pans de tissu. Sans le vouloir, le regard d'Edward s'y glissa. À son grand soulagement, il y discerna Lyv dévier le visage avec délicatesse pour offrir sa joue à son prétendant. Elle referma ensuite la porte de son cottage derrière elle, tandis que Julian remontait en voiture.

20

Nous voici parvenus à la fin de notre histoire et donc, à la partie qui vous intéressera le plus ; celle où votre fameux coffre entre en scène.

Les mois qui suivirent mon retour furent à tous points de vue douloureux. Je demeurai seul à Truffle, sans famille ni domestique. J'avais tout perdu. Je m'estimai heureux d'avoir survécu à l'enfer de la guerre. Pour autant, la solitude m'affligeait. Je n'avais personne à qui parler et les habitants du village me voyaient comme une bête curieuse ; un vicomte esseulé, estropié et, je l'admets, fort peu aimable.

Je me baladais parfois à Lloyd, clopinant sur la canne que voici, en écartant sans le vouloir les villageois sur mon passage. Si je m'asseyais au *pub*, personne sauf Brown ne m'adressait la parole. Les visages braqués sur moi se détournaient lorsque je les surprenais. Je préférais donc regarder le sol, persuadé qu'ils regrettaient tous que Clayton n'ait pas survécu à ma place.

Entre mon engagement et mon retour en 1918, tout avait changé. Les gens avaient peur, les pères étaient morts. Certaines des familles les plus modestes se virent contraintes d'abandonner leurs enfants dans des orphelinats. Les paysannes mariaient leurs toutes jeunes filles aux premiers venus pour leur donner une chance dans la vie. Il était donc naturel que Lloyd attende du seul Rusbick rescapé, un regain d'espérance.

Mon état ne fit qu'attiser leur consternation. Une famille comme la nôtre demeure un modèle d'idéal et une source sûre de contribution financière et politique en faveur du bon développement du comté. Qui, sinon moi, allait donc bien pouvoir redonner confiance à Lloyd ?

Seulement, la guerre avait rebattu les cartes pour l'aristocratie aussi. Jusqu'alors, le pouvoir économique était basé sur la puissance foncière. Elle nous donnait un poids politique. Après la guerre, notre déclin à la Chambre des lords ne nous offrit plus la position privilégiée d'antan. Nous y avons perdu notre droit de *veto* et pour le choix des dirigeants, l'expertise prit le pas sur la naissance. Sont alors advenus les nouveaux riches. Ces ambitieux, enrichis par l'avènement industriel, le commerce et la finance, revendiquèrent leur statut social par l'achat de terres où ils construisirent de nouveaux châteaux. Notre oligarchie vit l'exploitation des domaines ruraux décliner. Nos fermes et notre laine ne furent plus assez concurrentielles. Les investissements se firent davantage à l'étranger, notamment en Inde, plutôt que sur nos terres anglaises. Si Clayton avait vécu, je suis certain qu'il aurait été en mesure de s'adapter.

Moi, j'en demeurais depuis toujours incapable. Ma nouvelle condition physique n'arrangeant rien, je m'employai à ralentir la chute de Truffle en préservant les fonds accumulés du vivant de père.

La seule chance pour Truffle, Lloyd et par conséquent, la famille Rusbick de renaître de leurs cendres fut évidente : la naissance d'un héritier.

Jamais je n'aurais pu l'envisager sans la relation que je nouai alors avec Rhita. À l'époque, j'étais meurtri au point de n'imaginer mon futur que dans la solitude la plus totale. Pourtant, Rhita sauva l'infime partie de mon être que mon passé et la guerre n'avaient pas tuée, celle qui me restait de vie.

Fidèle au choix de Clayton, je la laissai jouir de Roy sans contrepartie, sauf celle de lui rendre visite. Elle était tout aussi seule que moi et compte tenu de ma responsabilité dans les souffrances qu'elle avait endurées, je me satisfaisais qu'elle mène une vie meilleure grâce au patrimoine des Rusbick.

Nous nous sommes apprivoisés.

Si au début, notre relation ne se nouait qu'autour de la mémoire de Clayton et des affres de la guerre, au fil du temps, nos sujets devinrent moins pénibles. Nous commençâmes à débattre de l'évolution de notre société, de l'actualité politique du pays, mais aussi d'art et de littérature. Et puis, les rires ont résonné à nouveau.

Je n'avais pas ri depuis si longtemps. Peut-être n'avais-je même jamais ri avec une femme. Ce genre de badinerie est tout à fait particulière. Nous autres, mâles, ne rions jamais avec une femme pareillement qu'avec autrui.

Nous nous baladions à Roy. En tant que hameau peuplé surtout de fermiers, les regards y étaient moins pesants. Nous nous retrouvions aussi à Gloucester où parfois, nous louions deux chambres d'un même hôtel, pour profiter des restaurants, spectacles et musées de la ville.

La guerre s'éloigna, l'insouciance renaquit et mon cœur d'homme aussi.

Mon attirance refoulée d'autrefois envers Rhita refit surface. Nous étions désormais deux êtres meurtris, seuls au monde. Naturellement, nos récentes affinités nous conduisirent au-delà de l'amitié.

Ma culpabilité m'empêcha d'abord d'y penser concrètement. Mais un soir d'été, alors que nous venions de visionner une sublime romance au cinématographe, Rhita fit le premier pas.

— Nous devrions parler de notre relation, George. J'ai bien peur que nous ne puissions évincer la question sentimentale plus longtemps.

— Vous avez raison, concédai-je. Vous avez souvent dû sentir la charge de mon inclination, je présume. Toutefois, il a Clayton. Il y a toujours eu Clayton. Et, même s'il nous a quittés, je ne saurais trahir sa mémoire.

Je sens encore le regard de Rhita me transpercer, fouiller les moindres recoins de mon âme, lorsqu'elle me répondit :

— La mémoire de Clayton ne sera jamais salie. Je l'aime pour toujours.

À ces mots, ma jalousie, que je pensais enterrée à jamais, m'embrasa de nouveau. Clayton l'emportait sur moi, même par-delà la mort.

— Bien sûr. Vous l'aimez, dis-je. Et je suis sûr que là où il est, il lui tarde de vous retrouver pour l'éternité.

Mes mots sonnaient faux.

— Je l'aime, répondit Rhita, mais il est mort et moi, je vis. Devrais-je me résoudre à une solitude éternelle, le pleurer à tout jamais ? Je ne le crois guère. Qu'aurait voulu Clayton, pour vous et moi ?

Je l'écoutais argumenter, content qu'elle réalise ce travail pour deux.

— Clayton était le meilleur homme qui soit, souligna-t-elle. Vous êtes l'homme en qui il avait le plus confiance. Il avait une telle estime pour son frère bien-aimé. Il vantait votre intelligence, votre bonté et votre sensibilité. Qui de mieux pour prendre soin de celle qu'il a tant aimée ?

Deux semaines après cette conversation, Rhita réintégra Truffle avec Miss Holly. Nous nous mariâmes à l'automne 1920.

Au fil du temps, Rhita prit en quelque sorte la relève de Clayton. Le statut des femmes évoluait. Son esprit étant vif, ses idées firent mouche auprès d'investisseurs qui sauvèrent nos fermes de la ruine. Comme les gains du domaine restaient réduits, Rhita misa sur le marché des actions boursières. Elle n'était pas spécialiste, mais elle sut bien s'entourer. Elle essuya quelques collaborations stériles, avant l'arrivée providentielle de M. Knowles en qualité de conseiller financier, il y a deux ans. Il commençait tout juste sa carrière, mais Rhita flaira son talent. Bien que sa jeunesse me rebutât, je constatai rapidement son savoir-faire. Sans Rhita, Truffle serait aujourd'hui dans un plus piètre état encore qu'il ne l'est.

En ce sens, notre mariage fonctionnait. Sur le plan de la famille, c'en fut autrement.

Pas la moindre grossesse. Au début, je ne m'en offusquai guère. Nous consultâmes des médecins spécialisés pour déceler une éventuelle pathologie chez l'un ou chez l'autre, mais en vain. Les examens ne révélèrent aucune stérilité. Nous redoublâmes alors d'efforts pour concevoir un enfant.

Quelquefois, je m'exaspérais contre Rhita, comme si elle était responsable de nos échecs ; à d'autres moments, c'est moi-même que je blâmais. Clayton avait réussi à la mettre enceinte en l'espace de quelques nuits clandestines, tandis que je m'adonnais à une vie maritale infertile.

Serais-je un jour un homme digne de ce nom ? À sa hauteur à lui ?

Le miracle se produisit à l'automne 1928, Rhita vit ses saignements retardés d'une semaine. Le docteur Stew confirma aussitôt la grossesse. Quel soulagement ! Je n'étais plus défaillant, Rhita portait mon enfant. Nous avions une chance sur deux d'avoir un fils et si c'était une fille, elle ferait l'affaire. Et puis, nous n'aurions qu'à recommencer, jusqu'à obtenir un héritier mâle. J'étais apte.

Hélas, des saignements violents apparurent après cinq semaines d'espoir. J'étais atterré. Rhita s'emmura dans la douleur. Par besoin de solitude, elle décida d'occuper la chambre de Clayton, qu'elle garda plusieurs jours sans en sortir. Hormis Miss Holly, elle n'accepta de voir personne.

Je connaissais les souvenirs atroces que ce drame ravivait en elle, pourtant, je rageais. Rhita n'avait pas choisi de dormir dans le lit de père et mère, qui était libre. Elle avait délibérément choisi *sa* chambre. Celle de mon frère. Ses draps. Même mort, Rhita lui appartenait.

À peine Rhita remise, je décidai d'essayer à nouveau. J'entreprenais la chose même quand je savais qu'elle n'y avait pas le cœur. Nos couchers devinrent pénibles. Rhita me fuyait, sous prétexte de menstruations étrangement plus irrégulières.

Elle retomba enceinte quelques mois après, au début de l'année 1929. Une victoire autant, sinon plus intense que la première fois. Absorbé par ma joie, je ne remarquai pas l'angoisse de Rhita. Et pour cause, les mêmes saignements se produisirent, elle perdit l'enfant après trois mois de gestation.

J'étais dévasté et lui en voulais de ne pas l'être davantage.

À la suite de ces événements, le fossé entre nous se creusa.

Rhita se mit à s'absenter du domaine pour des raisons nébuleuses ; boire le thé chez des amies dont je la savais dépourvue, rendre visite à des proches qu'elle ne nommait jamais. Nos discussions devinrent sporadiques. Nos rires s'évanouirent et la joie de notre union avec eux. Nos échanges ne concernèrent plus que la gestion du domaine.

Notre couple trépassa sans qu'on réagisse.

J'insistais malgré tout pour continuer à essayer de procréer, angoissé par le temps qui passait et surtout, par l'absence d'héritier. Cela provoqua des disputes assez vives qui, je dois l'avouer, n'eurent pas raison de ma détermination. Rhita se plia au devoir conjugal, dépourvue de tout désir. Je n'en eus que faire. Je voulais un fils.

Au fil du temps et des tentatives vaines, notre relation se délita franchement. Il y a quelques mois, Rhita s'est mise à découcher, à passer des nuits à Roy. Vous le concevez sans mal, me direz-vous. Pourtant moi, non. Je soupçonnai Rhita d'adultère.

Je me mis à l'épier, à fouiller ses affaires, à renifler ses robes à la recherche d'une trace de l'autre homme. Quelle que soit l'absurdité de mon comportement, à ce moment-là, j'étais convaincu de la malhonnêteté de Rhita. Dans un couple, ces doutes-là s'éprouvent plus qu'ils ne s'expliquent.

Et je peux vous dire, mon cher Oddeye, que mes pressentiments s'avérèrent bien en deçà de l'effroyable vérité que je découvris alors.

21

Edward était prostré, le velours couleur bordeaux du fauteuil accentuait sa lividité. Lord Rusbick lui releva le visage d'un doigt sous le menton.

— Vos yeux...

Edward produit un effort surhumain pour déverrouiller sa mâchoire.

— Monsieur, ayez pitié. J'ai respecté vos conditions, écouté, retenu mes questions. Cessez de me torturer. Toutes mes nuits sans sommeil me ramènent à la même conclusion. Je dois savoir ! Répondez sans détour. Mme Rhita Rusbick est-elle... ma mère ?

Lord Rusbick hésita, Edward suspendu à ses lèvres.

Tout à coup, un hurlement horrifique balafra le silence. Il venait du dehors.

Edward se précipita à la fenêtre. Au loin, Lyv surgissait des ténèbres du parc dans tous ses états.

— Au secours ! Vite !

Elle tambourina à la porte-fenêtre du salon. Edward l'ouvrit et l'aida à escalader la balustrade, puis referma comme si Lyv fut pourchassée par un démon. Elle se laissa tomber dans ses bras et fondit en larmes.

— Qu'avez-vous, mon enfant ? s'affola George.

Lyv ne put parler, les sanglots l'empêchaient de reprendre son souffle. Edward lui essuya la sueur sur le front et lui ramena les cheveux en arrière pour dégager son visage. Il ramassa une larme d'un revers de pouce sur sa joue et lui prêta son mouchoir.

Lyv haleta :

— M… Mi… Miss.

— Miss ?

— Miss Apr…

— Miss Apricot ? traduisit George.

Lyv acquiesça.

— Miss Apricot… elle a… elle a été… tuée.

— Quoi ? bondit Edward.

Son cœur s'arrêta.

— Je rentrais à mon cottage. C'est là que j'ai vu… le sang. Quelqu'un a écrit… avec son sang. Sur la porte… la porte de votre cottage, Edward.

— Voyons, c'est insensé, fit George. Elle ne m'a pas quitté de la journée.

Il balaya la pièce du regard, claqua des doigts, le félin n'apparut pas.

Edward était paralysé.

— Allons, mon garçon, ne faites pas cette tête. Lyv lit trop de romans. Ma chère, conduisez-nous à l'endroit où votre hallucination est apparue.

Malgré sa parade, George ne semblait pas rassuré.

Tous trois se hâtèrent dans le parc brumeux. Devant la porte de son cottage, Edward s'effondra dans la pelouse. La boule de poils isabelle gisait dans une mare noire et visqueuse. Son corps était fendu de la queue jusqu'au petit museau auquel Edward s'était si souvent frotté.

Sur la porte du cottage numéro deux, « PARTEZ » était écrit en lettres de sang.

Lord Rusbick retira son gilet en laine et recouvrit la dépouille de Miss Apricot avec.

Lyv, qui avait détourné le regard, s'agenouilla près d'Edward et l'entoura de ses bras. Edward enfouit son visage dans son cou et laissa couler sa peine.

De retour au salon, Lyv versa trois tisanes au jasmin sur la table basse au milieu des fauteuils près du feu, ainsi qu'une assiette de sablés. Edward examina ses doigts enroulés sur l'anse de sa tasse. Ils venaient de passer du bleu au beige. Il repensa à la solitude de cette nuit de Noël où il avait craint de mourir de froid, puis à sa joie quand il avait retrouvé Miss Apricot à Sainte-Berthe.

— Je tuerai le coupable.

— Mais qui ? Qui a bien pu commettre une telle barbarie ? répliqua Lyv, qui, elle aussi, avait repris des couleurs.

Edward poussa un rire sans joie.

— Ce *salaud* de comptable, bien sûr !

— Julian ? Enfin, vous divaguez. Pour quelle raison commettrait-il une telle abjection ?

— La jalousie, pardi ! Seriez-vous aveugle à ce point ? Il vous veut et serait prêt à intimider quiconque se dresse sur sa route.

Lyv fit rouler ses yeux de gauche à droite comme pour mieux suivre le fil du raisonnement d'Edward, qui surenchérit :

— Le soir du concert, Julian nous a vus tous les deux. J'étais là, avec vous. Et nous badinions.

— Je ne badinais pas !

— Knowles a tout vu, vous dis-je. Il m'en veut d'être si proche de vous.

— C'est absurde.

— Lui avez-vous parlé de moi, durant votre rendez-vous galant ?

— Un peu, oui. Qu'essayez-vous de me faire dire ? Nous passons nos journées ensemble vous et moi, il est évident que par moments je puisse citer votre prénom dans le cours d'une conversation.

— Un rendez-vous galant ? demanda George, qui jusqu'à présent n'avait pas prêté attention à leur querelle.

Lyv rosit.

— Edward, qu'avez-vous donc fait de vos tickets ? insista George.

Edward baissa les yeux.

— Quels tickets ? demanda Lyv.

George enchaîna :

— Avec qui êtes-vous allée à ce concert ?

— Avec Julian Knowles, monsieur. Et je puis vous assurer qu'il fut un parfait gentleman. Oddeye fabule sur cette supposée jalousie. M. Knowles a d'ailleurs fait preuve d'une grande empathie lorsqu'il a appris son parcours.

— Attendez ! Vous lui avez raconté ma vie ? rugit Edward.

— Il s'étonnait simplement que vous et Monsieur partagiez ces dîners, j'ai jugé bon de lui expliquer ce qui vous amenait ici et…

— Ma chère ! la coupa Lord Rusbick. Certaines affaires doivent rester privées et en aucun cas alimenter vos bavardages. Surtout quand elles ne vous concernent pas.

Le visage de Lyv vira cramoisi. Elle plongea le nez dans sa tasse.

— Dire que j'étais venu vous inviter au spectacle de Vesta, maugréa Edward.

Lyv s'étouffa avec sa tisane.

— M'inviter ? Vous comptiez m'inviter ?

— Parfaitement.

— Comment diable aurais-je pu le deviner ? Si vous appreniez à communiquer !

— Vous auriez préféré y aller avec ce type, de toute façon. Ce meurtrier !

— Assez ! sévit Lord Rusbick. M. Knowles est innocent. Je suis l'unique responsable du drame de ce soir.

Edward et Lyv se turent aussitôt et braquèrent le vicomte des yeux.

— J'ai son sang sur les mains. Tout ce sang… Seigneur… qu'ai-je fait ?

— Le sang de Miss Apricot ? hurla Edward. C'est donc vous ? C'est vous, qui…

Lyv reposa sa tasse dans la coupelle avec vigueur.

— Il ne parle pas de votre chatte, Edward. Il parle de Madame.

— Tout est ma faute, répéta Lord Rusbick. Si je n'avais pas trahi mon frère, si père n'avait pas voulu torturer cette pauvre femme. Rien ne serait arrivé.

— Ne dites pas cela, monsieur, le consola Lyv. La nature connaît parfois des accidents que la médecine n'explique pas. Seul le ciel…

— Ce n'était pas un accident… *naturel*.

Lyv plissa les paupières dans une moue interrogative, puis tout d'un coup, plaqua sa main sur sa bouche béante. Edward, qui peinait à déchiffrer le sous-texte de leur échange, comprit soudain ; ils faisaient allusion au sang de la salle de bains.

— Fini les mystères, parlez donc franchement ! J'ai vu cette poignée pleine de sang, George. Et je suis au courant pour la dispute que vous avez eu avec Madame, à Noël. Lyv m'a tout raconté. Dites-nous la vérité. Vous me parliez de votre découverte atroce, tout à l'heure. Quelle est-elle ? Que s'est-il passé ?

— Edward ! Monsieur ne nous doit aucune explication. Cette affaire concerne l'intimité du mariage. Perdre un enfant est un véritable deuil !

— J'exige la vérité ! Miss Apricot a été tu…

Il ravala la fin de sa phrase.

Perdre un enfant, avait dit Lyv. Edward comprit aussitôt ce qui lui avait échappé. Le sang. La salle de bains. La dispute. Et le motif pour lequel Lyv avait fait preuve d'autant de mesure quand ils en avaient parlé tous les deux. Rhita avait à nouveau perdu un bébé à Noël dernier et George se le reprochait aujourd'hui.

— Je vous demande pardon, monsieur, s'adoucit Edward. Je ne savais pas. C'est un drame. Lyv a raison, vous n'y êtes pour rien.

— Au contraire, j'en porte l'entière culpabilité. J'avais fini par croire à une malédiction. Les médecins disaient que tout allait pour le mieux chez chacun de nous. Hormis un châtiment divin pour me punir de ma cruauté envers Clayton, quelle explication y aurait-il eue à toutes ces fausses couches ? Jamais je n'aurais pu imaginer que… maudite salle de bains, chaque fois que j'y entre, je chancelle sous le poids du traumatisme. Je revois Rhita, assise dans sa mare de sang. Son regard, je ne puis l'oublier. Elle fixait cette masse spongieuse entre ses cuisses souillées. Et l'aiguille entre ses doigts.

— L'aiguille ? répliquèrent Lyv et Edward à l'unisson.

— Oui. Une aiguille. Ses yeux étaient… possédés. Son sourire, démoniaque. J'étais incapable de la consoler, incapable de comprendre. Quand j'ai exigé des explications, Rhita m'a tendu la lettre d'aveux que j'avais adressée à Clayton depuis la Somme. C'est à cet instant que la vérité m'éclata au visage. Rhita avait intercepté ma missive. Comme tout le reste, elle me l'avait caché. Ma femme avait toujours eu connaissance de ma trahison envers elle et Clayton. Elle savait ma responsabilité dans les malheurs qu'ils avaient vécus. Notre mariage s'était bâti sur la vengeance de Rhita. Son seul but avait été de m'empêcher de procréer. Éteindre la lignée des Rusbick.

Lyv était blême.

— C'est si… horrible.

Edward réfléchissait à toute vitesse.

— Monsieur, je suis navré pour vous, mais je ne comprends pas. Quel serait le lien avec le meurtre de Miss Apricot ?

— C'est vous, Edward. Rhita sait que vous êtes ici. Elle cherche à vous faire fuir. C'est la seule explication.

Lyv scruta à présent Edward, lui-même abasourdi.

— Mais pourquoi ? Si Madame est ma mère…

— Votre mère ? répéta Lyv, les yeux ronds.

George Rusbick soupira. Il se leva et fit face à la cheminée.

— Rhita n'est pas votre mère.

Edward nageait en pleine confusion.

— Mais, vous avez pourtant raconté que son bébé avait survécu à la tricoteuse mandatée par monsieur votre père et qu'il avait ensuite été confié à l'assistance publique.

— Écoutez Edward, j'aurais voulu vous l'annoncer autrement. J'aurais préféré vous y préparer, prendre le temps pour vous apporter cette information avec la plus grande douceur… Mais je crains qu'il n'existe aucune façon idéale de vous révéler une telle…

— Assez ! protesta Edward. La vérité ! Maintenant !

Lord Rusbick prit un instant pour rassembler ses idées. Il porta sa tasse à ses lèvres, puis la reposa sans boire.

— Vous êtes bien le fils de mon défunt frère Clayton, mais pas celui de Rhita. Votre mère était feue Olivia Rusalt, épouse Rusbick.

Il fit une pause pour ménager Edward, avant de compléter.

— Olivia est bien décédée en couches, mais son bébé a survécu. *Vous* avez survécu.

— Vous avez dit que le bébé était mort.

— C'est ce que Rhita a prétendu à mon retour de guerre et je l'ai crue. Je vous ai relaté les événements dans la chronologie où je les ai vécus. Là où nous en étions, je n'avais pas encore appris la vérité sur vous. J'ai tout découvert, disons… fortuitement.

— Fortuitement ? lâcha Lyv, l'air d'avoir parlé tout haut sans s'en rendre compte.

— Je suis tombé sur ce coffre en fouillant les affaires de Rhita lorsque je la soupçonnais d'adultère. J'en ignorais l'existence jusqu'alors. Vous avez été confié aux bonnes sœurs par dépit, Edward. Notre famille s'était délitée. Votre mère était morte en vous donnant la vie. Clayton s'est occupé de vous quelque temps, mais la guerre l'a appelé. Par malheur, il n'est jamais revenu. Il n'a donc jamais pu aller vous récupérer.

Edward tentait de tout assimiler.

— Vous, vous êtes revenu. Pourquoi avoir mis aussi longtemps à me rechercher ?

— J'étais au front, Edward. J'ignorais ce qui se déroulait à Truffle. Rhita ne m'a jamais rien dit, à part que Clayton était mort dans la Somme et qu'il l'avait laissée habiter Roy en attendant son retour. Elle m'a caché votre existence et celle de ce coffre que Clayton avait laissé pour vous. J'ai tout découvert il y a quelques semaines. Croyez bien que si j'avais été au courant avant, j'aurais bravé vents et marées pour vous retrouver.

Edward éclata en sanglots sans crier gare.

— Elle a éventré Miss Apricot ! Comment peut-on être aussi cruelle ?

— L'âme de Rhita est tourmentée. Malade. Je ne l'ai compris que trop récemment. Elle a tellement souffert, que…

— Balivernes ! cracha Edward.

Lyv sursauta.

— Mon garçon, si Rhita a fait tuer votre animal et qu'elle a fait tracer ce message avec son sang, c'est pour une raison évidente. Elle sait que vous êtes ici. Elle sait que l'héritier de Truffle est revenu.

Edward resta sans voix. Lyv posa sa main sur la sienne. Seuls les crépitements de la cheminée indiquaient que le temps ne s'était pas arrêté.

— Monsieur, intervint alors Lyv, l'air de ne plus pouvoir se retenir. Si madame Rhita avait donné naissance au bébé de monsieur votre frère avant la naissance d'Edward, c'est donc cet enfant-là, le véritable héritier et non Edward.

Edward voulut remercier Lyv de verbaliser les interrogations qui lui martelaient le crâne, mais qu'il n'arrivait pas à formuler lui-même.

Lord Rusbick la dévisagea avec étonnement.

— Désolée, lança-t-elle. Edward m'a tout raconté. C'était juste par souci de clarté.

Elle engloutit le dernier biscuit dans l'assiette au centre de la table, comme prise d'une fringale.

— Dans un monde où l'amour triomphe, répondit Lord Rusbick, l'héritier serait assurément l'enfant de Rhita et Clayton. Il est l'aîné d'Edward. Mais pas dans le nôtre. Jamais Clayton n'apprit l'existence de cet enfant illégitime. Tout le monde a pensé qu'il avait succombé à l'aiguille de la tricoteuse. Rhita l'a confié à l'assistance publique dans le plus grand secret, sans qu'aucune trace ne permette de certifier sa filiation. Vous, au contraire, cher Edward, êtes la digne descendance de Clayton, issu de son mariage avec Olivia Rusalt. Si je puis m'exprimer ainsi, vous êtes l'héritier officiel. Voici en quoi ce coffre est si précieux. Sans cette preuve de votre existence, notre lignée s'éteindra.

— Voilà donc ce que renferme votre coffre ! s'émerveilla Lyv, en logeant un coup de coude droit dans les côtes d'Edward. Vos documents de naissance.

— En effet, dit George.

— Je n'y crois pas… marmonna-t-elle pour elle-même, la bouche encore pleine de gâteau. Elle savait ! Madame connaissait l'existence d'Edward et elle l'a cachée à Monsieur. Tout ce temps ! La cinglée !

Elle descendit sa tasse d'un trait.

Tout à coup, Edward convulsa sous un spasme violent et s'écroula à genoux au pied de son fauteuil. Un puissant jet de vomi jaillit de sa bouche pour s'écraser sur les tapis. Le phénomène se répéta jusqu'à ce que ses intestins fussent complètement vides.

Quand, dans le silence le plus total, Lyv eut terminé de nettoyer les dégâts, George déclara qu'il était temps d'aller dormir. Edward acquiesça, soulagé que cette discussion s'arrête enfin. Il ne pourrait plus assimiler aucune information.

— Demain, nous aurons tout le temps de reparler de toute cette affaire. Et nous procéderons à un enterrement digne de ce nom, pour Miss Apricot. Ce soir, personne ne sort d'ici. Lyv, vous dormirez dans la chambre de mes défunts parents. Edward, vous prendrez celle de votre… celle de Clayton.

Ils obéirent sans tergiverser. Plus aucune force ne subsistait en Edward. Ni dans sa tête ni dans son corps. Il ne ressentait plus rien. Ses membres en coton le portèrent jusqu'à l'étage, sous le soutien de Lyv.

Arrivé devant les portes des chambres, un ultime élan d'énergie l'anima.

— Monsieur…

— George, rectifia Lord Rusbick. Appelez-moi George, je vous prie. Cela vaudra pour vous aussi, Lyv.

— George, si vous voulez. Quel est mon véritable nom ?

— Vous vous appelez Edmund Oliver Rusbick.

Sans plus tarder, George pénétra dans sa chambre, le pas lourd. Lyv voulut le conduire au lit, mais il la repoussa.

Edward disparut à son tour dans la pièce adjacente. Une chambre qu'il avait déjà fouillée à la recherche du coffre, du temps où il ignorait encore qu'elle avait appartenu à son père.

22

La cheminée avait crépité toute la nuit. Edward avait observé le ciel se décharger, long processus. Des flocons avaient virevolté jusqu'au petit matin, tandis qu'une légion de spectres l'avait empêché de fermer l'œil : Miss Apricot, Rhita, George Rusbick. Et Olivia et Clayton, les parents desquels il s'était résigné à ne jamais rien connaître. Et puis, ce demi-frère inattendu qui, comme Edward, avait grandi dans l'anonymat d'un orphelinat. Avait-il éprouvé la même douleur, la même solitude ? Avait-il seulement eu la chance de rencontrer sa propre Sœur Augustine ? Les couvertures pesaient lourd. Au lever, un tapis molletonné chatouilla ses orteils. Edward n'avait pas rêvé. Tout était réel. À la fenêtre, le manteau immaculé qui recouvrait le parc, scintillait sous les rayons de soleil.

Alors qu'il se dirigeait vers les communs pour le petit déjeuner, la voix de George l'appela depuis la salle à manger. Lyv y prenait son petit déjeuner à ses côtés, à la grande table en chêne. Une vision surnaturelle, quand on considérait le mal qu'elle se donnait au quotidien pour tenir sa posture. Ce matin, elle portait une robe colorée. Ses cheveux n'étaient pas serrés dans leur chignon, ils tombaient dans son dos, rassemblés par un ruban violet. On lisait la fierté dans ses yeux.

— Servez-vous Edward, et joignez-vous à nous.

Edward resta planté comme un piquet. George essayait de sourire, mais son malaise semblait tout aussi épais.

— Je vous en prie. Manger ensemble à cette table ne doit plus incommoder personne. Surtout pas l'héritier de Truffle Manor.

Edward sourcilla. S'entendre désigner ainsi ne lui procurait aucun plaisir.

— Si je suis vraiment ce que vous prétendez, pourquoi ne pas m'avoir accueilli en tant que tel dès le départ ? Pourquoi toute cette mise en scène ?

George baissa son visage, las.

— Mangez donc un morceau. Nous prendrons le temps de discuter après l'enterrement de Miss Apricot.

Edward céda. Il n'était que huit heures du matin et la nuit avait été éprouvante pour tout le monde.

La neige avait recouvert le sang. Seul le gilet en laine avec lequel George avait recouvert la dépouille dépassait de la petite colline blanche au seuil du cottage numéro deux. George proposa d'enterrer Miss Apricot au pied du saule pleureur du parc, où Edward aimait lire. Touché par cette attention, ce dernier accepta. Il y creusa un trou où il déposa la chatte, emballée dans le gilet de George.

Ce dernier invita chacun à s'exprimer à la mémoire de Miss Apricot avant de jeter une pelletée de terre. À peine Edward balbutia-t-il le nom de sa vieille amie, qu'il s'effondra en sanglots. George lui prêta main-forte.

— Miss Apricot, votre bonté dépassait celle de bon nombre d'êtres humains. Merci de nous avoir épargné la solitude.

Les lamentations d'Edward redoublèrent. Lyv, qui avait déjà tenté d'esquiver la cérémonie, mais que le regard autoritaire de George avait retenue, se lança :

— Miss Apricot, même si vous semiez vos poils partout, vous faisiez partie de Truffle. Désolée d'avoir dit que vous sentiez l'urine.

Edward lui envoya un sourire plein de morve auquel elle répondit par une moue tordue.

Après qu'Edward eut rebouché la tombe, George entreprit une balade en raquettes consolatrice. La neige était si molle que leurs jambes s'y enfoncèrent jusqu'aux genoux. Lyv et Edward soutinrent George dans ses efforts. Ils flânèrent dans le parc, serrés les uns contre les autres.

George reprit son souffle, appuyé sur la racine d'un hêtre à la lisière du domaine. Lyv en profita pour lancer une boule de neige sur le visage d'Edward, avant de courir se cacher derrière un tronc plus large qu'elle. Edward y répliqua aussitôt par une boule deux fois plus grosse, mais elle se dispersa en un nuage de poudre avant d'avoir atteint sa cible.

Trois moineaux s'envolèrent sous les cris de Lyv, quand Edward rata son second coup. Pas le moindre flocon n'eut raison de la vivacité de la jeune femme. Elle réussissait même à riposter en tirant des missiles qui, eux, percutaient sans faute Edward. Tous deux tournoyaient autour de George. À son tour, il envoya une boule de neige fine, mais compacte, droit sur le crâne de Lyv.

Ses rires lui déclenchèrent une toux violente qui le fit s'affaler sur le talus de poudreuse contigu. Lyv et Edward cessèrent aussitôt de jouer.

— Allons, ne me regardez pas ainsi. Rire me provoque toujours de la toux. Tout va bien.

— Vous avez failli vous étouffer, George ! s'effaroucha Lyv, comme s'il était fautif.

— Peut-être, mais que cela est bon de s'amuser.

— Assez ri, tout de même. De toute façon, il est temps pour moi de vous laisser. Edward, nous avons du travail cet après-midi. Enfin, si toutefois vous continuez à… je veux dire… vous faites partie de la famille Rusbick à présent, c'est vrai. Je suppose qu'il convient donc que vous ne serviez plus…

Lyv cafouillait. Les deux autres avaient l'air aussi confus qu'elle. De quelle manière les révélations de la veille allaient-elles redistribuer les rôles ? Comme aucun ne proposa de répondre et d'éclaircir la question, Lyv souffla, les yeux au ciel, puis tourna les talons.

Edward et George poursuivirent leur promenade jusqu'au sommet d'une petite butte surmontée d'un banc. D'ici, leur vue surplombait la cime des arbres entre eux et la pelouse du parc. Le manoir trônait sur sa steppe immaculée de neige.

— Monsieur…

— George.

— George. Pensez-vous vraiment que Rhita puisse être responsable ? Je veux dire, venir de Roy pour tuer mon chat, simplement pour me faire fuir. Comment aurait-elle pu savoir qui je suis ? Nous n'avons fait que nous croiser, le jour de mon arrivée.

— Vos yeux, Edward.

— Comment connaîtrait-elle la couleur de mes yeux ?

— On peut facilement imaginer que Clayton lui ait parlé de vous, lorsqu'ils se sont retrouvés après la mort de feue votre mère, ou bien que Rhita l'ait lu sur vos documents de naissance.

Edward avait pris l'habitude d'attirer les regards à cause de cette anomalie, pour autant, il n'était guère convaincu. Il n'avait pas approché Rhita d'assez près, le jour de son arrivée. Elle n'avait pas pu distinguer la couleur de ses yeux.

George développa :

— Cette période de la vie de votre père contient des zones d'ombre pour moi aussi. Je n'en connais que des bribes et je ne puis complètement me fier aux dires de ma chère femme. Voici pourquoi il me faut impérativement discuter avec elle. Nous avons besoin de comprendre. La seule certitude demeure que Rhita avait un objectif précis en se mariant avec moi et qu'elle s'est montrée capable des pires sacrifices pour l'atteindre. Imaginez combien le retour de l'héritier la menace, aujourd'hui. Toutes ces années, elle a dû appréhender que vous ne reveniez. D'une manière ou d'une autre, tous les orphelins recherchent leurs origines un jour ou l'autre, ne croyez-vous pas ? Alors, un jeune homme qui débarque avec votre… allure.

George parlait assurément de la *misérable* apparence d'Edward. Celle qui conférait à quiconque posait l'œil sur lui, qu'il n'était qu'un moins que rien, un exclu.

— Si je comprends bien, monsieur, votre frère Clayton a vu sa femme mourir en couches, a confié l'enfant à l'assistance, a ensuite retrouvé son amour de jeunesse pour la mettre en sécurité à Roy, avant de s'engager en guerre. Et il aurait réuni mes documents de naissance dans un coffre en attendant de revenir et me récupérer ?

— Quelque chose de cet ordre-là, j'imagine. Écoutez Edward, lors des derniers jours de Rhita à Truffle, j'étais trop abasourdi par mes découvertes pour chercher à en apprendre davantage sur votre sort. Je venais de détecter la folie vengeresse de ma femme, j'étais mortifié par la honte d'avoir été la source du traumatisme qui l'a menée jusqu'à ces pratiques épouvantables. Ce n'était pas le moment de retracer le passé de Clayton. Je devais reprendre pied. J'ai réagi plus que réfléchi. Et puis, vous êtes arrivé et tout s'est précipité. Voici la priorité aujourd'hui : nous devons vous réhabiliter. Récupérer ce coffre et l'acte de naissance qu'il contient. La seule preuve de votre filiation avec Clayton. Ça et les photos qu'il a laissées pour vous, avec vos papiers.

— Des photos ?

— Clayton vous a confié pour aller combattre. Il comptait revenir, mais il ne méconnaissait pas les risques.

Edward sentit les larmes lui monter aux paupières. Il se contrôla.

— Pourquoi le coffre n'est-il pas en votre possession, aujourd'hui ?

George soupira.

— J'ai bien peur que Rhita ne le détienne toujours. Notre conflit au sujet de ses… de ses saignements provoqués et cette lettre de confessions qu'elle m'avait caché avoir interceptée a pris tant d'envergure que Rhita dut quitter Truffle. Sinon, qui sait ce qui serait arrivé ? Nous avons décidé de prendre de la distance, pour pouvoir communiquer à nouveau, à froid. Nous nous sommes séparés en laissant tant de questions en suspens. Votre coffre en faisait partie. Je ne savais pas que vous alliez arriver dans la foulée.

Edward restait dubitatif. Quelque chose dans cette histoire clochait.

Il contempla le domaine.

— Je ne souhaite pas hériter, George.

George ferma les yeux comme s'il avait reçu un choc sur la tête.

— Je dois avouer que je ne comprends pas. Vous êtes venu jusqu'ici, vous vous êtes acharné à mettre la main sur votre héritage et tout d'un coup, vous changez d'avis ?

— Je ne connaissais pas la teneur de cet héritage.

— C'est absurde.

— Évidemment… vous vous dites qu'un pauvre miséreux devrait saisir cette chance, n'est-ce pas ?

— Je n'ai rien prétendu de tel. Vous entendre rejeter le legs de feu votre père me stupéfie, voilà tout. Il vous revient, que vous le vouliez ou non. C'est ainsi que notre société fonctionne.

— *Notre société* ? Je n'appartiens pas à votre monde ! Je n'ai rien fait pour mériter une telle succession. L'argent rend l'homme mauvais, surtout quand ce n'est pas le fruit de son travail.

— Qui donc vous a mis ces sornettes dans la tête ?

— J'ai bien réfléchi cette nuit. Sœur Augustine voulait que je découvre ce que cet héritage me réservait. Elle disait qu'ainsi, j'en apprendrais plus sur ma famille. C'est chose faite. Me voilà prêt à repartir vers mes projets. J'aimerais simplement, si vous êtes d'accord, monsieur… George, rester encore quelques jours, le temps d'organiser mon départ et pour vous de trouver un autre employé. En attendant, vous pourriez peut-être me parler un peu plus d'eux. Olivia et Clayton. Me montrer des photographies.

George contempla Edward.

— Aucun doute, mon garçon, vous êtes bien le fils de Clayton.

Sur leur retour au manoir, Edward admira la nature d'un œil neuf. Il avait souvent imaginé que son abandon était dû au désamour de ses parents, à son manque de valeur à lui. Sœur Augustine avait eu beau lui assurer qu'aucun enfant ne méritait qu'on l'abandonne, Edward n'y avait pas cru. Que son père l'ait fait pour aller défendre son pays s'avérait d'une banalité déconcertante. La guerre avait détruit tellement de familles, en ce temps-là. Edward se sentit à la fois déçu et rassuré. Son histoire n'avait rien de plus original que celle de centaines d'orphelins, mais au moins, ses parents l'avaient aimé.

Tout à coup, son cœur se serra à la pensée de Sœur Augustine, elle qui avait toujours été là pour le pousser à braver ses peurs, pour lui monter qu'il avait tort de croire qu'il ne méritait rien, qu'il ne valait rien, pour le regarder avec fierté quand il avait tendance à baisser la tête. Elle s'inquiétait pour lui, pensait à lui, depuis toujours.

Lui adresser une lettre prendrait des jours entiers pour rédiger tout ce qu'il avait découvert et vécu à Truffle. Bien sûr, George l'autoriserait à se servir du téléphone, si Edward ne redoutait pas autant d'avoir à parler de vive voix à sa bienfaitrice. Oserait-il lui annoncer le décès de Miss Apricot, lui avouer qu'il n'avait pas su la protéger ? Entendre le chagrin dans sa voix lui serait insupportable. Impossible aussi de lui dissimuler ses propres émotions. Il n'avait jamais rien pu lui cacher.

Le lendemain, la fonte de la neige déshabilla les arbres de leurs manches. Edward termina de raboter le cadre de la porte-fenêtre du salon. Ne resterait plus qu'à le vernir. L'après-midi, il se rendit à Lloyd pour acheter son billet de train pour Oxford. Son départ aurait lieu le jeudi suivant.

À l'heure du thé, George réclama la compagnie d'Edward ainsi que celle de Lyv. Même si cette dernière fit mine de déplorer le retard qu'elle accumulerait dans son travail, elle s'empressa de se joindre à eux.

George tendit un vieil album de photos à Edward. À l'intérieur, un Clayton fidèle aux récits de jeunesse du vicomte reprenait vie ; de la prestance, même sur le papier. Il ne souriait sur aucune photo, pourtant, sous la dureté de son regard émergeait une douce malice. Peut-être étaient-ce les pommettes saillantes qu'on devinait roses, à travers le sépia de l'image.

— Comme vous lui ressemblez ! s'émerveilla Lyv, clouée à l'épaule d'Edward. Et votre mère, qu'elle est belle !

Edward éprouva une fierté fugace. Ressembler à son père. La beauté de sa mère. Quelle étrange sensation que de s'entendre complimenter de la sorte.

Il se demanda néanmoins si Lyv le pensait. Olivia était certes souriante, mais Edward n'aurait su dire s'il la trouvait vraiment belle. Son allure était frêle et sa posture dégingandée.

Tout au long de son enfance, il avait tenté de se représenter l'apparence de ses parents. Chaque fois, des images floues se formaient, se transformaient, se dissipaient. Puis, l'absence de vérité le dévastait. Le désespoir de ne jamais savoir.

Contempler ces deux visages inconnus figés sur le papier n'occasionna pas le bouleversement escompté. Edward réclama toutefois d'emporter une des photos. À force de la regarder, peut-être réussirait-il à s'approprier ces portraits et à les aimer un peu.

Aucun cliché ne représentait George.

— Je les ai toutes jetées avant de partir en France, dit-il. Depuis, je n'ai plus jamais été pris en photo. À quoi bon ?

Au dîner, Lyv quitta le tablier et Edward l'uniforme pour partager la table avec George. La jeune femme s'astreignit à utiliser son prénom et à ne pas parler du travail. Ce soir, même si Edward et Lyv avaient dû cuisiner, dresser la table et faire le service, ils étaient ses invités.

Edward leur exposa ses projets pour l'avenir.

— Morris Motors ! releva George. Ainsi, vous vous intéressez aux automobiles ?

Edward acquiesça dans un semi-mensonge. En réalité, Morris Motors avait été l'idée de son camarade John. Pour Edward, n'importe quel emploi en usine aurait convenu. George demeurait bien en dehors des réalités ; on ne travaillait pas à l'usine par passion. Edward préféra cependant ne pas contrarier son enthousiasme.

— Conduire à Londres doit être un vrai casse-tête ! Voyez-vous, j'ai dû attendre mes vingt-trois ans pour apprendre. En ce temps-là, notre capitale était moins motorisée qu'aujourd'hui. Qu'en dites-vous, mon cher ?

— Je n'ai jamais appris, rétorqua Edward, un brin d'agacement dans la voix.

Comment voulait-il qu'il apprenne ? Edward n'avait jamais approché une auto d'aussi près que lorsqu'il avait astiqué la carrosserie de la Triumph à Truffle.

— Ah ? Savez-vous qu'ils parlent d'instaurer un test de conduite obligatoire pour pouvoir circuler ?

— Fort bonne idée, commenta Lyv, quand on considère les dangers que la route représente.

— Edward, peut-être pourriez-vous profiter de la Triumph pour apprendre ?

Edward refusa poliment. Comment apprendre en si peu de temps ? Mais le vicomte redoubla d'enthousiasme.

— Ma jambe ne me permettrait guère de vous dispenser cet enseignement moi-même, mais notre chère Lyv est une conductrice aguerrie. N'est-ce pas, mon enfant ?

Le couteau de Lyv ripa sur son assiette dans un grincement strident.

— Monsieur George, j'ai beaucoup de tra…

— Sottises ! s'échauffa George. Nous commencerons demain.

Edward réprima son engouement. L'idée le séduisait, mais il devait résister, s'en tenir à ses plans. Bientôt, il devrait se séparer de Truffle, de George et de Lyv. Le récent souffle de convivialité entre eux rendait déjà son départ difficile et George n'était pas dupe au sujet de son attirance pour Lyv. Edward se méfiait. George essayait à coup sûr de le dissuader de partir, pour revoir sa décision au sujet de l'héritage.

Toutes ces résolutions s'envolèrent quand le lendemain matin, après le petit déjeuner, Lyv se présenta dans le vestibule, emmitouflée dans le col de son manteau émeraude et qu'elle déclara :

— Je suis à vous, Edward.

À vous.

Edwaarrd.

Hélas, la première leçon de conduite tourna au désastre. La voiture cahota deux heures durant, où Edward tenta d'appliquer les consignes approximatives de Lyv.

— Vous avez deux mains gauches, ma parole ! pesta-t-elle, après un énième dérapage.

George ricanait sur un banc au bord du chemin.

— J'essaye, je vous le jure, se lamenta Edward, agrippé au volant. C'est ce bolide de malheur qui ne veut rien écouter.

— Bon sang ! Un chimpanzé saurait conduire cet engin. Qu'est-ce que vous ne comprenez pas à la fin ?

— Et vous, qu'est-ce que vous ne comprenez pas dans « le rôti de bœuf se mange saignant et non carbonisé » ? Nous possédons chacun nos domaines de compétences, pardi !

Lyv sortit furibonde de la voiture. Elle claqua la portière avec violence. Le bas de sa robe s'y coinça. Elle tira dessus.

— Ma robe est déchirée à cause de vous. Imbécile !

— Si vous étiez plus patiente...

— C'est assez. J'arrête. Je dois être le pire professeur qui soit. Tout comme en cuisine ; une incapable.

Elle renifla, les larmes aux yeux. Edward perdit pied. Lyv avait lancé l'offensive, pour se positionner en victime à l'instant d'après. Sensibilité ou ruse ? Qu'importe, il n'aimait pas la contrarier. Il s'en voulut d'autant plus d'être attendri par ce numéro d'équilibriste agaçant.

— Je vous demande pardon, Lyv, vos rôtis ne sont pas si mauvais.

Elle fouetta l'air de sa main en signe de protestation.

— Je vous assure, vous êtes la meilleure pédagogue qu'il m'ait été donné de rencontrer. Vous instructions sont limpides. Vos conseils, clairs et efficaces. Vous l'avez dit, c'est moi qui suis maladroit.

À quelques mètres de là, George gloussait. D'autant plus que Lyv n'avait pas dit son dernier mot.

— Oh, cessez votre sérénade. Trouvez-vous quelqu'un d'autre ! Je capitule. Vous ne manierez jamais cet engin comme il faut. Vous n'avez ni la dextérité, ni la poigne.

Sur quoi, elle libéra le bas de son jupon et fila au manoir.

Dès le lendemain, elle s'installait à nouveau à la place du passager, pour guider les manœuvres d'un Edward plus concentré, mais toujours aussi malhabile. Lorsqu'il réussit à s'arrêter sans saccade à l'endroit indiqué, George, toujours à son poste, l'ovationna avec excès.

— Dieu soit loué… soupira Lyv.

— Merci pour votre persévérance, miaula Edward, qui ne voulait pas manquer une occasion de complimenter Lyv. Regardez comme George est fier.

— Cet homme vous trouverait toutes les qualités du monde, même si vous glissiez sur une peau de banane.

Edward s'empourpra.

— Ah oui ? George vous a déjà parlé de moi ?

Elle le toisa.

— Oh Edward, vous n'êtes qu'un bébé !

Leçon terminée. Lyv prit congé. Edward l'admira s'éloigner vers son cottage, béat. Il alla s'affaler sur le banc aux côtés de George, comme s'il avait réalisé un exploit.

Le regard malicieux du vicomte ne tarda pas à l'indisposer.

— Qu'y a-t-il ?

George répondit par un sourire de satisfaction, puis fixa Lyv à son tour. La jeune femme pénétrait dans le cottage numéro un, celui où elle logeait depuis des mois. Juste avant de refermer sa porte, elle lança un bref coup d'œil à Edward.

George s'appuya sur sa canne pour se lever, Edward lui passa le bras sous le coude.

— C'est dommage que votre départ soit si proche, insista George.

Edward ne répondit pas. Il connaissait l'avis de George et au fond, il le partageait. Pourtant, partir était plus sage. Truffle lui avait apporté tout ce dont il avait besoin. Il pouvait à présent voguer vers son avenir à Oxford. *Chacun sa place*, se répétait-il sans cesse.

Trouver la sienne serait déjà bien assez compliqué pour qu'il convoite celle d'un autre. Car Edward ne pouvait se sortir ce demi-frère de la tête. Comme l'avait dit Lyv, il était le véritable fils aîné de la descendance des Rusbick. Il avait été abandonné, tout comme Edward. Sa mère n'avait guère pu s'occuper de lui à cause du mépris de ces aristocrates.

Edward n'arrivait déjà pas à croire qu'il fasse lui-même partie de cette famille. Quiconque serait plus digne d'hériter que lui, quand bien même ce droit lui reviendrait juridiquement.

Tout à coup, une déflagration retentit dans le parc.

Violente.

Edward se recroquevilla sur George comme un bouclier humain, incapable de discerner la source de l'explosion. Il ne releva la tête qu'après s'être assuré que le vicomte fût sauf et qu'une autre explosion ne suivrait pas.

Une fumée opaque noircissait le ciel. Elle dérivait depuis le côté ouest du parc. Edward plissa les yeux, encore sonné. L'émanation prenait corps à une trentaine de mètres de la bâtisse principale.

Lorsque Edward comprit, la terreur le pétrifia. Il relâcha George et courut droit devant, en direction de l'incendie.

Les cottages des domestiques brûlaient.

23

Edward cavala vers l'incendie en hurlant le prénom de Lyv. Sur ses talons, George claudiqua aussi vite que possible. Le feu s'éteignit rapidement grâce à l'humidité. Ne fumaient plus que les cendres.

L'explosion avait eu lieu au cottage numéro deux. Le sien. Celui de Lyv semblait intact. Edward ouvrit la porte. La jeune femme était allongée au sol.

Le mur mitoyen avait protégé le cottage de Lyv, mais les carreaux de ses fenêtres n'avaient pas résisté au souffle de l'explosion. Des morceaux de verre s'étalaient partout autour de Lyv.

— Sortez vite d'ici ! cria George depuis l'extérieur. Une autre bombe peut encore sauter.

Edward souleva le corps inerte de Lyv et courut jusqu'au manoir le déposer sur le sofa du grand salon.

Après lui avoir fait boire quelques gorgées d'eau, Edward et George vérifièrent que Lyv ne souffrait d'aucune blessure et attendirent qu'elle reprenne ses esprits.

— Il y a eu un choc assourdissant. Tout a explosé. Les fenêtres se sont brisées. La dernière chose dont je me souvienne, c'est de m'être protégé le visage. Puis, plus rien.

Lyv tremblait. Obéissant à une impulsion, Edward s'agenouilla près du sofa et la prit dans ses bras.

Il avait eu si peur. Elle se laissa faire.

— Je suis tellement désolé, Lyv. C'est mon cottage, qui…

— Vous n'y êtes pour rien, répondit-elle, agrippée à son cou. C'est un accident. Peut-être votre poêle, ou une lampe mal éteinte.

George intervint.

— Elle a raison, Edward, vous n'y êtes pour rien. Mais ne soyons pas dupes. Cela n'a rien d'un accident. C'est une deuxième attaque.

George noya son regard dans le feu de cheminée.

— Vous pensez qu'elle est ici ? demanda Lyv.

Edward relâcha son étreinte à contrecœur, l'heure était grave. Pour ne pas perdre le contact avec la peau exquise de Lyv, il apposa une main rassurante sur la sienne.

— Appelons la police !

— Non ! sévit George.

Edward et Lyv tressaillirent.

— Rhita niera toute responsabilité. Je suis prêt à parier qu'elle n'a pas quitté son fief à Roy, depuis son départ de Truffle. Elle a dû mandater l'un de ces malfaiteurs, contre de l'argent. Nous n'avons aucune preuve pour l'inculper.

— La police enquêtera ! protesta Lyv.

— Nous devons les prévenir, porter plainte ! soutint Edward. Ils mettront la main sur Rhita. Nous leur expliquerons toute l'histoire…

George soupira. Il leva une main pour mettre fin à leur argumentaire.

— Si nous contre-attaquons, Rhita se débarrassera du coffre et tout document prouvant l'identité d'Edward disparaîtra. Je ne veux pas prendre ce risque, s'il subsiste une chance pour que cela ne soit pas déjà le cas. Nous devons renouer le dialogue avec Rhita. Je le dois.

Edward fulminait.

— Je me fiche de ce coffre et de ces histoires d'héritage, George ! Je n'en veux pas. Vous entendez ? Vous rendez-vous compte que Lyv a failli…

L'émotion l'emporta. Il préféra se taire pour ne pas effrayer Lyv davantage.

— Rhita m'a volé quinze longues années et sans doute le méritai-je. Cependant, je dois honorer la mémoire de Clayton. Il s'est dévoué pour Truffle, il a sacrifié son bonheur pour l'honneur des Rusbick.

— Si cette Rhita aimait autant mon p… si elle aimait Clayton, pourquoi voudrait-elle nuire à son héritier ? Nuire à son fils et à sa famille.

Edward rougit. Il avait presque chuchoté le mot « fils ».

— Rhita est bien plus animée par sa haine pour père et sa rancune envers moi, répondit George. Clayton a croupi à Truffle par loyauté, malgré les abominations que père avait fait subir à Rhita. Tout porte à croire qu'elle venge Clayton, autant qu'elle se venge, elle.

Dehors, une neige fine tombait.

— Comment l'arrêter ? s'angoissa Lyv.

— Ne vous en faites pas, mon enfant. Je ferai entendre raison à Rhita.

Edward n'en revenait pas de l'absurdité de cette proposition. Dialoguer avec Rhita était de loin la pire idée que George puisse avancer.

— Qu'à cela ne tienne, le provoqua-t-il. Partons pour Roy, de ce pas.

— Non, Edward. Cette femme s'est mutilé le ventre pour empêcher tout héritier Rusbick de voir le jour. Vous représentez la menace suprême, pour elle. N'allons pas empirer son état. Après votre départ, elle sera plus encline au dialogue. Ne vous méprenez pas, mon garçon, j'aurais ô combien préféré que vous restiez parmi nous, pour occuper la position qui vous revient. En revanche, si tel n'est pas votre désir, je ne saurais vous y contraindre. Ainsi, je n'ai plus qu'à absoudre Rhita si je veux pouvoir supporter encore un peu mon reflet dans le miroir.

Edward nageait en plein désordre. George déraisonnait complètement.

— Vous ne souhaitez pas divorcer ?

— Si nous divorçons, qu'adviendra-t-il de Truffle ?

— Si vous restez marié à Madame, tenta Lyv, cela voudrait dire… qu'elle héritera de tout ? Tout du moins, si elle vous survit.

Elle se couvrit les épaules avec le plaid.

— C'est ce qu'aurait voulu Clayton, répondit George, en dépit de voir son fils hériter.

Edward allait de déconvenue en déconvenue.

— Essayez-vous de me faire culpabiliser ?

— Edward, mon heure approche, chacun ici le sait. Truffle vous revient de droit, si vous l'acceptez. Si tel n'est pas le cas, Rhita en bénéficiera.

— Après tout le mal qu'elle a fait ? À vous ! À nous !

— Tout ce qui s'est passé de pire résulte de mes erreurs. Je n'ai plus d'autre choix que sauver ce qui peut encore l'être. Rhita est meurtrie, traumatisée. Sans ma trahison d'alors, rien ne serait arrivé.

— Alors vous la laisserez gagner !

Il se leva en colère, mais la réponse de George le recloua aussitôt à son fauteuil.

— En rejetant l'héritage de feu votre père, c'est vous, qui la laissez gagner !

Lyv frissonna comme s'il s'était agi d'elle. Avant qu'elle n'ait pu articuler une quelconque défense en faveur d'Edward, la porte du salon vola.

Julian déboula en furie.

— Monsieur Le vicomte, êtes-vous sauf ? Et vous, ma chère ?

Lyv lâcha aussitôt la main d'Edward et descendit le plaid de ses épaules.

— Tout va bien, monsieur Knowles, le rassura George.

— J'arrivais vers le manoir quand j'ai entendu cette déflagration. J'ai roulé au plus vite, monsieur. Mais le sous-bois est glissant. Quel choc ! Les chambres des domestiques… Que s'est-il passé ?

— Nous l'ignorons encore. Mais, que faites-vous ici ?

— Eh bien, notre séance de travail, monsieur.

— Avec toute cette neige, Julian, nous aurions pu remettre cela à un autre jour.

— La neige avait assez fondu pour venir en toute sécurité. J'ai pensé que… mais, je comprends, vous avez beaucoup plus urgent en tête. Si je puis me rendre utile.

— Oui, Julian. Je voudrais explorer les cottages, écarter le danger et constater l'étendue des dégâts. Pourriez-vous m'accompagner ? Edward restera s'occuper de Lyv.

— Oh, eh bien, bredouilla Julian, le teint rosi. Cela pourrait s'avérer dangereux. Ne serait-il pas judicieux d'appeler des professionnels ? Je ne m'y connais que peu en matière de poudre…

George sourcilla.

Alors, Julian céda et lui emboîta le pas vers la sortie.

Sans doute espérait-il rester auprès de Lyv, songea Edward, soucieux que la jeune femme eût elle aussi préféré cette configuration. Elle était si merveilleuse. Si fragile. Qu'il ait pu lui arriver malheur le révoltait.

— Nous devons arrêter cette femme ! grogna-t-il quand les deux hommes furent sortis.

— Edward…

Il bondit du sofa et remua les braises dans la cheminée pour se calmer.

Il balaya le grand salon d'un regard circulaire. Les lustres, les rideaux de velours qui tombaient du plafond jusqu'au parquet, le bois raffiné du mobilier, les porcelaines, les bronzes, les vases en émaux cloisonnés. La fortune des Rusbick ; tout ce que cette femme sournoise et dangereuse finirait par remporter.

Il s'approcha de la fenêtre, contempla le parc et les cottages, détruits. Il revint s'asseoir sur le sofa avec Lyv et la recouvrit du plaid dont elle s'était défaite à l'entrée de Julian.

— J'ai bien cru vous perdre.

— Edward…

Edwaarrd.

— Ce que j'ai ressenti… cela m'a fait comprendre, que…

Il se ravisa, conscient de la portée de ses mots.

— Peut-être devrais-je aller loger à l'auberge des Brown jusqu'à jeudi. De toute évidence, Rhita me surveille. Ma présence à Truffle vous met, vous et Monsieur, en danger.

— Hors de question ! Si vous êtes seul, Madame pourra plus facilement s'en prendre à vous et alors…

Son émotion l'étrangla. Edward aurait juré voir les yeux de Lyv s'humidifier.

— La solitude ne m'effraye pas. Hier, Miss Apricot. Aujourd'hui, vous… George a raison ; elle s'est fait subir les pires mutilations pour arriver à ses fins. Qui sait ce dont elle est capable ? Je ne conçois pas qu'il la laisse agir en toute impunité, mais cela ne m'étonne guère, au fond. Pour ces gens, leur patrimoine compte plus que tout. Plus que nous.

— Il a dit qu'il irait lui parler. Ayons confiance.

— Parler ! pouffa Edward en se détournant.

Lyv lui tira sur le bras pour qu'il écoute.

— Quinze ans de mariage, Edward. Quinze longues années de vie commune, de confiance, d'affection. Vous êtes bouleversé, choqué, je l'entends. Mais il en va de même pour Monsieur. Il dit qu'il a tout découvert récemment. Il doit être autant, sinon plus contrarié que vous avec tout ce qui arrive. Pensez-vous que les sentiments disparaissent en un claquement de doigts ? Laissez-lui donc un peu de temps. Chacun doit prendre du recul.

Edward s'adoucit. La bonté de Lyv lui donna envie de l'embrasser.

— Et si nous n'avions pas ce temps-là ? George dit qu'il la laissera hériter. De vous à moi, Lyv, cet homme me paraît aussi dément qu'elle.

— Si vous le déplorez autant, pourquoi ne pas l'empêcher ? Après tout, c'est vous, l'héritier.

Edward renâcla. S'entendre nommer ainsi sonnait si bizarre, si loin de lui.

— Vous n'allez pas vous y mettre aussi ! Je ne suis pas responsable du bazar des Rusbick. George agit par culpabilité, voilà la vérité. Il ne cherche qu'à se racheter auprès de son frère défunt, pour l'avoir trahi lorsqu'ils étaient jeunes. Qu'il se considère comme responsable de la folie de cette femme ne me concerne pas. Je n'ai pas à porter son fardeau. Il doit admettre qu'il déraille, un point c'est tout.

— Et vous devez admettre que vous prenez une décision hâtive en rejetant d'un bloc l'héritage qui vous revient. Que faites-vous de tous ces orphelins ? Ceux qui souffrent de n'avoir rien ni personne ? Vos amis de jadis. Accepteraient-ils que vous renonciez si vite ?

Les mots de Lyv le piquèrent au vif. Elle s'était exprimée comme l'aurait fait Sœur Augustine en de pareilles circonstances. Cette lettre anonyme lui avait donné tant d'espoir, bien plus qu'à Edward. L'opportunité inespérée de voir l'un de ses protégés sauvé de son sort. Sœur Augustine l'avait encouragé à suivre sa destinée. Pour lui et pour tous les autres qui ne connaîtraient jamais cette chance. Si Edward était ici, c'était grâce à elle. Si Edward était ici, c'était autant pour lui que pour ses camarades d'antan.

Lyv plongea ses yeux dans les siens comme pour y lire les souvenirs ; la solitude, le manque, le chagrin, Noël à s'empiffrer de chocolat jusqu'à s'en rendre malade. Edward eut peine à ne pas baisser les yeux.

— Je ne cherche pas à vous culpabiliser, déclara-t-elle. Suis-je bon juge pour décréter ce qui est mieux pour vous ? Non. Pas plus que vous, pour George. Quels que soient vos choix, ils seront respectables. Personne ne pourra prétendre en comprendre les motifs. Il en est de même pour ceux de monsieur George. Quand bien même la culpabilité les régirait.

Dans un élan inopiné, Edward rapprocha son visage de celui de Lyv. Dans ses pupilles dansaient les flammes de la cheminée. Il répondit au sourire qui se dessina sur ses lèvres. Il dirigea sa main vers sa joue, la caressa. Il frémissait d'être si proche, de sentir son souffle sur son menton, d'effleurer le lobe de son oreille. Il s'avança encore un peu, attentif au moindre mouvement de recul qu'elle aurait.

Rien.

Lyv était là, immobile, plus belle que jamais.

Edward inspira alors en profondeur. Il humidifia ses lèvres. Les yeux de Lyv se fermèrent. Sa bouche s'entrouvrit. Celle d'Edward aussi. Son cœur palpitait. Leurs lèvres s'effleureraient d'une seconde à l'autre.

Soudain, une voix tonna dans leur dos.

— Une bombe, tout ce qu'il y a de plus artisanal !

Lyv repoussa brutalement Edward.

Julian et George débarquaient dans le salon.

— Une simple bouteille, de la poudre et un morceau de corde imbibé d'alcool. Rien de plus élémentaire. Pendant la guerre, il était de coutume d'en fabriquer lorsque nous manquions d'explosifs. Nous rajoutions des clous ou toutes sortes d'objets coupants à l'intérieur. Lorsqu'une bouteille roulait le long de nos tranchées, nous déguerpissions comme des rats.

— Incroyable, monsieur ! s'extasiait Julian sur ses talons. In-cro-yable ! La police est-elle déjà en route ?

Edward se racla la gorge.

George botta en touche.

— Merci infiniment pour votre aide, Julian. Je n'hésiterai pas à vous solliciter en cas de besoin. À présent, laissons donc cette pauvre Lyv se reposer. Elle est bouleversée.

— Mais certainement, monsieur. Nous le sommes tous.

Julian s'agenouilla près du sofa sans le moindre égard pour Edward et prit la main de Lyv. Il lui déclina quelques mièvreries auxquelles cette dernière, trop embarrassée, ne répondit que par des moues timorées. Edward fit mine de ne pas s'y intéresser.

Lord Rusbick prit congé aussitôt après le départ de Julian. Il refusa toute aide pour monter ou se changer et annonça qu'il ne dînerait pas. Lyv put tout juste s'assurer qu'il avale bien ses médicaments, avant qu'il ne se retranche à l'étage. Elle l'imita aussitôt, épargnant à Edward un tête-à-tête gênant.

Seul pour dîner, Edward se servit un morceau de *Sunday roast* brûlé et les restes du *Yorkshire pudding* hideux de Lyv. Bien qu'il ait tenté moult fois de lui inculquer quelques bases, ses plats avaient toujours la texture du caoutchouc et le goût de la terre.

Alors qu'il trifouillait son assiette du bout de sa fourchette, ses pensées oscillèrent entre son baiser raté avec Lyv et l'inconcevable posture de Lord Rusbick.

Sous la table, son pied trépignait.

Sur un coup de tête, il vida son assiette à la poubelle, enfila son pardessus et sortit par la porte de service. Le vicomte avait insisté pour qu'il apprenne à conduire, autant que cela lui soit utile.

Edward traversa la petite cour arrière et longea l'aile est du manoir, pour rejoindre la Triumph, toujours garée au milieu de l'allée en gravier. Il jeta un regard vers son cottage. Les stigmates de l'attaque ne l'encouragèrent que davantage.

Il devait arrêter Rhita.

Son entreprise débuta mal ; une fois assis au volant, Edward se rendit compte qu'il avait oublié la clef du moteur dans l'armoire murale, à l'office. Il rebroussa chemin en catimini, pénétra dans les communs en étouffant les cliquetis des portes, décrocha la clef de son picot et rejoignit la voiture.

Une plaque de verglas le fit déraper. Forcé de s'arrêter pour reprendre l'équilibre, Edward prit conscience du froid masqué par son adrénaline. Il voulut reprendre sa marche vers la voiture, mais impossible.

Ce qu'il vit le figea sur place ; une vision d'épouvante, digne des pires romans noirs.

Un fantôme. Encore.

L'ombre derrière le pare-brise ne pouvait pas être réelle. Son imagination lui avait déjà joué ce genre de tour, au dortoir à Sainte-Berthe caché sous les couvertures, ou plus tard, dans la pénombre de Hyde Park où, loin des réverbères, des silhouettes macabres flottaient sous le vent. Oui, il devait s'agir de cela, une illusion.

Il fit quelques pas, mais chancela de nouveau. Une tête dépassait bien du siège.

La place du conducteur était occupée par une chose chevelue. Un être de dos. L'arrière d'un crâne de femme.

Rhita était-elle restée à les épier, tapie dans l'ombre tout le temps, prête à en découdre ?

Si l'heure était venue d'affronter le démon, qu'il en soit ainsi. La partie se déroulerait en tête-à-tête et sans la pondération de George.

Exit le croquemitaine de son enfance, Edward gonfla ses poumons d'air frais et s'avança.

La femme assise à l'intérieur ne bougeait pas. L'obscurité ne révélait que le feutre noir et les boucles de cheveux qui en dépassaient. Ouvrir la portière serait pris comme un affront, alors Edward frappa trois coups au carreau.

La femme tourna son visage vers lui.

24

— Diable ! Que faites-vous là ?

Assise derrière le volant, Lyv le toisa.

— Inutile de jurer. Je vous ai entendu trifouiller cette auto depuis ma chambre. Vous êtes d'une telle discrétion… Où allez-vous ?

— À Roy.

— J'en étais sûre. Je viens avec vous.

— Hors de question.

Lyv riva les yeux sur le pare-brise, dédaigneuse.

— Si vous comptez sur vos talents de conducteur, n'espérez pas arriver entier à Roy. D'ailleurs, savez-vous seulement vous y rendre ?

— Je me débrouillerai. J'ai bénéficié du meilleur professeur de conduite, n'est-ce pas ?

Lyv lui renvoya son sourire narquois.

— Comme vous le souhaitez. Lord Rusbick sera ravi d'être réveillé en pleine nuit pour apprendre que son nouveau neveu a volé son automobile et trahi sa parole.

— Quelle parole ?

— Lord Rusbick vous a demandé de le laisser intervenir seul auprès de Madame.

Edward se renfrogna. Voilà que Lyv se remettait à lui servir des « Lord Rusbick » comme aux premiers temps de leur collaboration.

— Vous ne ferez pas ça, rétorqua-t-il, à moitié convaincu. Vous contrarieriez George, ce dont vous êtes incapable. Allons, sortez d'ici.

Lyv obtempéra, esquissa un sourire et prit la direction du manoir. Une victoire trop facile, selon Edward.

— Lyv, vous n'allez pas vraiment prévenir George ?

Elle inclina la tête sur la gauche dans un haussement d'épaules et fit rouler ses yeux, impassible. Elle se tenait les mains dans les poches, les pieds joints à son ombre projetée par la lune. Son manteau ceinturé autour de la taille recouvrait le haut de son pantalon noir, qui tombait sur des souliers plats. Une tenue d'homme portée avec toute sa sensualité, telles les gravures de mode plébiscitées par les femmes. Jamais Edward ne remporterait ce duel tacite que Lyv lui livrait.

— Très bien, vous venez, mais à une condition, c'est moi qui commande. Vous m'obéissez. Hors de question que vous fassiez tout capoter !

Lyv lui arracha la clef de la main et fit le tour de la voiture. Edward l'admira sans voir combien elle accentuait son déhanché. Elle s'installa derrière le volant.

— Vous comptez courir derrière la voiture ?

— Je comptais plutôt conduire, riposta Edward avant d'embarquer côté passager.

Lyv fit démarrer l'auto sans qu'aucun crissement de pneu ne trouble la quiétude du soir. Une manœuvre d'une dextérité dont Edward se savait incapable. Avant de franchir l'enceinte du domaine, il vérifia que la lumière de la chambre de George restait éteinte.

Ils s'enfoncèrent dans la forêt sans se douter que ce dernier ouvrait l'œil, titillé dans son sommeil.

Ils traversèrent le bois en un rien de temps. En voiture, il paraissait beaucoup moins dense.

Ils longèrent la Ryla en direction des rues du centre de Lloyd, pour rejoindre la grand-route. En balayant les logis endormis et les vitrines noires des boutiques, leurs phares avaient certainement dû interloquer les derniers couche-tard. Même le Sheep était fermé. Ils quittèrent le village, où à part quelques fermes, les plaines sauvages des Cotswolds s'étendaient à perte de vue.

Edward peinait à déchiffrer la carte et les panneaux routiers passaient inaperçus dans la nuit. Il ne comptait plus le nombre de demi-tours que Lyv dut exécuter, à cause de ses mauvaises indications.

Leurs sempiternelles chamailleries éclatèrent alors, provoquées tantôt par les erreurs d'Edward, tantôt par l'obstination de Lyv à suivre son instinct. Les piques fusaient sans trêve. Pourtant, à aucun moment Edward ne regretta la compagnie de Lyv et quelque chose lui disait qu'il en fut de même pour elle.

Elle avait dit vrai ; seul, jamais il n'aurait pu parvenir à Roy. D'ailleurs, Lyv ne manqua pas une occasion de le lui démontrer.

— Alors, quel est le plan ? demanda-t-elle, quand ils furent à peu près sûrs d'être sur la bonne route.

— Le plan ?

— Ne me dites pas que vous n'avez aucune idée de la manière dont vous allez vous y prendre !

Edward réfléchit un instant. La vérité, c'est qu'il était parti tout feu tout flamme, sans réel programme.

— Je compte trouver une preuve qui pourrait confondre cette femme. Les coupables laissent toujours des traces, selon Hercule Poirot.

— Mon pauvre, voilà que vous vous croyez dans l'un de vos romans.

— Poirot privilégie les interrogatoires, moi je préfère les filatures…

— Seigneur ! Vous plaisantez, rassurez-moi ?

— Après Sainte-Berthe, je n'ai pas toujours eu de quoi me payer à manger. La vie peut s'avérer rude, à Londres. J'ai parfois dû me procurer de quoi vivre par mes propres moyens. Je n'en suis pas fier, mais je sais comment m'y prendre.

— Faites-vous allusion à des cambriolages ? Si c'est le cas, je refuse d'être complice.

— Je ne compte pas emporter autre chose que les preuves des forfaits de cette Rhita. De la poudre. Un contrat passé avec un homme de main. N'importe quoi me permettant d'aller voir les gendarmes.

Lyv soupira de consternation.

— Et si vous ne trouviez rien ! Et si Madame vous surprenait !

— Sera alors venu le moment de nous confronter. La faire avouer. Sa position de faiblesse nous aidera à lui extirper des aveux. Au milieu de la nuit, Rhita sera seule et sans défense.

Edward sentit le regard inquisiteur de Lyv.

— Je n'ai aucune intention de lui faire du mal. Juste l'intimider assez pour qu'elle se sente fébrile et qu'elle parle.

Lyv resserra ses mains sur le volant.

— Ne prenez aucun risque. Entendu ? Trouvez votre preuve, votre coffre, ou que sais-je encore. Et allons-nous-en !

— Le coffre ? Je n'ai que faire de ce coffre. Je n'y avais même pas pensé.

— Vous m'en direz tant.

Après quarante-cinq minutes de pérégrinations, un panneau dissimulé par des branches en bord de chaussée indiqua l'entrée dans Roy. Quelques fermes encadraient les frontières du village, avant que ne se dressent les premières chaumières, puis des cottages coquets jusqu'à l'église.

Roy ressemblait à n'importe quel hameau typique des Cotswolds, paisible et dépourvu de circulation. Il était plus pittoresque encore que Lloyd malgré la présence de quelques nobles bâtisses.

Le manoir des Rusbick se situait à la sortie nord du village, isolé à plusieurs centaines de mètres des premiers voisins. Lyv, qui connaissait les lieux, arrêta la voiture près d'un lavoir retiré à l'angle de la dernière rue avant la maison. À bonne distance pour ne pas se faire remarquer, tout en gardant vue sur le portail.

Edward lui donna ses instructions.

— Vous n'y pensez pas ! s'offusqua-t-elle. Vous m'embarquez dans votre mission suicide pour que je reste ici à faire le guet ? Qui voulez-vous que je guette à Roy, en pleine nuit !

Edward savait qu'elle désapprouverait, mais pas question de la mettre en danger.

— Je ne vous ai embarquée nulle part, vous vous êtes incrustée. Mes conditions étaient claires. Je décide !

Lyv s'interposa à nouveau.

— Et si Rhita était armée ? Si elle n'était pas seule ?

— Selon George, seule Miss Wiggins vit avec elle.

— Holly est une brave, mais elle est sourde comme un pot, elle ne se réveillerait pas si une cornemuse hurlait à son oreille. Mais si Madame vous envoyait son bandit ? S'il était dans la maison. Ô Edward ! Cet homme a tué votre chat, il a fait exploser votre cottage. Qui sait ce qu'il fera s'il vous surprend à cambrioler sa… patronne. Cette femme est folle, sans aucune morale. Elle est malade… ici.

Lyv tapotait sa tempe du bout de l'index.

Edward murmura un « chut » en déposant son doigt sur les lèvres de Lyv. Elle se tut. La gorge d'Edward se serra. Caresser les lèvres humides de sa belle lui procura un chatouillis dans le ventre et plus bas.

— Je serai prudent.

— Je vous donne vingt minutes.

— Trente !

— Il est onze heures et trente-trois minutes. Soyez de retour à minuit.

— Sinon quoi ? Vous vous transformerez en souillon et notre bolide en citrouille ?

La bouche d'Edward se trouvait de nouveau très proche de celle de Lyv. Elle grimaça et se recula.

— Sinon, c'est vous que je réduirai en chair à citrouille !

Edward lui envoya un signe de la main en s'éloignant. Lyv le surveillait, les mains crispées sur le volant, le cadran de sa montre visible, prête à sonner l'alarme.

Le manoir ne donnait pas ce sentiment d'infériorité désagréable qu'Edward avait éprouvé en arrivant à Truffle. Les parterres de fleurs géométriques, façon jardins à la française, étaient divisés par l'allée qui menait à l'entrée. Au milieu, une étroite fontaine blanchie à la chaux était sèche. L'unique tourelle cylindrique conférait au bâtiment une image de noblesse sans pour autant intimider. Sensation incongrue, Edward éprouva une certaine fierté à l'idée que son père ait désiré obtenir cette demeure-là, plutôt que de jouir de l'outrancière Truffle.

Il escalada le portail de deux fois sa taille avec l'agilité d'un félin. Il fila vers l'arrière du bâtiment en piétinant les jardins pour éviter de faire crisser les graviers de l'allée. Il trouva l'entrée de service et continua jusqu'à la terrasse à l'arrière. Le reflet de la lune rendait opaque l'immense baie vitrée.

Comme les maisons victoriennes de Londres, trouver un carreau à dégonder serait aisé. Edward retourna près de l'entrée de service et fit glisser ses mains sur chaque vitre. Les communs étaient les pièces les plus éloignées des chambres, là où son effraction s'entendrait le moins pour Rhita, qui dormait sûrement à l'étage.

Une des fenêtres était composée de quatre carreaux d'une trentaine de centimètres de côté, rassemblés par un cadre en bois gondolé. L'un d'eux était ébréché.

Edward sortit de sa poche une tige plate en ferraille de la taille de sa main, dont l'extrémité formait un biseau qui rebiquait tel un pied-de-biche miniature. Il l'avait empruntée aux Madhouse sans jamais la leur rendre. Il positionna le bout dans la rainure entre le verre et l'arête en bois, y enfonça la pointe d'un coup sec et fit levier.

Quelques mouvements imperceptibles du poignet suffirent à déchausser le carreau comme une dent de lait d'enfant. Il réitéra la manœuvre sur le côté vertical, tira plus fort. Le joint s'effrita et la vitre tomba dans sa main.

Edward glissa son poing dans le trou et déverrouilla la porte de l'intérieur. Il entra, retira ses souliers, les rangea dans sa besace, sortit de la réserve alimentaire, traversa la cuisine et tomba sur le vestibule.

Tout semblait plus petit qu'à Truffle. Une maison à taille humaine. Un escalier raide montait à l'étage. Edward évolua jusqu'à un salon baigné de lueurs grises ; l'autre côté de la baie vitrée.

Un accès immédiat à l'extérieur. Ici commencerait sa fouille.

Tiroirs du secrétaire, placards bas de la bibliothèque, étagères, enveloppes… Edward examina tout ce qui se présentait à lui. Rien. Pas le moindre indice sur les crimes de Rhita.

Il observa alentour, égaré. Que cherchait-il, après tout ? Son plan n'était-il pas bancal comme le pensait Lyv ? Il manquait de perspectives. Depuis le début. Maintenant qu'il était là, autant poursuivre, en espérant que cette fois, sa manie de fouiner porte ses fruits.

Peut-être Rhita cachait-elle des explosifs dans les communs, ou la salle de bains ?

Quand en quittant le salon, le lynx en porcelaine du guéridon central chancela, Edward n'eut pas le temps de le rattraper. Le bibelot cogna le sol dans un bruit sourd. Edward bénit la manie des riches de mettre des tapis partout.

Son cœur battait si fort que les percussions thoraciques résonnaient presque à l'extérieur. Il tendit l'oreille ; silence total. Il remit la statuette en place, régula son stress, essuya sa sueur.

Alors qu'il tenta une nouvelle sortie du salon, un élément du décor qu'il avait négligé scintilla. Edward s'approcha. Un écrin en laque dorée trônait sur l'écritoire près des rideaux foncés.

Edward les écarta pour laisser filtrer la lumière de la lune. Se révéla alors la gravure sur le coin du couvercle. Deux lettres, RC.

Aucun doute, ce coffret avait appartenu à Clayton Rusbick.

Edward poussa le minuscule loquet contre le couvercle et inspira profondément. Tout son être vibrait.

Solennité fortuite. Excitation. Profonde tristesse.

Lyv avait-elle raison ? Au fond, s'était-il toujours agi de cela : son histoire, son héritage ? Et si Edward n'était finalement venu à Roy qu'en vue du coffre ?

Soudain, un claquement retentit. Edward referma le loquet du coffre à la hâte et le fourra dans sa besace. Ça venait de l'extérieur. Derrière la baie vitrée, un chat fila à travers la terrasse. Au fond du jardinet, une porte en bois à moitié encombrée d'arbustes tanguait sous l'effet du vent. *Probablement une sortie de service vers une ruelle retirée,* songea Edward, soulagé. Tout comme lui, le chat avait dû être surpris par le claquement de la porte.

Il reprit le coffre de son sac et l'ouvrit sans plus de cérémonie.

D'emblée, un haut-le-cœur l'étrangla. La nausée remonta jusqu'à sa glotte. À l'intérieur du coffre, une demi-livre de truffes en chocolat le narguait. Il reposa la boîte sur l'écritoire, remplie d'une déception indicible.

Il sortit du salon, avança dans le vestibule jusqu'au pied de l'escalier, traversé par l'effroyable envie de gravir les marches jusqu'aux chambres pour affronter le démon. Lui reprendre ce qu'elle lui avait volé. Lui montrer qu'il n'avait pas peur.

Il n'en pouvait plus ; agir sous couvert, raser les murs, fuir. Quand cesserait-il de se cacher ?

Son regard passait des ténèbres en haut des marches, à la verrière au-dessus de la porte d'entrée. S'il la franchissait, il serait dehors. Pour autant, serait-il libéré ?

Dans ses tergiversations, son attention fut attirée par le portemanteau. Dans l'obscurité, les vestes, capes et pardessus pendaient d'une même masse noire, au-dessous des couvre-chefs.

Un malaise l'écrasa tout à coup. Une sensation indéfinissable. Un danger impalpable, mais si réel.

Tout au fond de lui, il sut.

Plusieurs secondes s'écoulèrent pour qu'il comprenne. Un chapeau haut et anguleux, plus volumineux que les autres, trônait parmi les feutres ronds de femme. Un chapeau d'homme.

Rhita n'habitait pas seule. Un homme était présent. Les prédictions de Lyv se vérifiaient. Rhita était protégée par ce poseur de bombe, tueur de chat.

Edward cogita en toute hâte ; il refusait de fuir si près du but. Il consulta l'horloge en face de l'escalier. Minuit passé de quelques minutes. Lyv ne tarderait pas à s'alarmer s'il ne rappliquait pas. D'ailleurs, qu'avait-elle entendu par « sonner l'alerte » ? Appeler la police… depuis quel poste ? Il chassa ses raisonnements stériles et passa à l'action.

Il inspira à fond et s'en retourna vers l'escalier. La première marche grinça. Il décala son pied à l'extrémité droite de la latte en bois et s'y hissa sans bruit. Tout dérailla quand son pied gauche se posa sur la deuxième marche.

Les ennuis s'empilèrent dans un même espace-temps.

Un cri strident parvint du dehors.

En haut de l'escalier, un craquement de plancher, des pas, puis, un rai de lumière. Le cri avait réveillé Rhita.

L'instinct de survie d'Edward prit les commandes. Il fit volte-face, s'élança vers la sortie.

Lorsqu'il posa sa main sur la poignée, il fut pris de court ; quelqu'un frappait au montoir.

Il était encerclé.

Edward évalua ses possibilités. Il renonça à ouvrir à l'inconnu. Il misa sur la porte-fenêtre du salon pour s'enfuir par la terrasse.

— Seal ! Seal ! héla soudain une voix aiguë à l'étage.

Seal ? Le complice de Rhita s'appelait donc Seal ?

Les risques pris ne seraient pas vains. Edward disposait enfin d'une piste à avancer aux enquêteurs : *Seal.*

Il se rua vers la baie vitrée du salon et sortit sur la terrasse. Une lumière émana du fond du jardin.

La petite porte en bois qui avait effrayé le chat s'ouvrait désormais complètement sur le petit cottage en fond de cour qui, dans la flore nocturne, ressemblait à une cabane abandonnée. Sauf qu'une lumière jaillissait de l'une de ses fenêtres.

Edward s'était trompé, ce n'était pas une sortie de service.

La dépendance des domestiques ? L'antre du complice de Rhita ?

Edward décampa avant d'être repéré sans prendre le temps de remettre ses souliers, rasa le mur d'enceinte, puis marqua une pause à l'angle ouest de la maison pour s'assurer que la voie était libre.

À cet instant, les événements prirent une tournure dramatique. Edward comprit qu'il ne sortirait pas indemne de cet enfer.

25

Edward découvrit l'origine du cri qui avait réveillé la maisonnée ; Lyv gesticulait allongée au pied du portail, à l'intérieur de la propriété. Elle avait tenu sa promesse, elle était venue à son secours aux douze coups de minuit. Elle avait dû se blesser en escaladant la grille.

Bientôt, le mystérieux Seal serait à leurs trousses. Il fallait déguerpir au plus vite. Edward se rua vers Lyv.

Des aboiements s'élevèrent de l'autre côté du jardin. Edward interrompit sa course pour se retourner. Une voix masculine invisible asséna :

— Cherche Seal, cherche !

Seal n'était donc pas un humain.

Rhita avait donné l'alarme depuis sa chambre, mais le molosse était aux ordres d'une autre personne. Un homme. Le sbire.

Edward repartit.

— Edward ! haleta Lyv, quand il parvint à son niveau.

Edward souleva la jeune femme qui se crispait de douleur et l'aida à grimper au portail.

— Vite, Lyv, vite !

Les aboiements acharnés se rapprochaient.

Lyv se débattait pour se hisser au sommet. Edward lui fit la courte échelle tout en surveillant leurs arrières.

Le molosse apparut, les oreilles pointues, la queue dressée. Un doberman. Une bouffée de chaleur étourdit Edward. Il avait déjà réussi à amadouer quelques toutous jadis, mais cette fois, la bête n'avait rien d'amical.

Seal cessa d'aboyer et s'immobilisa près de la fontaine au milieu du jardin, fixé sur ses proies. Il se mit à grogner, les crocs saillants. Tout geste brusque était à proscrire. Edward se figea, retint le pied de Lyv pour stopper son ascension.

Derrière Seal, la fenêtre supérieure de la tourelle s'ouvrit. L'ombre d'un buste émana des ténèbres et se pencha légèrement vers le vide. Son visage, plongé dans la pénombre, demeura invisible.

Quand l'apparition se mit à parler, Edward comprit qui c'était. Rhita.

La voix ne prononça que deux mots.

— Seal, attaque !

Le molosse démarra au quart de tour et fonça sur Edward. Toujours bloqué en bas de la grille, ce dernier expulsa le pied de Lyv de toutes ses forces vers le ciel. La jeune femme bascula une première jambe de l'autre côté du portail. À califourchon au sommet, elle hissa le reste de son corps, dans un équilibre instable pour laisser la place à Edward.

La rapidité de l'animal, enragé par les ordres de ses maîtres, l'emporta. Seal plaqua ses pattes avant contre les barreaux de fer et se cabra. Le pied toujours déchaussé d'Edward n'était qu'à quelques centimètres de sa mâchoire baveuse. Edward hasarda un coup de pied dans son museau, les chiens détestaient cela. Il rata sa cible, excitant Seal de plus belle. L'animal planta alors ses canines dans son mollet, avec une détermination redoutable.

Edward rugit de douleur. Horrifiée, Lyv repassa côté intérieur de la grille et martela sa talonnette sur le crâne du chien. Seal, de toute évidence dressé pour l'attaque, resserra les crocs dans la chair d'Edward.

Pétrifié par le lancinement dans sa cuisse, Edward sortit son outil à dégonder les fenêtres. Il le brandit vers le ciel et l'abattit dans un éclair de lune. L'instrument déchira l'air avant de trancher le museau de Seal.

Une fois, deux fois. Les mâchoires écarlates relâchèrent enfin leur prise.

Pris d'une violence inouïe, Edward ne sentit pas le flot de sang couler sur sa cheville. Il sauta au bas de la grille, où le chien accablé couinait sa douleur. Il regarda l'ombre de Rhita à la fenêtre, s'agenouilla près de la bête gisant à sa merci, puis écrasa à nouveau la tige de ferraille dans un geste sec. Seal beugla.

Edward réitéra son geste. Son bras s'abattit encore et encore. Il l'enfonça plus profond, déchira la panse de Seal, l'éventra avec sauvagerie, lui perfora les entrailles. Il creva ses yeux.

Quand le chien cessa tout mouvement, Edward frappa la dépouille avec ses poings, dans des hurlements de haine. Les os craquèrent. Les coups plurent jusqu'à ce qu'il ne reste plus qu'un magma touffu déchiqueté.

Pas un instant Edward ne quitta des yeux le démon à la fenêtre.

Il se releva avec peine de la mare poisseuse où son sang et celui de Seal fusionnaient. Il renfila ses chaussures avec difficulté et escalada ensuite le portail à la force des bras.

Sous le choc, Lyv n'osait rien dire. Peut-être avait-elle tenté de l'arrêter ? Edward l'ignorait. Plus rien n'avait existé, sauf l'ombre noire de Rhita.

Il boita jusqu'à la Triumph, épaulé par Lyv qui jetait des coups d'œil en arrière. Elle contusionna l'hémorragie avec son foulard, l'aida à s'asseoir, vérifia sa température d'une main sur son front, puis rabattit la portière. Elle embarqua à son tour et démarra.

— Nous devons regagner Lloyd au plus vite. Pas d'erreur d'orientation, cette fois. Vous perdez bien trop de sang. Le garrot ne suffira pas longtemps.

— Le sommeil m'emporte.

— Non !

— Je m'assoupis, juste un instant.

— Concentrez-vous sur notre route ! Vous devez rester éveillé !

Lyv couvrait sa panique en se montrant autoritaire, mais sa fébrilité affleurait. Son regard passait frénétiquement de la route à la jambe d'Edward. Elle pila à chaque intersection pour le secouer et recueillir son avis sur la direction à prendre. Le maintenir conscient à tout prix.

Après une heure à rouler dans la nuit bleutée des Cotswolds, la flèche de l'église de Lloyd perça par-delà l'horizon. Lyv fit déraper la voiture sur les graviers du parc de Truffle sans précautions et stationna dans la cour de service.

Ils clopinèrent jusqu'à l'entrée quand une voix les surprit.

Aucun des deux n'avait vu la silhouette de George sur le pas de l'entrée des communs.

— Qu'est-il arrivé ? Où étiez-vous ? Edward, qu'avez-vous ?

Lyv ne prit pas la peine de lui répondre. Elle l'écarta de son chemin sans ménagement. Edward gémissait, sa tête dodelinait et ses yeux se révulsaient. Son niveau de conscience baissait seconde après seconde. Lyv le traîna sur le sofa du salon, George sur les talons. Elle lui ordonna d'allumer la cheminée et de surveiller qu'Edward ne s'endorme pas, le temps qu'elle s'équipe du nécessaire médical.

Il obtempéra.

Elle revint chargée d'une bassine d'eau chaude, de serviettes, de pansements et d'une poignée de fioles multicolores. Elle déposa son bazar sur le tapis, près du sofa.

— George, j'ai besoin des antidouleurs que le docteur Stew vous a prescrits.

Lord Rusbick, peu habitué à ce qu'on emploie ce genre de ton à son égard, s'ébroua.

— Combien ?

— Beaucoup.

Elle épongea le sang, nettoya la plaie, gava Edward de médicaments, puis, avec l'aide de George pour immobiliser la jambe entaillée, improvisa des points de suture avec une aiguille brûlée.

Edward convulsa. George coinça un coussin entre ses dents. Au moment de nouer le fil, Edward s'endormit.

Après avoir remporté sa bataille contre la blessure d'Edward, Lyv s'affala dans un fauteuil, les mains maculées de sang et fondit en larmes.

— Allez-vous enfin m'expliquer ? tenta George, sans la moindre délicatesse.

Les yeux aussi rouges que ses mains, elle fit pivoter sa tête vers lui, tel un pantin. Elle lui coula un regard rempli de lassitude, se leva et monta dans sa chambre.

À l'étage, elle se lava consciencieusement, frotta les traînées rosâtres de ses avant-bras qui s'évacuèrent dans le lavabo. Elle enfila sa robe de nuit et tendit l'oreille. Quand elle entendit George se coucher, elle ressortit de sa chambre sur la pointe des pieds.

Elle traversa le couloir sans allumer la lumière, descendit les escaliers, pénétra dans le salon, où les lueurs ocre du feu chatoyaient. Elle accola un fauteuil au sofa où dormait Edward et s'y lova. Elle les recouvrit tous les deux d'un édredon en laine. Elle écarta la mèche qui retombait devant les paupières closes du jeune homme, puis elle s'endormit.

26

Des trombes d'eau battaient les fenêtres. George ouvrit les rideaux. Gris. Partout. Les branches nues des arbres ployaient sous les bourrasques. En bas, aucun bruit ni la moindre odeur de café. Sa montre indiquait huit heures passées de vingt minutes. Dans la salle à manger, aucune table n'avait été dressée pour le petit déjeuner.

Il poussa alors la porte du salon. Edward et Lyv dormaient l'un contre l'autre. Le vicomte se racla la gorge. En vain. Il s'avança et fit claquer la lucarne de l'horloge que personne n'avait d'ailleurs remontée.

Edward et Lyv soubresautèrent. Ils s'écartèrent l'un de l'autre d'un même mouvement et se lâchèrent la main.

L'inconfortable valse de regards entre George et eux se rompit quand Lyv décida de se relever. Elle se tortillait comme une petite fille, honteuse d'apparaître en pareille tenue devant lui. Il la toisa de haut en bas, puis quitta la pièce.

Lyv fila se changer et redescendit aussitôt préparer le petit déjeuner, les médicaments de George, ainsi que des antidouleurs pour Edward. Elle l'aida pour passer à la salle à manger. Chaque mètre à sautiller sur sa jambe valide lui donnait le tournis et la nausée l'obligeait à s'arrêter tous les deux mètres. Une vive douleur irradiait dans son mollet et un nuage épais flottait autour de sa tête.

La barre de mercure remplit le thermomètre que Lyv lui fourra dans la bouche. Elle requit l'intervention du docteur Stew en urgence. Si la plaie s'infectait, les conséquences pourraient s'avérer désastreuses.

George Rusbick se montra moins pressant pour appeler le médecin, ce que Lyv ne supporta pas.

— C'est bien simple, si vous refusez de téléphoner, j'irai moi-même le chercher à son cabinet à Lloyd !

— Sur un autre ton, voulez-vous, se renfrogna George en consultant sa montre, nous lui téléphonerons dès neuf heures. À présent, cessez de dramatiser comme si Oddeye allait trépasser d'une seconde à l'autre.

Edward flottait quelque part entre la souffrance et la délectation d'avoir Lyv à ses petits soins. Quand, à l'heure indiquée, George sortit téléphoner au médecin, il serra la main de Lyv dans la sienne.

— Sans vous, je serais mort à l'heure qu'il est. Je ne saurais comment vous remercier.

Lyv esquissa un sourire avant que sa moue tourmentée ne l'efface.

— En guérissant, Edward.

Edwaarrd.

Il se liquéfia.

— Je m'en veux tellement de vous avoir exposée à un tel danger.

— Je ne regrette pas d'être venue, affirma-t-elle en lui caressant la joue.

Le cœur d'Edward s'embrasa. Incapable de se contenir plus longtemps, il décida de prononcer les mots qui lui brûlaient si souvent les lèvres sans jamais réussir à les franchir.

— Lyv, je… vous…

Il suspendit sa déclaration lorsque la canne de George heurta la porte de la salle à manger.

— Le docteur Stew sera à Truffle après le déjeuner. À présent, je vous écoute tous les deux. J'exige des explications ! Et je veux les détails.

Il pointa la jambe d'Edward avec sa canne.

Dos au mur, ce dernier se lança dans un récit exhaustif de leur soirée de la veille. Les narines de George s'écartaient de plus en plus. Lyv acquiesçait en gardant le silence. Lorsque advint l'entrée en scène de Seal le molosse, la malheureuse se mit à débarrasser nerveusement la vaisselle sur le petit plateau.

Quand Edward eut terminé, le visage de George ressemblait à une grosse prune cramoisie. Il éclata. Ses vociférations plaquèrent les deux jouvenceaux aux dossiers de leurs chaises. « Inconscients, insolents, puérils, grotesques, irréfléchis, irresponsables ! » constituèrent le florilège de qualificatifs dont George les affubla avant de s'adresser en particulier à Edward.

— Vous avez trahi ma confiance. Vous avez mis en danger la vie de la seule personne qui me soit fidèle. Vous me décevez atrocement.

Il sortit et monta à l'étage.

— Cela s'arrangera, relativisa Lyv face à la déconfiture d'Edward. Monsieur vous pardonnera. J'en suis certaine. Quant à hier soir, je n'aurais souhaité être nulle part ailleurs qu'auprès de vous.

Le diagnostic du docteur Stew fut sans appel. Les crocs de Seal avaient commis de lourds dégâts. Edward devait immobiliser sa jambe et suivre scrupuleusement son traitement antibiotique pour se prémunir de séquelles musculaires ou nerveuses irréversibles. Lyv promit au médecin d'y veiller, dans un coup d'œil autoritaire vers Edward.

Lord Rusbick était redescendu de sa chambre pour assister à la consultation. Resté en retrait, il avait néanmoins prêté attention aux préconisations du docteur Stew.

— Vous trouverez une chaise roulante dans la remise attenante aux cottages, dit-il à Lyv après le départ du docteur. Elle date de mon retour de guerre, mais conviendra pour passer d'une pièce à l'autre durant les dernières journées d'Oddeye parmi nous.

Il regagna aussitôt sa chambre, indifférent aux remerciements logorrhéiques d'Edward.

Les deux jours qui suivirent, George resta retranché. Lyv travailla d'arrache-pied. La convalescence d'Edward la chargeait des tâches qu'il avait pris l'habitude de réaliser pour l'aider.

Leur badinage se restreignit. De toute façon, dans quatre jours, Edward embarquerait dans un train qui l'éloignerait d'elle, en dépit de la nature de ses sentiments. Lyv aurait de nouveau tout le loisir de flirter avec Julian.

Edward exécutait des versions condensées des exercices prescrits par le docteur Stew et malgré la désapprobation de Lyv, les quelques pas préconisés par le médecin se transformèrent vite en de longues balades dans le parc.

Il s'obstinait à retrouver la forme au plus vite pour pouvoir partir et ne plus penser ni à la famille Rusbick, ni aux crimes de Rhita. Surtout, oublier cette mixtion de confidences amères, impossible à assimiler.

Qu'avait espéré George en lui dévoilant toute l'histoire ? La présence d'Edward à Truffle était de toute façon vouée à l'échec, comme toutes ses initiatives. Échec de sa relation avec Lyv. Échec de sa vengeance contre Rhita. Et voilà qu'à présent, George ne lui parlait plus, lui qui restait le seul membre encore vivant de sa famille. Son oncle. Le seul être qui ait connu ses parents et qui demeure enclin à lui en parler. Edward avait réussi à le décevoir.

Nous étions mardi. Dans deux jours, tout le monde serait débarrassé de lui.

Mais alors qu'il pratiquait ses étirements à l'abri du saule où reposait Miss Apricot, George le rejoignit. Il venait de raccompagner Julian à sa voiture après leur séance de travail. Edward, qui était resté tout le temps dehors, avait eu la veine de ne pas croiser Julian du tout. Il n'aurait pas eu la patience de subir sa suffisance, les battements de cils de Lyv quand elle le croisait ou encore les rires de George quand Julian plaisantait.

— Cette jambe m'a l'air bien rétablie !

Edward acquiesça dans un soulagement silencieux. Lyv ne s'était pas trompée, George avait fini par lui pardonner. Il termina d'étirer son mollet droit et se redressa. Le visage de George restait fermé, son menton baissé dans son cache-col. Il invita Edward à s'asseoir sur le banc et l'imita.

— À quoi ressemblait-elle ? demanda George de but en blanc.

— Qui donc ?

— Cette ombre, à la fenêtre.

— Difficile à dire. Dans la nuit, la panique…

Lyv les rejoignit, ravie de les voir converser sans heurt. Elle leur proposa de préparer le thé. Voilà plusieurs jours qu'ils le buvaient chacun dans son coin.

— Volontiers, répondit Edward.

Malgré le froid, ils rejoignirent la terrasse du manoir pour s'installer à la petite table en pierre où Lyv emplit trois tasses. Le parc de Truffle restait majestueux en toute saison.

— Lyv, réussiriez-vous à décrire la personne qui se tenait à la fenêtre, ce soir-là ? George voudrait savoir, mais je ne pourrais…

— Un homme, c'était un homme ! J'en suis certaine. Ce n'était pas Madame.

Un homme ? s'étonna Edward, persuadé qu'il s'agissait de Rhita. Il prit soudain conscience que Lyv et lui n'avaient jusque-là pas échangé leurs impressions à ce sujet.

George se frotta le front.

— Quelque chose m'échappe… Et si… non, c'est impossible… Mais Miss Apricot, alors…

— À quoi pensez-vous ? questionna Edward.

— Rien.

— Si ! Vous avez parlé de Miss Apricot.

— Je ne souhaite pas vous faire part de mes pensées. Regardez dans quel état vous vous êtes mis. Vous pâtissez de l'impétuosité de votre jeunesse. De votre bêtise et de votre immaturité également. Je vous avais dit de ne rien tenter. Je vous avais dit que je souhaitais prendre le temps de réfléchir.

— Mais George, vous disiez que vous pardonneriez à Rhita ! Je devais agir.

— Vous auriez plutôt dû songer au devenir du legs de feu votre père.

— Êtes-vous certain que ce n'est pas plutôt à vous, d'y réfléchir ? Je ne suis pas ici pour rattraper vos erreurs. Je suis désolé que vous n'ayez pas pu avoir d'enfant, mais je ne suis pas l'héritier de Truffle pour autant. Clayton a eu un fils aîné, avant ma naissance. C'est lui que vous devriez rechercher. Vous vous êtes trompé de personne.

— Il s'agit de votre héritage, Edward. Je vous l'ai déjà dit ; quand bien même cet enfant a survécu, Clayton ne l'a jamais connu ni reconnu légalement.

— On l'en a empêché !

Edward avait haussé le ton sans s'en rendre compte. Il se rabroua et sollicita Lyv, qui ne lui octroya guère son soutien. Avait-elle déjà oublié les jolies phrases qu'elle lui avait dites sur le respect du choix de chacun ?

— Je voulais simplement que vous restiez plus longtemps, s'adoucit George. Que nous prenions tous le temps d'intégrer ce qui nous arrive, avant de décider quoi faire. Vous nous avez refusé ce temps. Vous vous êtes précipité à prendre vos billets de train, à mener cette offensive oiseuse à Roy.

— J'aurais dû partir dès le début.

— Vous voilà d'accord sur au moins un point avec notre ami Julian. Une première, me semble-t-il.

Edward aurait bondi sur place si sa jambe n'avait pas été si engourdie. Que venait faire ce Julian de malheur dans leur conversation ? Lyv jaugea sa réaction. Il but une gorgée de thé, les yeux dans sa tasse pour se calmer avant de répliquer.

— Et donc, que dit M. Knowles ?

— Que votre départ définitif réglerait tous nos problèmes, répondit George.

— Que M. Knowles soit rassuré, mon train part après-demain.

George soupira d'exaspération.

— Edward, puis-je vous poser une question à laquelle vous me répondrez avec toute votre sincérité ?

Edward opina en boudant.

— En allant à Roy ce soir-là, aviez-vous l'intention, même infime, de récupérer votre coffre ?

Edward songea au trouble qu'il avait ressenti lorsqu'il avait tenu le coffret en laiton, persuadé d'être celui de son père. L'espérance qui l'avait animé et la désillusion quand il avait vu les truffes, à l'intérieur.

Il réprima les larmes qui forçaient ses paupières et nia.

— Aucunement.

George détourna le regard vers les conifères au loin. Aux reflets orangés du crépuscule, il ressemblait à un vieillard fatigué. Lyv frotta ses mains sur ses épaules pour chasser un frisson. Ils se servirent chacun un scone badigeonné de confiture, sur le plateau en argent.

— Je suis désolé de vous avoir mis en danger, tous les deux, déclara George.

— Et moi, je suis désolé pour vous, répondit Edward. Ce qui arrive avec votre femme doit être très douloureux.

Lyv le gratifia d'un regard approbateur.

— Je l'ai désirée dès son arrivée à Truffle, se confia George. J'ai éprouvé d'affreux remords pour l'avoir épousée, après la guerre. Clayton était mort et je savais qu'elle ne m'aimerait jamais comme lui. Mais je la désirais toujours. Je me suis souvent adressé à lui, dans mes prières. Je lui ai demandé pardon, de toutes les manières possibles. Rhita n'a pas toujours été le monstre que vous connaissez. Divorcer est une lourde décision.

— Je crois que nous ne devons jamais oublier nos moments de bonheur passés, dit Lyv, fussent-ils avec des êtres que nous ne portons désormais plus dans nos cœurs. Je repense souvent à ma mère et à nos bons moments, au réconfort de ses câlins, à nos confidences. Elle m'a certes fait beaucoup du mal par la suite et m'enfuir était la seule option. Aujourd'hui, je ne regrette rien.

— Votre mère vous aimait, mon enfant, c'est certain. Comment ne l'aurait-elle pas pu ?

Lyv rosit. Edward lui prit la main sans ambivalence ni gêne à l'égard de George.

— En ce qui nous concerne, Rhita et moi, j'ai bien peur qu'il en soit autrement. Elle avait intercepté ma lettre pour Clayton. Depuis le début, elle avait découvert cette vérité que je croyais lui cacher. Toutes ces années se battirent sur nos mensonges respectifs. Jusqu'à ce que vous arriviez à Truffle, Edward.

Lyv sécha une larme qui avait roulé sur sa joue sans qu'elle s'en aperçoive. Edward, en proie à des ressassements pénibles, prétexta l'engourdissement de ses jambes pour aller s'isoler un instant. Il reposa sa tasse, se leva avec rudesse, en repoussant gentiment l'aide de Lyv.

Un coup de feu retentit alors.

La vitre de la porte-fenêtre qui menait au salon explosa dans une tornade de verre.

À peine chacun eut-il le temps de comprendre ce qu'il advenait, qu'un deuxième tir éclata. Edward se jeta sur Lyv avant qu'un troisième et dernier coup de feu ne déchire l'air depuis un endroit invisible.

La balle se logea droit sur eux.

27

Elle ouvrit le couvercle, le referma. Elle le rouvrit, puis le ferma à nouveau. Elle répéta ce geste une douzaine de fois, égarée dans la valse du feu de cheminée. Elle ne regardait pas à l'intérieur. Elle savait bien ce qu'elle y trouverait, elle en connaissait chaque élément.

Y remettre le nez l'empêcherait de faire ce qui s'imposait, l'ultime solution. Tout supprimer, chasser le passé. Du moins, une partie du passé ; la partie noire.

Oublier ? Jamais. Mais faire semblant, ça, elle savait. Comme si rien n'avait existé. Quiconque l'interrogerait aurait droit à la même moue hébétée.

S'en débarrasser voudrait aussi dire l'oublier. Lui. L'homme qu'elle avait toujours aimé. Pire, cela revenait à le trahir. Tuer ce qu'il lui avait confié, à elle, son amour. Celle en qui il avait confiance.

À dire vrai, cette confiance, elle l'avait depuis si longtemps bafouée, lorsqu'elle s'était débarrassée du garçon. Celui que Clayton aimait tant. Celui qu'il chérissait. Celui qu'elle aussi avait promis de chérir. Mais son geste avait servi à rétablir la vérité. L'ordre des choses. L'abandonner pour que jamais il ne retrouve la piste des Rusbick.

Bien sûr, elle avait parfois regretté, au début. Elle avait versé beaucoup de larmes en demandant pardon à son Clayton défunt. Son tendre Clayton. Ce crime l'avait consumée.

Pas pour l'enfant, non. Lui, il pouvait bien lui arriver n'importe quoi, il n'était pas à elle. Il n'était même pas un enfant de l'amour. Pas comme le sien, son bébé, que le vicomte avait voulu faire tuer par cette vieille sorcière.

Si seulement Clayton avait su. Si seulement elle lui avait parlé au lieu de s'enfuir de Truffle. Elle était si jeune, vulnérable, fragile. Elle avait préféré se terrer, disparaître, comme le vieux le lui avait ordonné.

Elle aussi avait été abandonnée. Deux fois. D'abord maltraitée par sa famille, puis bannie par les Rusbick. Elle s'était pourtant sentie si bien à Truffle, sa rédemption.

Elle avait tout de suite eu confiance en Miss Holly, quand cette dernière l'avait aidée au marché, en faisant mine de ne pas remarquer comment elle gagnait sa vie. Elles n'en avaient même jamais parlé ensemble. Miss Holly l'avait recueillie, sans la juger. Elle était restée auprès d'elle, toujours, ne l'avait jamais délaissée. Un ange gardien tombé du ciel.

Holly lui avait dit tant de bien de ses maîtres, mais tout le monde peut se tromper. Miss Holly était trop bonne, un peu naïve aussi.

Elle l'avait pourtant mise en garde. Rhita n'avait qu'à rester à sa place de domestique et tout irait bien. Seulement, Rhita n'avait pas écouté. Cela avait été sa première erreur.

Elle était jeune et belle et jusqu'alors, les hommes lui avaient fait subir toutes sortes d'atrocités. Depuis l'enfance, elle n'avait reçu que des regards lubriques et libidineux de leur part, en commençant par son père. Ensuite, lorsqu'elle s'était enfuie de la maison, les autres avaient fait pareil, mais eux au moins payaient pour avoir droit de la toucher.

Arrivée à Truffle, elle s'était d'ailleurs tout de suite méfiée de son patron. Le vicomte avait le même regard que ces inconnus qui l'abordaient la nuit. La seule différence résidait dans la prestance de sa position qui lui interdisait d'assouvir ses désirs en toute impunité. Il préférait partir faire de longs voyages pour que sa femme n'y voie que du feu. Elle faisait semblant de ne pas avoir de soupçons, tous les domestiques le savaient. Déplorable, mais fichtrement plus élégant que sa propre mère, qui, elle, voyait tout de ses propres yeux, mais ne disait rien.

Clayton était inoffensif, lui. Elle l'avait tout de suite compris. Il était le plus jeune des deux frères. Le mari rêvé. Le père idéal. Même s'il n'héritait pas, il se battait pour son domaine. La pureté se lisait dans son regard. Jamais, il n'aurait fait de mal à une femme ou à qui que ce soit. Autrement, Rhita l'aurait senti.

Le frère aîné de Clayton possédait une beauté à couper le souffle, une délicatesse presque féminine. Il n'aurait eu aucun mal à séduire les plus belles femmes de la haute société. Pourtant, il ne possédait pas l'aura de Clayton. Rien qui n'eût pu séduire Rhita. Ces choses-là ne s'expliquaient pas.

Miss Holly avait bien tenté de la dissuader de cette attirance interdite pour le fils cadet du vicomte, mais elle n'en avait fait qu'à sa tête. Car cette attirance s'était tout de suite avérée réciproque. Et, même lorsque la raison la faisait s'éloigner de Clayton, c'est lui qui venait la rechercher.

Ses sentiments la dépassèrent très vite. Trop vite.

Si elle avait écouté Miss Holly, elle ne serait pas tombée enceinte de Clayton. Le vicomte n'aurait pas ordonné qu'on la mutile pour tuer le fruit de cet amour et elle n'aurait pas vécu hantée par la douleur, le chagrin et la haine. Mais Rhita avait préféré l'illusion de l'amour interdit, impossible.

Hélas, la vie est injuste. Certains vivent heureux, d'autres non. Rhita avait toujours fait partie de la deuxième catégorie. Avec Clayton, elle avait voulu croire que sa chance pouvait tourner. L'avenir finirait par lui prouver l'inverse.

Pour autant, le fœtus avait survécu à la mutilation de la tricoteuse. Quelques semaines après son intervention funeste, alors que Rhita croyait son ventre mort, il s'était mis à s'arrondir.

Tout juste chassée de Truffle, elle était en ce temps dépourvue d'emploi et tout potentiel employeur lui fermait la porte à la vue de son état. Elle subsistait dans une chambre miteuse grâce aux mandats que Miss Holly lui transmettait de la part de Clayton.

Pour les récupérer, Rhita devait l'attendre en cachette au cimetière de l'abbaye de Lloyd, le dimanche après la messe. Elle prenait garde de ne pas être repérée. Personne ne devait savoir qu'elle errait parfois au village et Clayton devait absolument ignorer qu'elle était toujours enceinte. En revanche, il n'était pas rare qu'elle l'aperçût, sans qu'il la voie.

Une vision aussi nocive que réconfortante.

Elle était venue chaque semaine, jusqu'à ce dimanche où Clayton était sorti de la messe avec une femme à son bras. Une poupée de porcelaine. *Olivia Rusalt*, lui avait annoncé Miss Holly. Ce jour-là, aucun membre de Truffle ne reconnut la femme qui, sous son parapluie, caressait son ventre entre deux sanglots, parmi les veuves affligées au pied des tombes. Ce fut la dernière fois que Rhita accepta l'argent de Clayton.

Dorénavant, c'est Miss Holly qui lui avait rendu visite à l'hôtel de Bristol où elle logeait en attendant le bébé. Son amie venait par le train de midi à chacun de ses repos hebdomadaires et repartait dans celui de seize heures.

Quatre heures trop courtes, qui permirent à Rhita de survivre.

Holly se chargea de trouver le couple idéal pour adopter le bébé à naître. Pour le bien de l'enfant, lui garantir une vie meilleure que celle que Rhita serait en mesure de lui offrir. Le couple d'heureux bourgeois n'avait décliné qu'une condition : Rhita devait disparaître de la vie de l'enfant.

Nombreuses étaient les histoires de femmes ayant donné leur bébé, qui se battaient pour regagner leurs droits une fois leur situation rétablie. S'enticher d'une mère éplorée pétrie de regrets n'était pas une option pour ces gens.

Rhita accepta.

Elle accoucha sur le lit des futurs parents adoptifs et y reçut tous les soins nécessaires. Elle n'eut ensuite qu'une poignée de secondes auprès du bébé, qui leur appartenait désormais. Elle ne le nourrit pas, ne l'embrassa pas. Elle lova le poupon contre elle, sans quitter ses grands yeux, subjuguée par sa ressemblance avec Clayton. Elle le leur confia, pour toujours.

Les mois passèrent, Rhita quitta son hôtel et prit de nouvelles fonctions chez une vieille douairière gâteuse.

La roue finit par tourner quand la malédiction frappa à Truffle. Trois décès, coup sur coup.

Le vicomte et sa femme reposaient dans les eaux glaciales de l'océan Atlantique et Olivia était morte en couches. Plus aucun obstacle ne se dressait entre Clayton et Rhita.

Sous son approbation, Miss Holly céda à la requête de Clayton ; elle le conduisit à elle. Tels les princes charmants des contes pour enfants, Clayton sauva sa belle de sa triste vie, pour l'emmener dans son manoir de Roy.

La parenthèse dorée de sa triste existence.

Seule ombre au tableau : Edmund, le fils épargné qui vivait désormais avec Clayton. L'enfant qui rappelait à Rhita combien le sien lui manquait.

Quand la guerre empira, Clayton lui confia son fils le temps d'aller défendre son pays. Elle ignorait que cet adieu serait le dernier. Qui aurait pu croire que ce modèle de bravoure fût emporté par le combat ? Pourtant, la malédiction des Rusbick frappa de nouveau.

Rhita sombra dans les limbes de la mélancolie.

Jamais, elle ne les quitterait.

Clayton n'étant plus de ce monde, rien ne justifiait plus que son fils jouisse de la vie à laquelle son enfant à elle n'avait pas eu droit. Les orphelinats regorgeaient de bébés abandonnés par des veuves de soldats, Edmund en ferait désormais partie.

La guerre battait son plein et avec elle, son flot de nouvelles atroces. Rhita avait ouvert chaque courrier destiné à Clayton, y compris cette lettre adressée par George, le frère aîné, parti au front quelques mois avant lui.

Elle l'avait lue et relue, encore et encore, sans réussir à y croire vraiment. Elle s'était déroulé le fil des événements jusqu'à l'overdose pour réussir à intégrer l'effroyable vérité.

Tous ces malheurs avaient donc découlé de la traîtrise du frère maudit.

En ressortit son ultime promesse envers elle-même; si George avait le malheur de survivre au combat, Rhita lui livrerait une guerre d'un tout autre genre. Une guerre sans pitié, sans allié. Sans issue.

Le ciel l'entendit; George lui revint. Seul, blessé, désespéré.

Le mariage constituerait la meilleure des couvertures.

Sans surprise, George s'était inquiété de savoir si Clayton avait reçu sa lettre du front. Rhita avait donc fait mine de ne pas en avoir eu connaissance. Et George n'y avait vu que du feu. Le *salaud* s'était engagé dans un mariage avec la veuve de son frère en pensant lui cacher son infamie. Rhita le lui ferait payer, comme tout le reste.

Honorer son devoir conjugal n'avait pas été si compliqué. En comblant les attentes de cet homme, Rhita savait que sa ruse serait en grande partie acquise. Elle n'eut qu'à faire appel à son vieux savoir-faire; se dissocier de son propre corps pendant dix minutes. Quinze, tout au plus, une à deux fois par mois. Puis se rincer. Oublier. D'ailleurs, avec cet aristocrate introverti, elle avait pu se montrer bien plus prude qu'avec les bougres avinés d'antan. Et puis là, elle ne recevait ni coup ni menace.

Surtout, la cause était plus précieuse qu'alors. Rhita tenait sa revanche sur le vicomte et son fils George et sur son propre père aussi.

Elle s'arrangea pour que ces nuits restent stériles. Elle avait essuyé quelques grossesses fortuites, gardant autant que possible ces accidents secrets. Avorter s'était avéré un jeu d'enfant. On lui avait déjà appris la technique.

Seule, elle souffrait moins. De toute façon, aucune douleur n'égalerait celle qu'elle avait jadis eue à endurer. Et, si on lui avait posé la question, Rhita aurait même pu avouer qu'elle ressentait un certain plaisir à voir le sang couler d'entre ses jambes, lui garantir qu'elle avait bien tué l'espoir de George.

Ces procédés clandestins comportaient cependant leurs lots de ratés. La dernière fois qu'elle avait eu à s'introduire une aiguille entre les jambes, une hémorragie abondante lui avait déchiré les entrailles. Le sang avait coulé sans s'arrêter, jusqu'à l'étourdissement.

George avait fini par tout découvrir. Il fallait bien que cela arrive un jour. Leur couple se portait trop mal. Quinze ans, c'était long. Rhita s'était souvent demandé quel serait le bon moment pour se séparer. Jusqu'à quel âge un homme pouvait-il devenir père ? Par prudence, elle s'était résignée à rester mariée jusqu'à la mort de George, pour empêcher de jeunes opportunistes de prendre sa place et vivre en douairière.

Cependant, le conflit qui avait éclaté au lendemain de Noël l'avait obligée à quitter Truffle sur-le-champ. Elle avait jubilé de voir George si furieux et prendre conscience qu'au jeu des mensonges, elle l'avait dominé haut la main.

Il avait accepté qu'elle regagne Roy le temps que la tempête passe et que chacun y voie plus clair. Mais voilà que le jour de son départ, le garçon avait ressurgi de l'oubli.

Elle l'avait tout de suite reconnu. Elle avait failli défaillir sur le parvis de Truffle, face à cette réincarnation défraîchie de Clayton remontant le parc. Elle n'avait pas eu besoin de discerner la couleur de ses yeux. Elle avait tout de suite su que c'était lui. Le retour du fils martyr avait toujours fait partie de ses plus grandes craintes.

Comment était-ce possible ? George avait-il découvert le coffre et l'existence du gamin ? Quand bien même, comment l'avait-il retrouvé ? Rhita n'avait laissé aucune indication sur l'endroit où elle l'avait laissé. Retrouver un garçon si quelconque dans la populace des orphelinats d'Angleterre relevait de l'impossible.

Pourtant, il était revenu. Presque vingt ans après. Edmund. Elle n'avait eu aucun doute. Il venait revendiquer ce qu'il pensait mériter. Mais Rhita refusait de voir son plan échouer à cause d'un loqueteux de son espèce. Cet Edmund resterait le pouilleux qu'elle avait abandonné chez les bonnes sœurs. Hors de question que le second fils remporte le titre.

Si seulement Clayton avait connu l'existence de leur enfant. Si seulement elle avait eu le courage de lui dire. Chaque fois qu'elle avait essayé, la peur l'avait arrêtée. La guerre ne lui avait pas laissé le temps. Si Clayton avait su, tout le contenu du coffre : les lettres, le testament ; tout serait revenu à leur enfant, leur bébé. Le véritable héritier.

Un jour, elle y arriverait. Réhabiliter leur fils. Elle le devait à Clayton.

Le retrouver n'avait pas été facile, mais elle avait réussi. Première étape.

Ne restait plus qu'à faire disparaître l'autre fils. Toutefois, cet Edmund s'avérait coriace. Rhita devait l'empêcher d'arriver à ses fins, sinon, elle perdrait tout.

Conserver le coffre n'avait peut-être pas été une si bonne idée. À présent, ce tout petit reste de Clayton n'était plus qu'une relique maudite qui causerait sa perte. Car Edmund la recherchait. Il s'était infiltré chez elle pour ça.

Alors, elle ouvrit le coffre. Elle examina les papiers, les photos, les preuves et le renversa au-dessus de la cheminée. Les feuillets s'embrasèrent dans une tempête de cendres.

Elle appela Miss Holly, lui tendit le coffret vide et lui ordonna :

— Lorsque tu iras au village demain, jette ce coffre dans la rivière.

28

Des traînées écarlates maculaient la petite table en fer forgé, les chaises et les pavés de la terrasse. Le sang coulait depuis son épaule gauche. Son corps s'était effondré, ses idées s'étaient brouillées, tout autour s'était éteint.

Dans le fracas du second coup de feu, Edward avait couvert Lyv. Ils s'étaient jetés au sol, elle s'était retrouvée au-dessus. La balle du troisième coup de feu avait percuté son épaule.

George était resté prostré sur sa chaise. La scène s'était déroulée à quelques centimètres de lui. Il n'avait rien pu faire, il n'avait pas bougé. Sidéré par le son si cruel des tirs d'armes, les premiers qu'il entendait depuis son retour de la guerre. L'enfer des tranchées. Un cauchemar que les années n'avaient pas éraflé. En état de choc, il avait regardé Edward pivoter avec difficulté pour s'extraire de dessous le corps inerte de Lyv.

Le jeune homme la bascula avec toute la prévenance possible et la coucha sur le dos. Il sentit son pouls. Il garrotta son épaule, secoua sa main. Absence de réaction. Il lui asséna quelques claques en répétant son prénom de diverses façons : un murmure au creux de l'oreille, un appel ferme, un ordre hurlé. Toujours rien.

Les larmes lui montèrent aux yeux. Son cœur s'accéléra. Non, ce n'était pas possible. Lyv ne pouvait pas mourir.

Edward beugla à George de réagir, mais le vicomte restait paralysé, cloué à sa chaise, les yeux figés, les membres immobiles.

Edward se releva. Trop vite. Il chavira. La brûlure dans son mollet le lançait. Il se retint au mur et chercha sa béquille du regard.

Au milieu de la butte du parc, Julian accourait vers eux. Edward n'avait pas entendu sa voiture arriver.

Julian était dans tous ses états

— Que s'est-il passé ? Je roulais vers Roy lorsque j'ai entendu des coups de feu. J'ai tout de suite fait demi-tour. Seigneur, Lyv !

Julian vit que George ne répondait plus de lui-même. Il prit les commandes

— Je vais appeler les secours. Oddeye, restez auprès de Lyv et essayez de la réveiller. Parlez-lui, n'arrêtez pas.

Malgré ses réserves envers Julian, Edward était heureux qu'il soit revenu sur ses pas. Il s'assura toutes les quinze secondes que le pouls de Lyv pulsait toujours. À plusieurs reprises, elle rouvrit les yeux, pupilles fixées sur le visage d'Edward, puis les refermait.

— Ne me laissez pas, Lyv, je vous en supplie.

Elle râla sa peine. Alors, Edward cessa de réfléchir, plus le temps de se retenir

— Je vous aime, Lyv. Je vous aime tant.

Puis, il s'effondra sur son buste ensanglanté, ses mains dans les siennes.

— Le docteur Stew arrivera d'ici quelques minutes avec son infirmière, annonça Julian, de retour. Il dit qu'il peut s'occuper de retirer la balle si elle est logée dans le muscle, mais qu'il faudra sûrement transférer Lyv à l'hôpital. Une ambulance part à l'instant de Gloucester.

Tout d'un coup, George, véritable momie jusqu'alors, se ranima. Il pointa son index vers Edward, qui, en plein chaos, avait eu du mal à entendre ce qu'il lui disait.

Le vicomte réitéra ses propos, plus distinctement et plus fort. Alors Edward comprit.

Il sonda Julian, qui lui coula un regard malaisé.

S'ensuivit un temps de pur désordre pour Edward. Un instant de gêne, de gaucherie, où il ne sut que faire. Il pria le ciel d'avoir mal interprété les mots de George, mais la sentence tomba à nouveau. Une consigne inflexible, évinçant toute équivoque.

— Inutile de rassembler ce qu'il vous reste d'affaires. Nous veillerons à vous rapporter celles que l'incendie a épargnées dans les meilleurs délais. Les Brown auront certainement une chambre à vous louer en attendant jeudi.

George soutint le regard d'Edward pour s'assurer que le message était reçu, puis l'acheva :

— Sortez de chez moi. Sur-le-champ !

Edward n'émit aucune objection. Depuis son arrivée à Truffle, George ne s'était jamais montré si hermétique. Il s'exécuta dans l'espoir que le docteur arrive avant d'avoir quitté les lieux. En vain. Edward s'en alla, forcé d'abandonner le sort de sa bien-aimée aux mains de Julian.

Il se traîna jusqu'au village où, aux abords de la Ryla, il croisa l'ambulance qui remontait vers Truffle. Il franchit hors d'haleine le pont qui le séparait du *pub*, le cœur un peu plus léger de savoir qu'en cet instant, Lyv était secourue.

Le médecin extirperait la balle de son épaule. Une balle qui lui était destinée, à lui. Rhita avait franchi la ligne irrévocable qu'ils appréhendaient tous ; la tentative de meurtre.

Edward poussa la porte du Sheep au moment où une voiture de police traversa la petite place en direction du bois. George s'était-il enfin décidé à recourir aux forces de l'ordre ?

Edward regrettait de ne pas s'être éloigné avant, dès le début de la menace.

— Ah ! Mon garçon, l'accueillit monsieur Brown, quel plaisir de te revoir ici ! Oh, mais tu boites ? Les risques du bricolage…

Edward essaya de se régler sur la même fréquence que monsieur Brown, mais très vite l'enthousiasme s'évapora.

— Une chambre ? Pour ce soir ? Bien sûr, il nous en reste deux. La saison n'est pas la plus propice au tourisme dans les Cotswolds, avec toute cette pluie.

Le regard dubitatif de Brown montrait qu'il attendait des explications, or Edward préféra se taire. Que dire ? Il serait trop à fleur de peau. Il garda les yeux rivés sur ses chaussures. L'aubergiste eut la délicatesse de ne pas insister. Le malaise s'atténua quand un moustachu héla Brown avec entrain depuis l'autre bout de la salle.

— Mange donc un morceau, dit Brown avant de rejoindre son ami.

Edward s'installa au même fauteuil que le soir de son arrivée. Mme Brown lui servit une assiette de *fish and chips* croustillant et tendre, des petits pois gros comme des cailloux et un grand verre de sa citronnade maison. Elle déposa deux bols à ses pieds : l'un rempli d'eau, l'autre de viande hachée et de petits légumes écrasés.

— Pour Miss Apricot, dit-elle, dans un clin d'œil.

Edward enfouit sa tête dans ses bras et fondit en larmes sous l'œil hébété de Mme Brown. Il hoquetait comme un enfant. Elle lui posa une main sur l'épaule et interpella discrètement son mari qui engloutissait sa deuxième bière en compagnie du client joyeux.

— Que lui arrive-t-il ? Que lui as-tu dit ? Vous autres, bonnes femmes et votre horrible curiosité… Veulent toujours tout savoir !

— Ne vous disputez pas, gémit Edward en relevant la tête. Madame n'a rien dit.

Mme Brown poussa un soupir pour narguer son mari et s'en alla servir les clients que leur grabuge attirait. M. Brown prit place près d'Edward et posa une main amicale sur sa nuque.

— Raconte-moi.

— Je ne peux pas, monsieur. Si je vous disais tout, je vous mettrais en danger. D'ailleurs je ne devrais même pas rester ici. Je vais quitter Lloyd. Je prendrai le premier train. Qu'importe la destination.

— Calme-toi, veux-tu. Tu n'iras nulle part avant d'avoir mangé et pris un bon bain chaud. Tes vêtements sont pleins de boue. Une bonne nuit de sommeil te requinquera, cette jambe boiteuse en a bien besoin. Nous reparlerons de ton départ demain.

— Mais monsieur, vous ne réalisez pas ! Vous ne savez pas de quoi elle est capable !

L'aubergiste resta coi.

— Rhita, précisa Edward. La femme de George. Je veux dire, la femme de Lord Rusbick. Je ne peux vous en dire davantage, monsieur, je suis désolé. Mais cette femme… cette femme est dangereuse.

— Cette femme ne passera pas la porte de mon établissement. Je connais le visage de tous mes clients, la plupart sont mes amis. Sois tranquille.

Les paroles de M. Brown comblèrent les besoins d'Edward ; de la sécurité et du répit. Sa jambe lui faisait mal, mais sa véritable pénitence venait du cœur. L'histoire des Rusbick avait terrassé tous ses repères, dans un tourbillon nauséabond.

Autour de lui, des familles dînaient, des amis s'esclaffaient, quelques tourtereaux batifolaient à la lueur d'une bougie. Edward n'aspirait qu'à dormir et se réveiller à Oxford.

Son train partait le surlendemain.

Avant de monter se coucher, il voulut téléphoner à Truffle pour prendre des nouvelles de Lyv. Il se ravisa, trop honteux, le regard noir de George en mémoire. Son effronterie avait provoqué Rhita et les conséquences avaient failli en être fatales. Le vicomte avait été bien assez patient avec lui.

Quand il eut terminé son assiette, M. Brown lui servit une tasse de thé.

— Je vous remercie infiniment pour votre accueil. Je vous suis tellement redevable, entre mon arrivée en décembre et ce soir. Lord Rusbick ne veut plus entendre parler de moi, sans votre hospitalité, je serais à nouveau à la rue.

— Ne dis pas de sottises. Rusbick est un vieux bourru, mais il tient à toi, plus que tu ne l'imagines.

— J'ai bien peur que vous vous trompiez.

— Tu sais, un domestique qui espionne son patron ne fait communément pas long feu. Il savait que tu l'espionnais le soir où tu es venu t'installer à ce bar et que tu m'as servi ton plâtre de bobards.

— J'ai honte…

— Tant mieux, répondit Brown, l'œil réprobateur. Toutefois, quelque chose me dit que si Rusbick ne t'a pas expulsé *illico*, c'est que tu dois être digne de confiance, malgré les manigances dont tu as été l'auteur. Et puis, qui voudrait s'occuper de lui, à part toi et cette jolie rousse ?

— Cette fois, les conséquences de mes bêtises sont bien trop graves. J'ai semé une telle zizanie.

M. Brown se fit songeur.

— Ma Martha te dirait : « Arrête de pleurnicher et trouve un moyen de te racheter. » Ainsi va la vie, rien n'est acquis, chacun doit répondre de ses actes.

Sa femme, qui gravitait autour d'eux depuis un moment, lui balança :

— Remballe donc ta prose et viens m'aider.

L'homme obéit, laissant Edward se perdre dans les volutes grises de sa tasse de thé.

Réparer ses fautes. Tout apaiser. Était-ce seulement possible ? Il avait commis tant d'erreurs.

Comme lors de sa première nuit à Lloyd, Brown le conduisit dans un cocon de douilletterie. La chambre sentait bon la rose. Edward se dévêtit, se débarbouilla au lavabo, plongea la tête dans une serviette moelleuse et caressa la couverture en laine. Les oiseaux bleu ciel et beige brodés sur la tapisserie le conduiraient tout droit au doux monde des rêves.

Il s'écroula dans son lit avec la ferme intention de n'en sortir qu'une dizaine d'heures après. Dans sa vie, il avait connu très peu de grasses matinées. À Sainte-Berthe, les nonnes les prohibaient ; chez les Madhouse, Edward ployait sous la besogne, surtout à l'aube après le départ des derniers clients. Cette nuit, il espérait dormir assez longtemps pour y voir plus clair.

Il tourna la molette de la lampe de chevet et s'enlisa dans ce délicieux sas où, le corps engourdi, son esprit s'envola vers des lueurs monochromes. Cet instant où le subconscient gagne l'esprit, mais où la moindre perturbation peut brutalement ramener au réel.

Edward allait définitivement sombrer quand soudain, on toqua à sa porte.

Il jeta un œil au réveil éclairé par un faisceau lunaire ; vingt-deux heures.

Aurait-il oublié quelque chose au *pub* ? Peut-être Brown souhaitait-il s'assurer que tout allait pour le mieux ? Rien d'étonnant, au vu de l'état pitoyable dans lequel Edward avait débarqué.

Le malheureux se mit alors à fantasmer que George se fût déplacé depuis Truffle, assailli par les remords. Venait-il s'excuser et le supplier de revenir au domaine ?

Edward sortit de sous les couvertures de son lit pour aller ouvrir la porte. Derrière, emmitouflé dans son imperméable noir et coiffé de son couvre-chef au liseré doré, Julian Knowles attendait, chargé du ballotin d'Edward.

Ce dernier faillit s'emparer des bagages et lui claquer la porte au nez. Il se ravisa face à l'entrée en matière de Julian.

— Je suis vraiment désolé pour vous, mon cher.

— Il était temps que Monsieur me renvoie, vous étiez d'ailleurs de cet avis.

Un rictus d'embarras se dessina sur la bouche de Julian.

— Le docteur Stew a soigné la blessure de votre... de Lyv. La balle a simplement effleuré son épaule. La plaie n'est pas infectée, elle devrait guérir sans peine. Il lui a administré un traitement qui l'aidera à supporter la douleur des prochains jours.

— Dieu soit loué.

Edward sentit ses orteils se décrisper, sa mâchoire se desserrer. Il s'avachit sur son lit.

Sans y être invité, Julian entra et referma la porte derrière lui.

— Rassurez-vous, Oddeye, tout ira pour le mieux.

— Je l'espère. À présent, l'origine du mal a disparu.

— L'origine du mal ?

— C'est après moi, que cette affreuse femme en a. Lord Rusbick vous a tout raconté, n'est-ce pas ? Si je disparais, il n'y a plus d'héritier qui vient menacer cette folle à lier.

Julian blêmit. Il tourna les talons, renfila son affreux haut-de-forme et rouvrit la porte.

— Orphelin un jour, orphelin toujours, marmonna Edward.

Julian se figea.

— Qu'avez-vous dit ?

— Comment ai-je pu un instant croire appartenir à cette famille ? Je n'en reviens pas moi-même.

Julian revint sur ses pas, il referma la porte et s'assit.

— Vous savez, je crois profondément aux secondes chances.

Edward décela de l'empathie dans son regard. Il avait tant besoin de se confier.

— Quand George m'a tout révélé, j'ai mal réagi. Je voulais tout rejeter en bloc. J'étais effrayé. Qu'allais-je bien pouvoir faire de cet héritage ?

— Vous n'en voulez pas ?

— Tout cela est trop grand, trop lourd. J'ai à peine eu le temps de comprendre. C'était trop me demander. Je… j'ai réagi comme j'ai toujours fait et voilà où cela m'a mené. J'ai tout perdu. Je les ai perdus. George et…

— Lyv ?

— Oui. J'ai bien cru qu'elle allait… Elle est innocente, pardi ! Je suis innocent. Miss Apricot l'était. Je n'arrive pas à accepter que cette sorcière s'en sorte indemne. Ma vie n'a été régie que par l'injustice. Le problème n'est pas d'être pauvre ou orphelin. La vraie souffrance vient du traitement qu'on reçoit d'autrui. Être invisible, moins important, insignifiant. Savez-vous comment la société vous juge et vous écrase, quand vous ne faites pas partie des puissants ? Je ne le tolère plus, désormais. Pourquoi serait-ce à moi de me cacher et de partir ? Héritage ou non ! Pourquoi serait-ce à Lyv de subir la fureur de cette aliénée ?

Edward s'interrompit. Julian lui avait permis de vider son sac, d'y voir plus clair. Ses yeux s'illuminèrent soudain.

— Monsieur Knowles ! Il me vient une idée brillante. Vous connaissez bien cette Rhita, n'est-ce pas ?

— Heu, on peut dire que je la connais, oui. Elle m'a recruté, nous avons travaillé en étroite collaboration, avant qu'elle et Monsieur…

— Je crois que vous allez pouvoir m'être d'une grande aide.

Exalté d'avoir enfin trouvé la façon dont il allait pouvoir en découdre avec Rhita et regagner la confiance de George, Edward exposa son plan à Julian, loin d'imaginer qu'il se jetait dans la gueule du loup.

29

Rhita l'écoutait avec délectation lui relater les faits. Elle voulait les détails : où s'était-il caché, où avait atterri la première balle, la seconde ? Mais surtout, comment la servante avait-elle été touchée ?

Rhita l'avait peu connue, la pucelle avait été recrutée tout récemment pour suppléer Miss Holly qui se fatiguait. Une effrontée sans aucune expérience pour servir une maison de cette envergure. Encore une preuve du manque d'ambition de son mari. Ce pauvre George avait pris en pitié cette fillette après qu'elle lui eut déballé l'histoire grotesque de sa méchante maman. Depuis quand gratifiait-on les domestiques pour s'être épanchés à leurs maîtres ?

Seule une larve comme George se laissait amadouer. La guerre l'avait adouci, car du temps de sa jeunesse, le bougre n'avait eu que faire du sort des petites gens.

Rhita n'appréciait de toute façon pas la personnalité de cette Lyv qui la regardait de haut plutôt que baisser les yeux devant la patronne. Qu'importe, Rhita l'y avait contrainte, qu'elle comprenne qui commandait. À ce jeu, elle gagnait toujours. Cette souillon n'en avait que pour la santé de George, mais Rhita n'avait jamais perdu une occasion de la rappeler à l'ordre. Elle était payée pour récurer la crasse, non pour s'improviser infirmière, même si George adorait qu'une petite prenne enfin soin de lui, comme la fille qu'il n'aurait jamais.

Lyv n'avait pas été la cible initiale, dans l'offensive de la veille, juste un dommage collatéral.

Le but n'avait pas non plus été de tuer le garçon. Pour cela, Rhita s'y serait prise autrement. Elle aurait veillé à ce que personne ne s'aperçoive de sa disparition, qu'il meure comme il avait toujours vécu : anonyme.

Elle n'aurait pas risqué que l'homme assis en face d'elle soit inculpé ni qu'on remonte jusqu'à elle.

Ce petit attentat à Truffle n'avait été conçu que pour avertir ses ennemis de sa détermination, effrayer ce chaton mal léché. Et, à en croire son indicateur, son plan avait enfin fonctionné. Que la soubrette fût touchée avait accru la détresse du garçon et surtout, la peur de George.

Rhita connaissait les affres de la sensibilité. Jadis, écrasée par sa culpabilité, elle s'était terrée, avait subi la solitude, l'exclusion, enduré le chagrin de l'amour et le sacrifice.

Même si le temps l'avait endurcie, les plaies ne se refermaient jamais qu'en de fragiles cicatrices prêtes à se fissurer à nouveau. Néanmoins, chacun pouvait choisir de fortifier les cicatrices, les ankyloser jusqu'à ce qu'elles deviennent des armes.

— Elle va s'en sortir, affirma l'homme.

— Et le garçon ?

— Parti. Ton mari l'a évincé, furieux que par sa faute, sa petite protégée ait été blessée.

Rhita ricana.

— Tu as réussi, ajouta-t-il. Oddeye n'est plus une menace.

Rhita se leva et se mit à tourner autour de l'écritoire du salon. Elle s'arrêta, fixa le fond du jardin par la baie vitrée sur laquelle s'éclataient des milliers de gouttes grises.

— Es-tu réellement certain qu'aucun de ces deux avortons ne t'ait reconnu le soir où ils se sont infiltrés dans ma maison ?

— Impossible. J'ai livré ses affaires au gamin, à la demande de Lord Rusbick, ce soir. Il ne se doute de rien. Figure-toi qu'il s'est répandu au point de se confier à moi comme à son meilleur ami. Quant à Lyv, elle n'est pas entrée dans la maison, ce soir-là. Elle est restée dans le jardin, tout le temps. Clouée au portail.

Rhita plissa les paupières. Elle avait bien écouté son argumentaire, mais demeurait dubitative.

— Quelles confidences t'a-t-il faites ?

— Qui donc ?

— Oddeye !

— Des banalités, rien d'important. Tu es définitivement libérée de la menace Oddeye. Et puis, nous sommes réunis, à présent ! Il n'y a plus aucun nuage en vue.

Rhita retroussa ses lèvres sur ses dents.

— Comment peux-tu en être aussi sûr ?

— Il renonce à l'héritage. Il s'en veut trop d'avoir causé tous ces soucis à Monsieur et à Miss Lyv.

— Au moins, il n'est pas complètement débile.

L'homme pouffa de rire.

— Je repense à son idée farfelue. Le petit n'est peut-être pas débile, mais sa candeur le perdra.

— Quelle idée farfelue ?

— Il veut te rencontrer. Il sait par Monsieur que c'est toi qui m'as embauché à Truffle et que nous avons toujours été en bons liens. Ainsi, il a pensé que je pourrais vous présenter tous les deux. Officiellement.

— Nous présenter ?

— Il dit qu'il souhaite venir à bout de votre conflit. Abolir l'injustice dont il est victime. Il ne supporte pas d'avoir déçu Lord Rusbick. Il voudrait se racheter, quitter Lloyd en paix.

Rhita renâcla.

— Prétentieux !

L'homme sentit Rhita s'emballer.

— Allons, Oddeye part après-demain. Il renonce. Après tout, nous ne pouvons pas le blâmer de vouloir régler vos différends une bonne fois pour toutes. Pour vivre plus tranquille. D'ailleurs l'idée n'est pas complètement futile. Tu pourrais faire ton *mea-culpa* auprès de George ainsi et tout rentrerait dans l'ordre.

— Serais-tu aussi naïf que ce vaurien ? George demandera le divorce après tout ça.

— S'il te laisse habiter Roy, c'est qu'un espoir subsiste.

— C'est qu'il n'a simplement pas eu le temps de réagir. L'arrivée d'Oddeye a tout bousculé. Si j'étais restée les bras croisés, cette vermine régnerait déjà en maître sur Truffle.

— Que deviennent les sentiments ? Quelles que soient tes erreurs, Lord Rusbick en a commis aussi. Vous êtes encore mariés, après tout ! Tu devrais y songer, sinon, que feras-tu ?

— J'irai au bout, quel qu'en soit le prix. Je finirai dans l'une de ces maisons caritatives pour veuves et prostituées s'il le faut, mais si Truffle ne peut pas revenir au digne héritier de Clayton Rusbick, alors Truffle tombera et George avec.

Ses yeux roulèrent dans leurs orbites. Rhita se rassit sur le fauteuil face à son interlocuteur et ferma les yeux. Ses pupilles closes oscillèrent avant de se rouvrir sur deux billes noires.

— Mais oui, tu as raison !

L'homme ne sut s'il devait se réjouir ou craindre une nouvelle embuscade.

— Tu as entièrement raison, répéta Rhita. J'essayerai de récupérer le vieux croûton. Je jouerai la femme éplorée, meurtrie, traumatisée. J'avouerai mes crimes et plaiderai la détresse, la peur. La paranoïa sera mon alliée. Je me morfondrai en regrets, pour que cet imbécile me croie.

Son complice n'y comprenait plus rien. Il lui servit un sourire d'approbation, sans même savoir pourquoi.

— Je suis ravi que tu sois décidée à tenter la réconciliation. Peut-être y trouveras-tu du réconfort, toi aussi. Vivre seule…

Rhita pointa son index vers lui.

— Je n'ai jamais eu besoin de qui que ce soit ! Compris ?

— Oui, répondit-il, les yeux baissés. Mais alors, qu'attends-tu de cette réconciliation ?

— Réfléchis un peu. Les jours de ce bon vieux George sont comptés et tu l'as dit toi-même, je reste sa femme. Si je réussis à le reconquérir, s'il reste la moindre possibilité qu'il renonce à divorcer, alors c'est moi qui hériterai de tout. Et à cet instant, tu regagneras ta juste place.

Rhita marqua un silence assez long pour le laisser intégrer toutes les subtilités de son idée.

— Rien ne dit que cela fonctionnera, reprit-elle. Mais une certitude demeure, que je sois répudiée ou acquittée, Oddeye doit disparaître ! Plus aucun fantôme du passé ne doit venir repêcher ce domaine. Cet héritage nous reviendra, ou alors la famille Rusbick périra.

— Oddeye ne veut pas de l'héritage, te dis-je.

— Sornettes ! Tu me livreras Oddeye, ici même. Une fois débarrassée de lui, je ferai en sorte d'être réhabilitée à Truffle. Nous n'aurons plus qu'à espérer que George tire sa révérence bientôt. Ou peut-être l'y aidera-t-on.

Elle hurla de rire.

— Ne tire pas cette tête, tu es trop tendu. Sois certain d'une chose, je ne me suis pas battue toutes ces années pour abandonner ; pas si près du but. Livre-moi Edmund, que nous en finissions.

L'homme la fixait, hypnotisé.

— Quand tu dis *se débarrasser* d'Oddeye…

Rhita sentait la peur dans ses yeux.

Le malheureux ne pouvait pas comprendre ce qu'elle ressentait au fond de ses entrailles. La jubilation de la victoire. Le combat de toute une vie, sa vengeance envers ceux qui avaient voulu tuer son bébé dans son ventre. Sa revanche sur la vie.

Cet Edmund avait failli ébranler sa ténacité en s'infiltrant chez elle en pleine nuit. À présent, elle voyait le bout du tunnel. Qu'importent les moyens, elle parviendrait à son but.

— Mon brave, répondit-elle d'une voix doucereuse, si Oddeye avait cédé aux premiers avertissements que nous lui avons lancés, nous n'en serions pas là. Amène-le ici et je lui ferai entendre qu'il doit partir et ne jamais revenir. S'il comprend, tout ira pour le mieux. Cependant, nous discuterons à ma manière. Notre message passera, crois-moi. Oddeye disparaîtra. Puis-je compter sur toi, oui ou non ?

Julian médita un instant, puis répondit :

— Oui, mère.

30

Les portes des chambres étaient restées ouvertes toute la nuit. George avait veillé Lyv, prêt à appliquer les instructions du docteur Stew en cas de complication : contrôler sa température, déposer un linge humide sur son front et lui administrer ses comprimés. Mais Lyv avait dormi d'un trait. Il l'avait observée en silence, avait écouté sa respiration, pour se rassurer, incapable de s'endormir. Seuls quelques assoupissements avaient donné du répit à son esprit, tiraillé par les doutes.

Avait-il pris la bonne décision ? Avait-il assez analysé la situation pour éviter l'erreur fatale ? Céder à une impulsion contenait une part non négligeable de risque, mais son élan devait paraître le plus spontané possible. Il avait agi dans l'urgence, seul. Chasser Edward demeurait regrettable, mais comment les protéger autrement ?

Il prépara un petit déjeuner avec les restes de pain et de scones que Lyv avait servis la veille, se hasarda à brouiller quelques œufs sur le plat, ce qui lui valut deux brûlures au poignet et une tache sur le col de sa veste sable. Il trifouilla placards et tiroirs des vaisseliers pour dresser une table accueillante et réveilla Lyv.

Sa forme était meilleure que la veille. Sa blessure était beaucoup moins douloureuse, si bien qu'elle étala sa marmelade seule sur ses toasts sous l'œil admiratif de George.

— Désirerez-vous rester employée de maison toute votre vie ? lui demanda-t-il.

— Nous y voilà, n'est-ce pas ? C'est le moment où vous me remerciez pour mes bons et loyaux services, après en avoir fait de même avec Edward ?

— Je suggère simplement que vos ambitions pourraient évoluer. Des études d'infirmière, par exemple.

Le visage de Lyv s'ouvrit. Chacun savait qu'elle vouait une fascination à la médecine. Elle avait déjà avalé tous les ouvrages de la bibliothèque qui concernaient de près ou de loin l'anatomie ou la biologie. Elle avait poinçonné sur le mur de son cottage chaque article de presse qui vantait les dernières avancées en médecine.

— Il faudrait reprendre des études, répondit-elle sobrement. Ce n'est pas garanti que je réussisse.

— Il vous restera toujours votre talent de cuisinière.

— Cette délicieuse omelette me fait dire que vous pourriez me dispenser votre savoir en la matière. C'est une omelette, n'est-ce pas ?

George rendit son sourire à Lyv, heureux qu'elle retrouve sa vivacité d'esprit. Pour autant, ces taquineries ne leur permirent pas d'éviter le fâcheux sujet, car bientôt, les larmes de Lyv les rappelèrent à l'ordre.

George sentit son cœur se pincer.

— Vous manque-t-il à ce point ?

Elle ne rétorqua rien, sécha simplement sa joue.

— Lyv, je n'ai pas eu le choix.

Elle acquiesça. George insista :

— C'était l'unique moyen de nous protéger tous les trois.

— Il est seul et vulnérable.

— Tout ce qui compte est que M. Knowles m'ait vu le renvoyer. Qu'il m'ait vu en colère contre Edward et surtout, qu'il ait eu l'occasion en lui livrant ses valises, de le voir triste, esseulé, prêt à tout abandonner.

Pendant ce temps, l'intéressé garait sa voiture sur la place du Sheep.

Julian se sentait nerveux. Il songeait à Edward et à la façon dont il procéderait, mais aussi à la stratégie de Rhita et au devenir de leur relation.

Il avait passé sa vie entière à envisager toutes sortes d'options hasardeuses au sujet de ses parents biologiques. Avoir été choyé par sa famille adoptive n'avait pas étouffé sa quête de vérité.

Quand cette femme s'était présentée à leur porte, deux ans auparavant, ses parents adoptifs n'avaient pas hésité à lui ouvrir leur foyer ; leur fils devenu adulte ne serait jamais complètement épanoui sans connaître sa véritable histoire. Rhita avait respecté sa part du contrat. Elle avait déserté l'enfance de Julian sans retour précoce. Après toutes ces années, sa démarche était légitime. Une mère demeurait une mère, toute la vie.

Pour mieux faire sa connaissance, Julian avait loué une chambre à Gloucester pour y passer un week-end. Ensuite, Rhita lui avait proposé de travailler quelque temps pour le domaine de son mari vicomte. Julian pourrait ainsi rester plus longtemps dans les Cotswolds afin de rattraper leurs années perdues et le salaire serait bien plus conséquent qu'en ville, où la concurrence était rude.

Il avait respecté l'unique condition imposée par Rhita, garder sa véritable identité secrète à Lloyd. Rhita s'était affranchie de son passé douloureux et ne souhaitait pas que son mari apprenne qu'elle avait déjà enfanté, d'autant qu'elle souffrait de ne pas réussir à lui donner d'enfant.

Rhita et Julian s'étaient souvent isolés dans la résidence secondaire des Rusbick, à Roy, à l'abri des regards. Une demeure où Rhita avait élu domicile depuis sa récente rupture avec Lord Rusbick.

Bouleversée, elle avait sommé Julian d'y emménager avec elle. Il avait accepté, un peu à mal à l'aise, car sa présence devait rester secrète à Miss Holly, sa femme de chambre. Bien qu'elle restât principalement cloîtrée dans la minuscule dépendance au fond du jardin, Julian devait entrer et sortir de la bâtisse uniquement la nuit, pour qu'Holly ne le voie pas. Une contrainte qu'il avait endossée par charité pour Rhita, persuadé que cette cohabitation serait de courte durée. Sa mère finirait bien par se remettre de son chagrin d'amour.

Bien que pudique sur les questions intimes, Rhita en avait juste assez dévoilé pour que Julian saisisse les enjeux du conflit conjugal. Lord Rusbick condamnait Rhita pour son infécondité.

Quand Oddeye s'était présenté au domaine, Rhita avait tout de suite tiqué. Elle avait expliqué à Julian que le jeune homme s'était présenté comme le fils d'une cousine éloignée et qu'il réclamait sa part du gâteau. Un imposteur en quête d'argent, comme on en voyait tant.

George, trop soucieux de sa succession, lui avait laissé le bénéfice du doute. Il l'avait embauché au domaine malgré le désaccord de Rhita, qu'il affublait des pires calomnies : cupidité, paranoïa et toujours la stérilité, comme si Rhita pouvait la contrôler.

Elle avait dû quitter sa maison sans avoir osé dire à son mari qu'elle avait en réalité retrouvé le véritable héritier de Truffle : Julian Knowles, le fils de Clayton Rusbick.

Julian la comprenait. Rhita lui avait raconté son amourette de jeunesse avec le frère cadet de George Rusbick. Annoncer à son mari qu'elle avait jadis accouché de l'enfant de son frère défunt s'avérait fâcheux, surtout que lui n'avait jamais réussi à la mettre enceinte.

La pauvre avait été bannie quand même. Les hommes se montrent parfois si bas, lorsque leur virilité est atteinte. Bien que meurtrie, Rhita n'avait pas souhaité en rester là. Elle tenait à Truffle et ne laisserait pas un escroc en triompher.

Julian l'admirait pour sa ténacité et son intégrité. Il l'avait donc soutenue, sans anticiper l'ampleur de l'engrenage. Cela l'avait même amusé, au début.

Séduire Lyv, par exemple, s'était avéré distrayant, quand on considérait qu'il n'éprouvait aucune attirance pour cette femme, ni pour aucune autre. Ses inclinaisons se situaient à un autre endroit, mais cela, il le gardait secret. D'ailleurs, la vie à la campagne, aussi enchanteresse fût-elle, ne lui convenait qu'en partie. Julian avait grandi à Londres où de discrets établissements lui permettaient les rencontres. Nulle part dans les Cotswolds il n'avait trouvé pareil divertissement et sortir avec la servante n'avait fait que renforcer ses penchants.

Cependant, Lyv était d'une telle influence auprès de Lord Rusbick que son attrait pour Julian avait renforcé sa couverture. En deux ans, Julian avait tant de fois craint d'éveiller les soupçons de son patron… Lyv conquise, les risques se réduisaient et les aléas de Truffle restaient sous contrôle.

Les femmes avaient la langue bien trop pendue, encore un point en leur défaveur.

En outre, éventrer cette pauvre chatte avait d'abord rebuté Julian, mais l'idée de Rhita s'était avérée diablement habile pour toucher Oddeye. Après réflexion, l'acte n'était pas moins barbare qu'une banale partie de chasse, même si Julian n'avait que peu d'appétence pour cette discipline ancestrale. Bénéfice secondaire, cela l'avait débarrassé des immondes touffes de poils qui ravageaient ses vêtements au sortir de Truffle.

Rhita avait imaginé qu'Oddeye prendrait la fuite sitôt sa chatte assassinée. Or, il s'était montré moins fragile que prévu.

L'incendie n'avait été qu'un pas de plus dans l'intimidation, mais le plan ne s'était pas tout à fait déroulé comme prévu. En visant Lyv par erreur, Julian avait déclenché sans le vouloir les représailles d'Oddeye, qui s'était adonné à une vengeance d'une lâcheté déplorable.

Julian avait sans vergogne lâché ce bon vieux Seal sur lui. Un fidèle compagnon qu'il avait reçu pour cadeau à son treizième anniversaire.

Quand Oddeye avait déchaîné sa barbarie sur le chien, Rhita avait retenu Julian d'intervenir. Personne ne devait connaître son implication. Un sacrifice que Julian peinait encore à avaler.

Sa colère l'avait d'ailleurs aidé à accepter la mission risquée de tirer des coups de feu hasardeux sur Oddeye et ses compères. Rhita lui avait demandé de viser juste assez près pour pousser la menace à son paroxysme, tout en évitant le drame. Julian avait fait de son mieux. Il avait échappé au pire, de justesse.

Dieu merci, Lord Rusbick avait eu la réaction escomptée. Il avait enfin congédié Oddeye.

À présent, ne restait qu'une ultime étape pour Rhita : réintégrer Truffle. Une fois veuve, elle léguerait sa part d'héritage à Julian. Celle de son père biologique. L'ordre serait rétabli, une bonne fois pour toutes.

Pour autant, elle ne s'apaiserait qu'une fois Oddeye complètement hors-jeu. Alors, si tel était le prix à payer pour garantir sa paix intérieure, Julian l'y aiderait. Sa mère avait tant souffert.

Il poussa la porte du Sheep, prêt à commettre son ultime méfait, à l'issue duquel tout serait enfin terminé.

Edward remuait son café dans de lents cercles de cuillère, accoudé au comptoir, les yeux perdus dans l'étalage de bouteilles de malt. Son visage s'illumina quand il apprit que

Julian avait réévalué sa demande. Tous deux se rendraient à Roy, l'après-midi même.

Julian reviendrait le chercher juste après sa séance de travail à Truffle.

31

Les raisonnements de Lord Rusbick les avaient cloués à la table de la salle à manger, le petit déjeuner n'avait jamais duré aussi tard. Lyv ne bougerait pas avant d'avoir saisi tous les détails.

Elle s'en voulait tellement de n'avoir rien vu. Elle qui se targuait d'avoir l'esprit vif... Elle avait pourtant passé une soirée en tête-à-tête avec Julian, elle avait été si séduite.

— Edward m'avait mise en garde contre M. Knowles, je n'ai rien écouté. Je mettais sa méfiance sous le couvert de la jalousie. Quelle prétentieuse !

— Ne vous blâmez pas ainsi, la consola George. Si hier, la langue de M. Knowles n'avait pas fourché, je n'aurais pas fait ces déductions.

— Quand on y pense, tout concorde.

— En effet. Il repartait tout juste de Truffle, hier, quand les coups de feu ont éclaté. Et bien sûr, qui voilà revenir, juste après l'accident ? Lui. En le voyant remonter le parc en courant, j'ai pensé qu'il avait pu apercevoir le tireur. J'avais toute confiance en lui, moi aussi. Ce n'est que lorsqu'il a tenté de se justifier que tout s'est éclairé. « J'étais en direction de Roy... » a-t-il dit. *Roy,* alors qu'il a toujours prétendu habiter Gloucester. Mon sang n'a fait qu'un tour. Julian n'a aucune attache à Roy, si ce n'est Rhita. Il n'a pas eu l'air de s'apercevoir qu'il nous livrait là son secret sur un plateau. À cet instant, j'ai eu, à la manière des romans noirs que vous et votre Edward affectionnez tant, le choc de la révélation. Tout ce que j'avais refusé de voir avant se matérialisait comme par magie. Comment n'avais-je pas soupçonné leur lien ? C'est Rhita qui l'a embauché, alors qu'il n'était qu'un banquier débutant. Rhita n'est pas du genre à faire confiance facilement, surtout pas aux jeunes sans expérience. C'est évident à présent, Julian n'a pas été notre employé au hasard et tout porte à croire que depuis le départ de Rhita, il est resté à son service et non au mien, malgré les apparences.

— Pensez-vous qu'ils aient une liaison ?

— J'ai toujours eu un doute concernant Rhita. Cela me paraît flagrant aujourd'hui.

George se servit une troisième tasse de café.

— Monsieur, le docteur a dit de limiter.

George fit mine de ne pas l'entendre et poursuivit :

— Après avoir compris cela hier, les pièces du puzzle se sont assemblées dans ma tête. J'ai passé en revue toutes les attaques qu'Edward a subies. À chaque fois, Julian se trouvait dans les parages. Il était présent le soir où cette pauvre chatte fut éventrée. Tout comme ce jour où le cottage d'Edward a brûlé. D'habitude, Julian s'abstenait de venir à Truffle par temps de neige. Et le voilà débarquant, quelques minutes après l'explosion. Sa réaction m'a d'ailleurs interloqué, lorsque je lui ai demandé de venir m'aider à explorer les dégâts et qu'il a répondu qu'il n'était pas expert « en poudre ». Personne n'avait prétendu qu'il s'agissait de tel explosif. Sur le moment, j'ai présumé une déduction hasardeuse de sa part. Que nenni. Julian savait, car c'était lui, le coupable. Julian était l'infiltré de Rhita, depuis le début.

Lyv sursauta au grondement de l'orage.

— Cela paraît limpide aujourd'hui. Madame n'aurait jamais pu savoir que cette petite chatte comptait autant aux yeux d'Edward. Julian avait dû le lui dire, le scélérat ! Je n'arrive même pas à l'imaginer éventrer cet animal et écrire avec son sang. C'est immonde.

— Il fut un brillant collaborateur, il a géré nos comptes avec brio et je dois avouer qu'il s'est toujours montré d'une grande courtoisie, ce qui fut fort agréable. Ce n'est pas vous qui me contredirez. Nous l'appréciions et nous avons été bernés. Mais comme tout bon coupable, Julian a fini par commettre une erreur, une toute petite erreur de vocabulaire, juste assez importante pour me mettre la puce à l'oreille. « Roy ». N'est-ce pas ainsi que Poirot et ses comparses décèlent la duplicité de leurs criminels ? Le souci du détail. Oh, je n'ai aucun mérite, le nom de Roy sifflera toujours à mon oreille.

Lyv était trop secouée pour plaisanter. L'image d'Edward chassé de Truffle la hantait. Elle ressentait sa peine comme si c'était la sienne, sa déception et sa culpabilité aussi.

— Monsieur, nous devons lui rendre visite.

— Non !

— Et s'il décidait de quitter Lloyd, nous perdrions sa trace à tout jamais.

— Cela n'arrivera pas, Lyv. M. Brown m'avertirait sur-le-champ si Edward décidait de partir.

— Eh bien, téléphonons au Sheep et demandons à parler à Edward. Il doit être dans le pire état ! Abandonné par la seule famille qu'il n'ait jamais eue. Vous êtes comme un père pour lui.

La gorge de George se noua. Ses yeux se troublèrent. Il s'éclaircit la voix et déclara :

— Le docteur Stew viendra cet après-midi pour ausculter votre plaie. De plus, Julian doit arriver d'un instant à l'autre. Je vais honorer notre séance de travail du jour, j'éviterai le sujet de la veille, qui de toute façon s'imposera. Je ferai en sorte que Julian croie en l'irrévocabilité de ma décision au sujet d'Edward, que je tiendrai pour responsable de nos malheurs. Julian repartira à Roy tout répéter à Rhita. Elle sait l'affection que je vous porte, elle comprendra que votre blessure ait eu raison de ma patience avec Oddeye.

George baissa les yeux, puis ajouta la voix tremblante :

— Rhita sait que je fuis le danger plutôt que de l'affronter. Je ne suis pas Clayton.

L'émotion eut raison de sa pudeur.

Lyv se leva de sa chaise et passa son bras valide autour des épaules du vicomte. Des épaules osseuses, frêles. Elle le blottit contre elle et laissa couler ses larmes aussi. La pression était si forte. Pour tous les deux.

La sonnette de la porte suspendit leur étreinte. George vit l'heure.

— Le moment est arrivé.

Les yeux dans les yeux, ils se gonflèrent d'une confiance mutuelle.

— Vous allez y arriver, l'encouragea-t-elle.

— Il le faut. Lorsqu'il s'en ira, nous nous mettrons en lien avec Edward.

George embrassa la main de Lyv avant qu'elle se lève pour aller ouvrir.

Julian rayonnait.

— Lyv, ma chère, comment allez-vous ?

— Presque rétablie, merci.

Elle conduisit Julian dans la salle à manger.

George Rusbick avait recouvré son air solennel.

— Lyv, merci de débarrasser cette table qui traîne depuis déjà trop longtemps.

Elle s'exécuta sans ciller, attentive à la discussion des deux hommes qui s'éloignaient vers la bibliothèque.

— Monsieur, cette petite est blessée, plaidait Julian.

— Je la paye pour qu'elle travaille. Il est souvent dommageable de s'attendrir trop.

La porte de la bibliothèque claqua derrière eux.

Plus tard, Julian retrouva Edward dans sa chambre au Sheep, comme convenu.

Edward lui était si reconnaissant d'avoir réétudié sa demande. Cet homme était finalement peut-être digne d'intérêt. Edward l'avait jugé sur un ressenti, mais en finalité, Julian restait son seul allié.

Julian époussetait les épaules de la veste qu'il avait prêtée à Edward. Il lissa le tissu des manches. Tous deux se sourirent dans le reflet du miroir où Edward peinait à se reconnaître. Julian n'avait pas cessé de l'encourager.

— Voilà qui me paraît parfaitement ajusté. À présent, faites quelques pas.

Edward s'exécuta.

— Alors ?

— Déplorable.

— Ce sont ces souliers, qui me tordent les orteils !

— C'est normal, ils n'ont aucun trou. On s'y remet, un gentleman ne se plaint pas. L'allure ne se résume pas qu'au costume.

— C'est donc à cela qu'un homme de votre trempe s'entraîne dans sa salle de bains, ricana Edward en se reluquant dans la glace.

— Pas tout à fait, mon cher. Nous autres, comme vous dites, héritons du charisme de nos paternels.

Edward baissa les yeux sur sa honte. Julian l'avait humilié sans même s'en rendre compte.

— Recommencez, nous prendrons la route pour Roy dans une heure. Vous y arriverez.

Julian s'assit au bord du lit et claqua des doigts. Edward leva les yeux au ciel, soupira et se remit à défiler à travers sa chambre, domptant un bras trop lâche par-ci, une jambe paresseuse par-là.

— C'est mieux, commentait Julian. Non… Cessez de gigoter… Quelle horreur ! Vous avez des vers, ma parole… votre coude, rentré ! Vos épaules, carrées…

Après un nombre incalculable d'allers-retours, Edward s'écroula sur le lit.

— J'en ai assez !

— Bon, ce n'est pas parfait, mais cela ira. Rhita pourra sans doute vous prendre pour l'un de mes collaborateurs.

— Vous êtes sûr qu'elle ne me reconnaîtra pas ? J'ai besoin qu'elle se sente en confiance.

— Habillé ainsi, aucun risque. Tenez, mettez ces lunettes.

— Mais elles sont énormes !

— Auriez-vous une meilleure idée pour camoufler vos yeux ?

Edward y concéda.

— Merci de prendre le risque de trahir la confiance qu'elle a en vous. George m'a raconté que c'est elle qui vous avait trouvé cet emploi…

— L'important, c'est qu'elle et Monsieur se réconcilient. Faisons en sorte que ce dîner se déroule au mieux.

Edward se musela. Il espérait au contraire que cette femme diabolique ne regagnât jamais le cœur de George. Tout ce qu'Edward attendait de cette confrontation était de pouvoir confondre Rhita, en face-à-face. La faire avouer ses crimes et ses motivations, que la vérité éclate enfin. Surtout, il voulait comprendre les raisons de son acharnement, sortir de l'ignorance et ne plus jamais se laisser faire.

— Vous savez, dit Julian, Rhita est une femme meurtrie. Reconquérir Monsieur ne pourra leur être que salutaire. Ne dit-on pas que l'amour peut tout guérir ?

Julian s'avérait plein de surprises. Edward ne l'aurait jamais cru enclin à de tels propos sans aucune Lyv à séduire dans les parages.

— Si vous le dites... Je ne m'y connais pas autant que vous dans le domaine sentimental.

— Votre chance tourne enfin, on dirait.

— Qu'insinuez-vous ?

— Miss Lyv, évidemment ! Lorsqu'elle eut totalement recouvert ses esprits, après que Lord Rusbick vous a...

— Viré.

— Oui. Eh bien, savez-vous quels ont été ses premiers mots ?

Edward resta ahuri.

— Votre nom, mon cher. Le docteur Stew lui suturait l'épaule et voilà que la pauvre enfant ouvrit la bouche pour murmurer : « Edward... »

Edward eut tout à coup très chaud.

— Elle vous aime, c'est indéniable.

Son cœur fit un bond dans sa poitrine.

— Il est l'heure, déclara sans transition Julian.

Ils sortirent de la chambre, tels deux dandys. Ils passèrent par l'entrée du *pub*. Julian salua ses hôtes, comme chaque jour en sortant du Sheep.

— À demain, monsieur Brown !

— À demain, monsieur Know...

L'aubergiste s'étrangla.

— Ed... ward. C'est bien toi, mon garçon ?

Edward sourit à pleines dents.

— Où vas-tu, si élégant ?

Edward hésita un instant, avant de répondre :

— Je vais de l'avant, monsieur.

Sur le pas du *pub*, Brown guetta la Ford jusqu'à ce qu'elle tourne dans une ruelle, en direction de Roy. Puis, il monta dans la chambre d'Edward.

Lord Rusbick l'avait chargé de l'informer si le jeune homme quittait l'auberge. Ses affaires étant encore en place, Brown déduisit qu'Edward était sorti se divertir avec Julian Knowles, probablement dans l'un de ces clubs à la mode où faire de charmantes rencontres.

Après tout, les jeunes de leur âge en avaient bien besoin. Dans le temps, Brown n'avait pas eu cette chance; il avait grandi dans les Cotswolds. Aujourd'hui, malgré le rationnement de l'essence, les automobiles permettaient de se rendre dans les grandes villes avec facilité. Ainsi, réjoui qu'Edward ait retrouvé le goût de la fête, Brown décida que rien ne justifiait qu'il téléphone à Truffle pour avertir le vicomte.

Pendant ce temps, l'auto de Julian voguait à travers les dunes vertes et grises des Cotswolds. Les derniers rayons du soleil embrasaient le ciel de reflets orange et rose. Quelques moutons sortis de leurs abris pâturaient dans les champs humides avant que la pluie ne tombe à nouveau. Edward inscrivait en lui chaque détail de cette campagne qu'il quitterait le lendemain pour regagner Oxford, la pollution, le bruit, la misère et l'anonymat.

— Quand comptez-vous repartir ? demanda Julian, en rompant le silence qui régnait dans l'habitacle.

— Dès demain, en espérant que cette soirée porte ses fruits.

— Puis-je vous poser une question ?

— Allez-y.

— Êtes-vous réellement venu pour revendiquer l'héritage des Rusbick ?

— Je suis venu pour comprendre, c'est tout. Connaître ma famille. Je me fiche de l'argent. George peut bien en faire ce qui lui plaît.

Julian resserra le volant. Dehors, le noir bleuté avala l'ocre du crépuscule. Sur le pare-brise, les gouttes grasses commençaient à dégorger.

À quelques kilomètres, Lyv tressaillait à chaque éclair dans le ciel. Elle faisait les cent pas dans le vestibule en coulant des regards pesants à George. Après le départ de Julian, elle avait insisté pour téléphoner à Edward. George avait donc tenté de joindre le Sheep, sans succès.

— Ma chère, calmez-vous. Les Brown sont sûrement en plein service.

— J'ai un mauvais pressentiment.

— Je vous en prie, ne cédez pas à l'hystérie. Edward est en sécurité.

— Cela a assez duré. Voici vingt-quatre heures qu'il doit se morfondre en pensant que vous êtes fâché contre lui. Souhaitez-vous qu'il monte dans ce train, demain ?

George souffla.

— Réessayez d'appeler !

George s'exécuta. Lyv colla son oreille au dos du combiné, que George peinait à tenir en main.

— Tenez-vous tranquille, je vous prie.

Brown répondit enfin.

Lyv scrutait les réactions de George, quelque chose n'allait pas.

— Vous dites ? Je vous avais instamment demandé de me contacter si toutefois… mais… Dieu tout-puissant ! M. Knowles ? En êtes-vous sûr ? Ont-ils dit où ils allaient ? Faites un effort, Brown, notre Edward est en grand danger !

L'esprit de George quitta la conversation, tandis qu'à l'autre bout du fil, Brown redoublait d'excuses. Il avait le regard vide, perdu loin, très loin dans ses pensées. Le combiné lui tomba des doigts.

Il disparut soudain dans la bibliothèque, de laquelle il réapparut presque aussitôt, un coffre en laiton à la main. Il repassa devant Lyv, toujours plantée près du téléphone dans le vestibule et s'engouffra dans la petite porte qui descendait aux communs.

En bas, des portes claquèrent. Lyv discerna quelques tintements, un éclat de verre, puis le bruit de la canne de George qui revenait.

Il réapparut, essoufflé, son coffret toujours en main. Il lui tendit les clefs de sa Triumph et dit :

— Veuillez me conduire à Roy au plus vite.

32

Roy. Village de conte de fées. Devant certains cottages, on apercevait encore quelques fiacres recouverts de mousse, qui résistaient à l'épreuve du temps, telles les reliques d'un lointain passé.

Edward et Julian arrivèrent à destination. Les trombes d'eau avaient ralenti leur progression vers cette rencontre à l'issue incertaine.

Edward avait eu l'occasion de fréquenter les âmes peu charitables des bas-fonds londoniens. La clientèle des Madhouse par exemple, composée d'ivrognes et de désaxés mentaux. Pour autant, jamais il ne fut confronté à un tel déversement de haine et de destruction, encore moins de la part d'une femme.

Celles qu'il avait connues se livraient corps et âme à Dieu, ou bien monnayaient leur corps pour survivre. D'après George, Rhita avait été l'une des leurs ; celles que la vie malmène au point de leur enlever tout amour-propre, celles dont les plaies ne guérissent jamais, sauf peut-être par amour.

Julian gara la voiture devant le portail où Lyv et Edward s'étaient cramponnés au péril de leur vie. Ce soir, il était grand ouvert.

— Prenez mon parapluie, vous n'avez pas de chapeau, dit Julian qui enfilait son fameux haut-de-forme hideux.

Ils traversèrent le jardin à la française, passèrent la fontaine centrale et filèrent s'abriter sur le perron d'entrée. Le cœur d'Edward battait fort. Il n'était plus si sûr de vouloir aller au bout.

Quelque chose le freinait, une étrange sensation. *Sûrement la peur,* se dit-il d'abord. Mais il ne s'agissait pas d'une appréhension attendue. Non, sa détermination inébranlable venait d'être troublée. Un élément impalpable dissonait.

Un détail imperceptible. Une brèche.

Julian frappa au heurtoir pendant qu'Edward tentait de déterminer la cause de son trouble.

La porte s'ouvrit sur une femme rondelette ratatinée par le poids de l'âge. Son teint était rose et ses cheveux gris. Le tablier immaculé sur sa robe noire confirma l'idée d'Edward; c'était Miss Holly. Il croisa son regard un court instant avant qu'elle ne s'adresse à Julian.

Edward se souvint aussitôt; ces yeux-là l'avaient déjà dévisagé. C'était ce jour où il avait foulé l'allée de Truffle pour la première fois, spectateur incongru de la rupture entre Rhita et George. Des rayons invisibles l'avaient transpercé depuis ces deux iris qu'il avait de nouveau face à lui.

Ce jour-là, Edward avait serré le panier de Miss Apricot contre lui. Dorénavant, elle ne serait plus là pour le rassurer.

Holly les fit entrer et retirer leurs pardessus, en indiquant le portemanteau contigu. Julian accrocha son chapeau sur le portant supérieur.

C'est là que tout bascula dans la tête d'Edward.

Le pressentiment qu'il avait eu le soir de son infiltration s'éclaircit. Une réminiscence. Un retour de manivelle.

Il revit l'image de cette soirée maudite et du vestibule plongé dans le noir. Avec le stress, Edward n'avait pas eu toute sa lucidité. Pour autant, il gardait un souvenir très précis de ce portemanteau.

Trop précis.

Son cerveau avait mémorisé chaque habit suspendu, surtout les vêtements masculins qui avaient confirmé que le malfrat de Rhita existait bel et bien et qu'il se trouvait dans la maison, ce soir-là.

Ainsi, quand Julian déposa son haut-de-forme au sommet de ce même portemanteau, l'intuition d'Edward se vérifia. Rares étaient les hommes qui en portaient encore, de surcroît, garni d'un liseré si singulier. Un détail trop coquet pour passer inaperçu, qu'Edward avait d'ailleurs souvent associé au snobisme de Julian.

Or, ce même chapeau était posé sur ce portant, la première fois qu'Edward était entré ici. Son souvenir était limpide.

Edward laissa alors volontairement glisser son manteau au sol, s'abaissa pour le ramasser le plus lentement possible, afin de gagner du temps.

Il s'en voulait terriblement. Comment avait-il pu remarquer les affaires d'homme le soir du cambriolage, sans faire le rapprochement ?

Depuis le début, Edward avait eu raison ; Julian n'était pas digne de confiance. Il les avait tous bernés.

Ce dernier referma alors la porte d'entrée, tandis que Rhita apparut en haut de l'escalier.

33

Lyv conduisait à l'aveugle. Des canaux de pluie inondaient les vitres de la Triumph malgré le déchaînement des essuie-glaces. Les pneus dérapaient sur les écoulements de boue, ils menaçaient d'exploser à chaque crevasse remplie d'eau noir goudron.

Côté passager, George se repérait mal, il n'avait plus conduit depuis son retour de guerre, à la suite duquel un tas de nouvelles routes avaient été construites. Livrée à son sens de l'orientation bancal, Lyv pilait à toutes les intersections, pour s'assurer de prendre le bon chemin.

— C'est affreux, je ne sais pas où… je ne sais plus, impossible d'y voir clair.

George tournait dans tous les sens une carte chiffonnée.

— Arrêtez-vous ! Ici ! Stop.

Lyv écrasa la pédale de frein à l'orée d'un champ qu'ils longeaient sur un chemin de terre.

George manqua se cogner contre le pare-brise. Il refourgua à Lyv la boîte en laiton qu'il avait précieusement gardée sur lui depuis leur départ, glissa sa canne sur la banquette arrière et étala la carte sur ses genoux.

— À nous deux ! Alors, alors… ce doit être cette route, il me semble…

Il baragouina en suivant les tracés blancs et rouges du bout de ses index, sans remarquer que les plaintes de Lyv avaient cessé.

Elle avait ouvert le coffret en laiton et s'était servi une des grosses truffes en chocolat qu'elle contenait. Elle reniflait la friandise avec délectation. Avant qu'elle ne la glisse dans sa bouche, George l'intercepta brutalement.

— Non, malheureuse !

Il replaça le chocolat dans le coffret, qu'il referma et remit en sécurité à ses pieds.

À nouveau, Lyv fondit en larmes.

— Vous êtes fâché, je le sens. J'ai si peur. Je vous déçois, c'est sûr. Nous voilà perdus par ma faute. Edward va mourir.

George leva les yeux au ciel.

— Vous ne me décevez pas. Que serais-je sans vous ? Peut-être déjà mort, qui sait ? Nous ne sommes plus très loin de Roy, je vais retrouver notre chemin. Allons, pardonnez-moi, ce n'est pas vous qui me contrariez. C'est ma peur.

La peur, Edward en éprouvait tout autant. Rhita avait chaleureusement salué Julian avant de se présenter à lui.

— Rhita Rusbick, je suis ravi de faire votre connaissance monsieur… Rust, je crois ?

Il avait répondu avec sobriété, les entrailles au bord des lèvres. Julian lui avait inventé une identité, un métier et une ville d'origine qu'Edward avait déclinés à la hâte, pendant que Rhita les conduisait au salon.

Miss Holly servit trois petits verres d'un alcool qu'Edward ne reconnut pas. Sauf par George, il n'avait été invité à dîner nulle part. Il refusa d'y goûter en premier.

Julian et Rhita conversèrent avec aisance, offrant à Edward la liberté de garder le silence. La domestique fit quelques allers-retours pour apporter des mignardises apéritives, coulant à chacune de ses interventions de lourds regards à Edward.

Tout à coup, Rhita la libéra de ses fonctions.

— Merci Holly. Vous pouvez disposer. Ce soir, je servirai moi-même.

Miss Holly s'éclipsa sans broncher.

Que se passait-il donc ici ? Pourquoi écarter la servante juste avant le dîner ? Edward se retrouva seul avec les deux complices, le piège se renfermait. Quel sort subirait-il ?

Il devait reprendre le contrôle. Hors de question d'attendre qu'ils lancent l'offensive. De toute manière, poursuivre cette mascarade devenait ridicule ; personne n'y avait cru, sauf lui.

Rhita n'était pas le dindon de la farce. C'était lui, depuis le début. Edward donc devait réfléchir et vite. Agir avant eux. Les surprendre, déjouer leur plan.

Le temps était compté.

Tout comme celui de Lyv et de George qui, pour sauver Edward d'une catastrophe inéluctable, fonçaient vers Roy à travers la tempête toujours plus farouche. Alentour, des paysages tous similaires défilaient dans un patchwork bleu marine, gris et noir. Une affreuse impression de tourner en rond les étreignait, quand enfin, un panneau de bois indiqua Roy.

Lyv chassa ses larmes d'un revers de main et souffla un grand coup.

À côté, George se rembrunit.

— Quoi qu'il se passe là-bas, jurez-moi d'obéir à tous mes ordres ! Sans discussion !

— Qu'avez-vous en tête, monsieur ?

— Jurez-le ! J'ai besoin de votre parole. Jurez-moi fidélité. Jusqu'au bout.

Lyv déglutit, la gorge sèche. Son corps n'arrêtait pas de trembler. Elle quitta la route des yeux pour les plonger dans ceux de George.

— Je vous le promets, monsieur.

Edward s'alarmait.

Sitôt Miss Holly sortie de la maison, un jeu de regards abominable s'était mis en place entre lui et ses deux adversaires masqués. Julian observait Rhita comme s'il attendait un signal de sa part et cette dernière fixait Edward, qui ne savait pas où se concentrer.

Il lorgnait les deux sournois, tantôt elle, tantôt lui, dévasté par un cyclone d'incertitudes sur la meilleure façon de stopper cette mascarade.

Entre les deux complices, les mondanités factices s'étiolèrent jusqu'à perdre toute vraisemblance. Et Edward n'avait pas encore pris les devants.

Trop tard ; Rhita sourcilla. Julian sauta de son fauteuil et se rua sur Edward. Ce dernier bondit à son tour, brisa son verre sur le rebord de la table et le planta dans Julian.

Il avait échafaudé cette défense dans sa tête quelques secondes avant. Hélas, son geste n'eut pas la portée escomptée. Tout s'enchaîna dans un silence déconcertant.

Le verre brisé n'ayant fait qu'érafler son poignet, Julian neutralisa Edward d'une clé de bras et l'attira, dos contre son buste. Edward à sa merci, Julian serra sa prise. De sa main libre, il empoigna un minuscule canif qu'il avait dans la poche. La lame acérée contre la gorge d'Edward le glaça. La partie était perdue.

Julian recula jusqu'au mur pour y prendre appui. Rhita s'avança à leur niveau. Elle pointa son porte-cigarettes sur le bout du nez d'Edward, le glissa sous ses lunettes et d'un geste de levier vif, les envoya valser. Sa lèvre supérieure se retroussa sur une rangée de dents parfaitement alignées.

D'après George, cette femme possédait une beauté redoutable. Edward ne l'aurait pas qualifiée ainsi. Selon lui, elle dégageait une aura plus terrifiante qu'attrayante, un pouvoir répugnant.

— Monsieur Oddeye, chantonna-t-elle face aux yeux d'Edward, à découvert.

— Enchanté d'enfin faire votre connaissance, la défia-t-il.

— Oh, mais nous nous connaissons déjà. C'était il y a longtemps, mais… tout de même.

Julian serrait si fort qu'Edward s'étouffait entre le pli de son coude et la lame.

— Que… dites… vous ?

— On n'oublie pas les yeux d'un imposteur…

— Je ne suis pas un imposteur ! Je suis le fils de Clayton et Olivia Rusbick.

Julian tressaillit.

— Quoi ?

— Ne fais pas attention à ses mensonges, Julian.

— Je n'invente… rien… s'étrangla Edward. C'est vous l'imposteur, vous qui vous êtes mariée à George Rusbick dans l'unique but de l'empêcher d'avoir une descendance et tout garder pour vous ! Et vous avez voulu m'éliminer, car vous savez qui je suis !

— Mère, intervint Julian, je ne comprends pas.

— Mère ? s'exclama Edward en tentant par réflexe, un mouvement pour se libérer.

Julian le comprima davantage.

— Oui, Julian est mon fils, proclama Rhita comme si elle avait eu un vaste auditoire. Il est l'héritier de Clayton Rusbick. Ne t'en déplaise, monsieur l'escroc. Quand ton cher George l'apprendra, il n'aura d'autre choix que de se rallier à moi. Et tu sais pourquoi ? Parce que c'est un homme faible, rongé par la honte. Quel meilleur moyen pour se racheter, que de léguer sa fortune à l'enfant qui a failli mourir par sa faute ? Toi, tu n'es que le second, tu ne vaux rien, dans cette équation. George ne pourra pas le dénier.

Julian desserra le bras sans s'en rendre compte.

— Le second ? Mère, je ne comprends pas. Est-il…

— Ton frère, compléta Edward. Je suis ton frère !

Un silence flotta quelques instants, comme si chacun intégrait ce qui se disait. La mâchoire de Rhita prit une forme monstrueuse.

— Vous n'êtes pas frères. Ce rejeton n'est personne. Et sa mère n'était personne. Je suis l'unique amour de Clayton. Avant, pendant, après. Toujours !

Rhita avait les yeux injectés de sang, pourtant, elle n'avait pas pleuré.

— Clayton n'aurait jamais dû être marié à cette maudite femme ! Elle a ramassé les miettes. Il ne l'aimait pas. Un faire-valoir, voilà ce qu'elle représentait. Tu es l'enfant du malheur, Oddeye, issu d'un mariage sans valeur.

Edward se débattit, toujours coincé par Julian. La parole restait sa seule arme.

— Est-ce la raison pour laquelle vous avez tué les bébés de George Rusbick qui grandissaient en vous ? Car ils provenaient d'un mariage sans valeur, eux aussi.

— *Tuer les bébés de George*... répéta Julian.

— Petit minable, pesta Rhita. Tu penses être plus malin ? Tu ne sais rien de ma vie, de ce que j'ai dû endurer.

— Et vous, savez-vous ce que j'ai enduré ?

— Oh, mais ne t'en fais pas, je suis là pour mettre fin à tes souffrances. Julian, tue-le !

Julian chancela.

— Immédiatement ! Il doit disparaître.

— Nous devions simplement lui faire peur pour qu'il ne revienne pas. Mère, je veux des explications...

— Nous l'enterrerons, le coupa-t-elle, là où personne ne pourra jamais le trouver. Les Cotswolds sont remplis de sous-bois où seules les bêtes vivent. Fais-le, Julian ! Tranche-lui la gorge ! Cet héritage t'appartient, tu es le fils de Clayton Rusbick. Mon fils.

Le temps s'arrêta. Derrière la baie vitrée, l'orage surprit Julian.

— Es-tu revenue me chercher pour m'utiliser comme outil de ta vengeance ?

— Fadaises, soupira Rhita. Je n'ai pas le temps de bavarder. Puisque tu refuses de m'obéir, je me débrouillerai seule.

Elle fila au téléphone et composa des coordonnées du bout de son porte-cigarettes. Son visage se métamorphosa. La sorcière se changea en une fillette chétive. Au bout du fil, on décrochait.

Rhita pleurnicha.

— S'il vous plaît, venez vite. On m'attaque. Chez moi. À Roy. Le manoir Rusbick au fond de High Street, l'impasse après la chapelle. J'ai si peur. Il est armé. Vite, je vous en conjure. Il... Il...

Elle raccrocha, puis elle tira un objet noir reluisant du tiroir sous le téléphone.

— Quand la police arrivera, Edward Oddeye sera mort, déclara-t-elle en chargeant le révolver.

— Mère, as-tu perdu l'esprit ?

— Les agents croiront que nous nous sommes défendus. Ils nous aideront à convaincre George qu'Oddeye m'a attaquée, qu'il voulait en découdre.

Elle pointa le canon sur Edward. Tout serait bientôt terminé. Il avait perdu.

Il pensa très fort à George, à son corps recouvert de cicatrices, à Lyv lisant près du feu et à Sœur Augustine sur le quai de la gare. Il les voyait face à lui, comme s'ils étaient réels.

Une chatte isabelle apparut alors. Miss Apricot se dandina autour de Rhita, puis s'entrelaça autour des chevilles d'Edward avant de se coucher sur ses pieds. Mais il ne sentit rien, aucun poids sur ses chaussures.

— Mère ! implora Julian.

— Silence !

Julian maintenait le couteau sur la jugulaire d'Edward, mais ce dernier sentit son étreinte se relâcher.

— Julian, à trois, tu t'écartes, ordonna Rhita.

— Non ! Mère.

— Un.

— S'il vous plaît. Renoncez !

— Deux.

— Par pitié !

— Trois.

— Maman, NON !

À cet instant, Edward se libéra de sa prison et s'envola vers Rhita, qui dans un même mouvement, fonça sur lui. Toujours mis en joue, Edward jeta ses mains en avant pour détourner l'arme à feu.

Trop tard. Le tir éclata dans un nuage de fumée.

34

Sa tête avait tapé contre le pied du fauteuil. Rhita suffoquait, coincée sous le corps inerte d'Edward.

Elle appela Julian à l'aide. Il ne répondit pas. Rhita ne l'entendait plus. De toute façon, elle n'entendait plus rien. La déflagration, la fumée, la douleur, tout avait été si violent, si rapide. Elle se contorsionna pour voir autour et repérer son fils.

Il gisait à leurs pieds, tout aussi raide qu'Edward.

Rhita rassembla toutes ses forces pour se dégager. Elle bascula le corps d'Edward sur le côté, roula sur elle-même et rampa auprès de Julian.

— Julian, Julian !

Elle le secouait, mais Julian ne réagissait pas. Elle s'affola.

Ses cris de désespoir certifièrent à Edward qu'il n'était pas encore mort. Il reprit connaissance, martelé de coups à l'intérieur du crâne.

Tout avait été si violent. L'assaut, le choc, puis ce trou noir qui l'avait aspiré. Il n'avait pas réussi à empêcher Rhita d'appuyer sur la gâchette, mais il avait pu dévier juste à temps la trajectoire de son tir.

— Julian, réponds-moi ! persistait Rhita, à ses pieds.

Edward décolla lentement ses paupières. Jouer au mort lui ferait gagner du temps. Rhita se rendait compte qu'elle avait touché son fils alors qu'elle le visait lui. Tant qu'elle le croirait mort, Edward serait épargné.

Il repéra le révolver qui avait atterri sous le fauteuil, près de sa tête. Il devrait faire preuve de précision. L'occasion ne se reproduirait pas.

Rhita se tut. Edward ne pouvait pas la voir ; que faisait-elle, où regardait-elle ?

Il décida d'agir à l'aveugle ; il tendit doucement le bras pour s'emparer de l'arme, en priant pour que Rhita soit toujours focalisée sur Julian.

Il sentit le métal froid au bout de ses doigts. Il les enroula autour. Il souleva le révolver, mais il lui glissa des mains et claqua contre le pied du fauteuil.

Alertée, Rhita se jeta sur lui. Edward rattrapa l'arme *in extremis*. Dans le même temps, il envoya son genou vers Rhita et l'éjecta en arrière.

Il se releva, le corps endolori, le mollet brûlant. Son pantalon était teinté de rouge à l'endroit où Seal l'avait mordu. Sa plaie s'était rouverte. Tant pis.

Il mit Rhita en joue. Il réfléchissait à ce qu'il déciderait ensuite, quand soudain, des pas résonnèrent. Quelqu'un arrivait.

— La police est de plus en plus rapide dans nos régions, jubila Rhita. Vous êtes fichu, Oddeye.

— Madame ! Madame ! Que se passe-t-il ? brailla une voix qui accompagnait les pas.

Holly Wiggins déboula dans le salon.

— Holly, sauve-toi !

La servante accourut auprès de Rhita. Elle leva les bras au ciel face à l'arme à feu. Edward brossa la pièce des yeux à la recherche d'une idée. Il n'avait pas anticipé une telle débâcle.

— Vous, lança-t-il à Rhita, asseyez-vous ici.

Il désigna la chaise devant l'écritoire, puis s'adressa à Miss Holly.

— Vous, retirez les embrases des rideaux et ligotez-la à la chaise. Si l'une d'entre vous tente un geste malheureux...

— Rhita ! geignit Holly.

— Fais ce qu'il dit ! La police arrivera d'une minute à l'autre. Ce faiblard n'aura jamais le courage de tirer.

Holly exécuta les ordres, terrorisée par le révolver qu'Edward braquait successivement sur l'une et sur l'autre.

Un râle d'outre-tombe résonna alors. Les yeux de Rhita s'illuminèrent.

— Julian !

Edward dissimula son soulagement. Julian n'était pas mort. Hélas, son inquiétude ressurgit lorsqu'il perçut la mare écarlate autour de lui. Le buste du jeune homme ruisselait de sang.

Edward vérifia la solidité des liens autour des poignets de Rhita, puis somma Holly de secourir Julian.

— Faites le nécessaire ! Si vous essayez de fuir, je tire.

Edward trembla sous ses propres menaces ; ces mots étaient-ils réellement sortis de sa bouche ?

En larmes, Miss Holly s'affaira auprès de Julian dans des gestes désordonnés. Elle demanda la permission d'aller chercher du matériel et de téléphoner au médecin. Edward acquiesça. La police était déjà en route, autant appeler une ambulance et assurer à Julian les meilleures chances de survie. La situation devrait se régler avant que quiconque n'arrive. Edward laissa donc Miss Holly gérer l'urgence du mourant et se concentra sur la sienne.

— J'exige des aveux ! intima-t-il à Rhita. Immédiatement. Des aveux écrits.

Elle le toisait avec fierté, comme si elle n'était pas harnachée à la chaise.

— Avouer ? Avouer quoi ?

— Tous vos crimes.

Elle poussa un rire démoniaque.

— Sinon quoi ?

Edward serrait les dents à s'en déboîter la mâchoire. Cette femme ne baissait jamais les armes, quand bien même son fils agonisait au sol.

Il lui empoigna le chignon et braqua l'arme sur sa gorge. Il ne se reconnaissait plus. Sa seule pensée : en finir.

— Si vous ne parlez pas, j'achève votre fils d'une balle dans la tête, puis ce sera votre tour !

— Très bien, miaula-t-elle. Voici un aveu, mon cher Edmund. Vous tolérez que je vous appelle Edmund, n'est-ce pas ? Nous sommes de vieux amis, vous et moi. À moins que l'on vous surnomme autrement, à Sainte-Berthe.

Un frisson traversa Edward.

— Comment ? Comment connaissez-vous Sainte-Berthe ?

— George ne vous a rien dit ?

Rhita avait recouvré une voix de petite fille.

— C'est pourtant lui qui vous a déposé à cet établissement, le 28 décembre 1916. Il s'est débarrassé de vous, dès qu'il a appris la mort de son frère. Pouf, aux oubliettes Edmund. Vous n'étiez donc pas au courant ?

Edward resta coi un moment avant de réagir.

— Vous mentez !

— Vous croyez ? répondit Rhita. Il vous a rapatrié à Truffle par pur désespoir, vingt ans après, après avoir compris que je ne lui donnerais pas l'enfant qu'il attendait.

— Je vous hais, je vous déteste tous !

Rhita fit tourner ses yeux dans leurs orbites.

Miss Holly reparut. Elle découpa la chemise de Julian de ses mains tremblotantes, révélant l'impact de la balle. Edward tourna de l'œil. Le cratère sur la poitrine de Julian suintait tel un volcan en éruption.

Edward sombrait.

Les coups dans sa tête le torturaient. Ses larmes inondaient son visage, il ne voyait plus clair, mais n'osait pas s'essuyer, bien trop concentré à ajuster le viseur de son pistolet sur sa cible.

Il enclencha le cran et mit la détente en tension. Rhita le défiait, les yeux révulsés.

Miss Holly se leva.

— Edward.

— Silence !

Il pressa le canon sur le front de Rhita.

— EDWARD !

— Non !

— Edwaarrd.

Edwaarrd.

Cette voix n'était pas celle de Holly. Était-ce le fruit de son imagination ?

— Dieu soit loué, Edward !

Il n'avait pas rêvé ; Lyv venait bien de débarquer dans le salon. Lyv. En chair et en os.

Lord Rusbick la talonnait.

— Mon Dieu, Edward, qu'avez-vous fait ?

Edward riva son arme sur lui.

— Vous ! Vous m'avez menti !

— George… geignit Rhita.

Un silence total plana. Chacun prit la mesure de la situation.

Edward aurait voulu parler, crier, mais rien ne put traduire son ressentiment.

Il ne savait même plus pourquoi il brandissait encore ce révolver. Qui viser ? Tout le monde l'avait trahi. Tout le monde, sauf Lyv.

Au-dehors, le vent faisait tanguer les arbres noirs et les éclairs craquaient sans trêve.

George s'avança lentement.

— Donnez-moi ce révolver, mon garçon.

— George, il est devenu fou ! cria Rhita.

George l'ignora et continua d'avancer vers son neveu.

— C'est fini, à présent.

Edward tremblait de tous ses membres. Il explosa.

— Non, ce n'est pas fini. Vous m'avez menti !

— Je vous ai dit toute la vérité, Edward.

— Sornettes ! Ce n'est pas mon père qui m'a confié à l'orphelinat pour s'engager en guerre. Dites la vérité !

George sonda tour à tour Miss Holly et Rhita. Un rictus le trahit.

— Vous avez raison.

— Alors tout est votre faute, n'est-ce pas ? Depuis le début ! Moi, qui pensais que… mais rien ne compte plus que votre maudit manoir, que votre maudite richesse. Vous m'écœurez !

— Edward, baissez votre arme. Parlons, je vous en prie. À cette allure, vous finirez en prison et…

— Allez au diable !

Edward chancelait, son bras tremblait. Sa tête menaçait d'exploser d'une minute à l'autre. Sueur, larmes et morve engluaient sa figure autant que l'était son esprit.

Lyv s'approcha de lui.

— Edward, regardez-moi.

Il refusa. Elle posa la main sur son épaule.

— Ne faites pas cela. Vous n'êtes pas un meurtrier. Vous ne méritez pas de gâcher votre vie. L'avenir est devant vous. Miss Augustine a tout donné pour que vous ayez une vie heureuse.

Edward la regarda enfin. Elle lui sourit.

— Je suis là, maintenant. Et je vous vois. Tel que vous êtes. Ça, ce n'est pas vous, c'est votre colère. Lâchez cette arme. Écoutez votre instinct ; en qui avez-vous confiance, ici ?

Il ne maîtrisait plus rien. *L'instinct,* en disposait-il seulement ?

— Je peux tout expliquer, murmura George Rusbick.

Edward le contempla. Les souvenirs affluèrent ; leurs discussions, les rires, la complicité. George l'avait-il dupé ?

Pour la deuxième fois ce soir, la silhouette de Miss Apricot apparut. Cette fois, elle tournicota autour des chevilles de Lord Rusbick et se coucha sur ses chaussures. À lui. Elle s'évapora aussitôt.

Edward baissa son arme de quelques centimètres. Lyv l'encouragea en inclinant le canon vers le sol. Il la laissa faire, apathique.

George tendit sa main, Lyv y glissa le révolver.

— Bien, dit-il, tout ira pour le mieux à présent.

— La police… la police arrivera bientôt, articula Edward, tel un robot.

— Neutralise-le, George ! pesta Rhita qui se débattait, agitait ses sangles, manquant de faire chavirer sa chaise. Il a voulu me tuer !

Sans lui prêter attention, George demanda à Miss Holly :

— Où en est M. Knowles ?

— Je ne sais pas, monsieur. Je n'arrive pas à contenir l'hémorragie.

— Alors, occupez-vous de défaire les sangles de madame, Lyv va se charger de Julian.

Edward tiqua. *Défaire les sangles ?*

Lyv et Holly s'exécutèrent.

— Dieu soit loué ! souffla Rhita, en se massant les poignets. George, il faut…

À nouveau, George l'ignora.

— Edward, asseyez-vous sur cette chaise.

— Monsieur, intercéda-t-il. Je veux dire, George. Je n'ai jamais souhaité… je n'aurais jamais…

— Je sais, mon garçon. Je sais.

George lui écrasa l'épaule pour le forcer à s'asseoir.

— Miss Holly, veuillez attacher monsieur Oddeye aussi fermement que le fut Madame.

— Quoi ? s'affola Edward en sautant de la chaise.

— Ayez confiance, s'impatienta George. Rasseyez-vous. Le temps file.

Lyv, qui comprimait la plaie de Julian, se retourna et adressa à Edward un acquiescement oculaire. Troublé, il céda ; Lyv ne ferait jamais rien contre lui. Ne restait qu'à prier pour que le plan de George fonctionne.

— Merci Miss Holly, dit George après qu'Edward se fut laissé attacher. À présent, retournez assister Lyv auprès de M. Knowles. Faites votre possible pour qu'il vive.

Encore une fois, Miss Holly obéit.

George et Rhita, alors debout l'un en face de l'autre au centre du salon, se scrutèrent longuement. Soudain, ils se tombèrent dans les bras, sous l'œil médusé d'Edward. Une étreinte aussi subite qu'intense.

La joie du triomphe se dessina furtivement sur les lèvres de Rhita. Elle ferma ensuite les yeux comme une amante passionnée, lovée dans les bras de son bien-aimé.

— Si tu savais ce que j'ai enduré. Il a tiré sur Julian. Il a menacé Holly. Il l'a forcée à m'attacher pour me faire porter le chapeau. J'ai juste eu le temps d'appeler la police. Ils arrivent.

— C'est faux, elle vous embobine ! protesta Edward, sur le point de révéler toute la vérité à George.

Mais Rhita le devança.

— Je dois tout te dire, George. J'ai mal agi, extrêmement mal et je t'ai menti. Je sais que tu es en colère contre moi pour avoir fait échouer nos chances d'enfanter. Mais il faut que je t'avoue quelque chose. Une chose que j'aurais dû te dire depuis longtemps : Julian Knowles est mon fils. Celui que Clayton m'a donné. Je suis si désolée, George.

Elle s'effondra en sanglots.

George coula un regard vers Julian qui se mourait, comme pour s'assurer qu'elle parlait bien de la même personne. Tout aussi choquée, Lyv avait complètement interrompu les soins.

— George ! hurla Edward. Détachez-moi ! Ce sont eux qui nous ont attaqués ! C'était Julian, depuis le début.

George ne le voyait plus. Edward se débattait. Pourquoi diable s'était-il laissé ligoter ? Quelques minutes avant, il dominait la situation et voilà qu'à présent, le démon gagnait du terrain.

— Je ne savais pas comment te l'annoncer, poursuivit Rhita comme si Edward n'existait pas. Retrouver mon fils m'a tant bouleversée… J'ai perdu la tête…

— George, elle vous manipule, elle veut juste votre…

— Ma chérie, je suis navré pour que ce que tu as dû endurer, toute seule.

Rhita baissa ses yeux humides. George l'embrassa sur les cheveux. Il claudiqua jusqu'à l'écritoire devant la fenêtre, où il avait posé le coffret en laque dorée.

— Viens donc t'asseoir un instant.

Ils se blottirent dans le canapé.

— Vois ce que je t'ai apporté. Ce sont tes préférées.

Le visage de Rhita rayonna de joie quand George ouvrit le coffret.

— Nos erreurs demeureront indélébiles, mais pensez-vous qu'il soit possible de se pardonner ? Accepter le passé. Qui, mieux que vous, pourrait comprendre mes failles et moi les vôtres ? N'est-ce pas là le secret d'un mariage réussi ?

Rhita approuva en silence. Une larme roula sur sa joue.

— Pour le meilleur et pour le pire, déclara George en lui tendant le coffret ouvert.

Rhita porta une truffe à sa bouche. Elle la croqua du bout des incisives.

— Quel délice ! Elles sont légèrement plus sablonneuses.

— C'est normal, répondit George. La température.

Il étudiait sa dégustation de près. Rhita suçotait le chocolat avec délectation.

— Le goût me revient, souffla-t-elle en fermant ses paupières.

À peine la truffe avalée, elle en engloutit une seconde. Elle mâcha celle-ci à pleines dents, déglutit aussitôt. Puis, elle gloussa et en dévora une troisième.

George et Rhita se sourirent bêtement. L'air mièvre de l'amour. Mais alors que plus rien autour ne comptait… ni Lyv, Holly ou Julian, ni Edward qui se décomposait ; Rhita redescendit sur terre.

— George, la police… qu'allons-nous leur dire ?

George mena une réflexion silencieuse.

L'esprit d'Edward, lui, se dissipait. Il avait échoué. Encore. Comment allaient-ils tous s'en sortir ? Chacun semblait s'en être remis à George, pour autant, Edward l'avait perdu, comme tout le reste.

Il n'était plus que l'ombre de lui-même, résigné. Seul. Fini.

Les premiers signes apparurent alors.

Rhita se frotta le ventre. Des plaques rouges tachetèrent son décolleté. Elle se tordit de douleur. Une toux l'étrangla.

George se leva, se replaça au centre de la pièce et proclama à l'assemblée :

— Que chacun m'entende ! Miss Holly, vous expliquerez aux agents que Madame et moi-même avions décidé de passer quelques jours dans notre propriété de Roy, en y emmenant tous nos domestiques. Vous raconterez que nous avons eu une dispute atroce, elle et moi. Une dispute qui nous a littéralement rendus fous. Vous leur direz que vous les avez alertés quand Lord Rusbick s'est mis à menacer sa femme avec un révolver. Une histoire de jalousie, selon vous, de tromperie, peut-être bien. Vous ne disposerez pas de tous les détails du conflit. Vous relaterez uniquement les éléments qu'une domestique quelconque serait en mesure d'entendre à travers les murs. Vous serez paniquée, traumatisée par la fureur dont vous m'avez vu possédé. Vous évoquerez une crise de démence, une psychose même. Un état que vous ne m'avez jamais connu.

Derrière lui, Rhita s'étouffait. Ses yeux gonflaient.

— George, au secours !

George resta focalisé sur Holly. Il lui livrait ses instructions avec une détermination militaire.

— Versez quelques larmes. Dites aux agents que j'ai fini par vous menacer, vous aussi. Que vous avez réussi à vous dérober pour leur téléphoner afin de protéger tout le monde ici ! Vous expliquerez que M. Knowles a tenté de m'arrêter, qu'il a voulu me retirer l'arme des mains, mais que dans la débâcle, une balle perdue l'a touché.

— George… suffoqua Rhita, les mains autour de sa gorge violacée.

Un liquide blanchâtre dégoulinait des coins de sa bouche.

— Ensuite Miss Holly, poursuivit-il imperturbable, vous leur direz que nous nous sommes gavés de ces friandises. Des friandises que Madame adorait. Celles que moi, Lord Rusbick, lui ai offertes. Des truffes imbibées de divers poisons, que l'enquête ne tardera pas à identifier.

— George, je ne comprends pas, se ranima Edward qui, en réalité, comprenait exactement ce qui allait advenir.

— J'ai pris soin d'asperger ces chocolats de tous les produits qui me sont tombés sous la main dans la desserte des communs de Truffle : arsenic, mort-aux-rats, cyanure.

Holly, les mains souillées de rouge, glissa auprès de Rhita, qui s'asphyxiait.

— Vous leur direz enfin, Miss Holly, soupira George, que j'ai empoisonné ma femme et que j'ai ensuite avalé le reste de la boîte de friandises. Un crime passionnel, quelque chose de ce genre.

— Non ! invectiva Edward, George, ne faites pas cela. Il y a d'autres issues possibles !

George empoigna trois truffes. Edward bondit de sa chaise, mais ses sangles le retinrent. Il comprit alors la raison pour laquelle Miss Holly avait dû l'attacher ; ainsi, il ne pourrait guère détourner le plan fatal de George.

— Je vous en supplie, l'implora-t-il.

Mais George était déterminé. Il avait tout calculé pour mener cette tragédie à son terme. Le vicomte enfila les trois boules cacaotées dans sa bouche, mâcha à peine, puis avala.

Lyv sanglotait tandis que dans son esprit, les manigances de George s'éclairaient : les fioles qui avaient carillonné dans les communs juste après l'appel à Brown, George qui lui avait interdit de toucher aux chocolats dans la voiture. Un plan radical que Lyv avait promis de suivre coûte que coûte, sans rien en savoir. Aurait-elle dû essayer d'insister pour comprendre avant ? Aurait-elle pu l'entraver ?

Rhita poussa ses derniers souffles de vie dans les bras de Miss Holly, sa bienfaitrice. Une vieille dame éreintée qui demeurait la seule à la pleurer.

— Lyv, mon enfant, dit George, voulez-vous détacher Edward, je vous prie ?

Lyv se leva du sol pour étreindre George et enfouir son visage dans son cou.

— Allons, allons. Détachez notre ami avant que la police n'arrive. Soyez peu loquace avec eux. Moins vous en direz, plus vous serez crédible. C'est valable pour vous aussi, Edward. Fiez-vous à Miss Holly et tout ira bien.

Lyv détacha Edward, qui avait littéralement perdu pied.

— Alors voilà, vous nous abandonnez ? Vous avez décidé tout seul, vous n'aviez pas le droit !

— Mon garçon, cette histoire m'appartient bien plus qu'à quiconque ici.

— Pourquoi ? Pourquoi vous êtes-vous sacrifié ? Nous aurions pu… ensemble…

Edward n'y croyait pas. Ses larmes lui brûlaient les joues. Sa peine lui déchirait le cœur.

— Mes jours étaient comptés, répondit George. Nous finissons toujours par payer le prix de nos erreurs. À présent, la boucle est bouclée.

— George… je regrette tant…

— Tu n'as rien à regretter. Je n'avais jamais entendu parler de ce coffre ni de l'enfant de mon frère, avant que tu ne débarques à Truffle. Mais grâce à Miss Holly, je pars serein. Tout est à sa place.

Holly berçait toujours la dépouille de Rhita, les yeux fermés.

George rattrapa une larme sur le nez d'Edward du bout de son pouce et déclara :

— Mes enfants, ne cessez jamais d'écouter votre cœur.

Lyv disparut dans les bras d'Edward.

Enfin, les manifestations du poison apparurent.

George se laissa faire. Le processus fut moins long que pour Rhita, qui avait lutté pour sa survie.

Il tituba sur sa canne. Son corps faillit. Il s'allongea sur le sofa aidé par Edward et Lyv, qui s'agenouillèrent près de lui.

Ses lèvres bredouillèrent leurs dernières paroles.

— Merci d'être revenu, Ed… Edmund… Rusbick.

Ses yeux se fermèrent, sa main droite dans celle de Lyv, la gauche dans celle d'Edward.

Tandis que Rhita avait gardé la bouche tordue de son dernier rictus, un doux sourire s'était dessiné sur celle de George, pour l'éternité.

35

Miss Holly convainquit les agents de police sans difficulté. Son désarroi convoqua leur empathie, ils ne posèrent aucune question superflue de peur de heurter la vieille domestique déjà bien trop malmenée. Pendant sa déposition, une ambulance embarqua Julian, sauvé par les réflexes médicaux de Lyv.

Les corps de Rhita et George furent chargés dans les corbillards pendant que la police terminait son enquête.

Edward et Lyv regagnèrent Truffle, aussi éprouvés l'un que l'autre. Miss Holly, de son côté, préféra rester seule à Roy.

Le lendemain matin, après avoir passé une nuit quasi blanche, prostrée dans les fauteuils de la bibliothèque, Lyv et Edward furent tirés de leur assoupissement par la sonnette de l'entrée d'honneur.

Le jour venait de se lever, ils n'attendaient le docteur Stew qu'à neuf heures trente pour contrôler l'épaule de Lyv.

Lorsqu'ils ouvrirent, personne n'attendait derrière la porte, mais la silhouette de Miss Holly descendait le parc dans le brouillard, vers le grand saule pleureur.

— Pourquoi ne pas être entrée ? lui demanda Edward, après qu'ils l'eurent rejointe.

— J'adorais cet endroit à l'époque où je travaillais à Truffle, répondit Holly les traits tirés, mais étonnamment élégante après cette nuit d'horreur. Je suis désolée de débarquer à l'improviste, mais je quitte les Cotswolds dans une heure et je dois impérativement vous parler, Edward. C'est confidentiel.

— Rien ne saurait être caché à Lyv.

— Désirez-vous une tasse de thé ? proposa cette dernière.

— Cela ira, merci. Je ne serai pas longue.

Edward et Lyv prirent place à ses côtés sur le banc près de la tombe de Miss Apricot.

— Si vous pouviez simplement garder le regard vers le manoir, requit Miss Holly, cela me faciliterait la tâche.

Edward et Lyv y consentirent. Ils se tournèrent vers la bâtisse, impressionnante depuis leur vue en contrebas. À cette heure, le soleil se levait en arrière de sa façade, projetant son ombre sur la moitié du parc.

— Ce que j'ai à vous confesser est un fardeau que j'ai traîné une trop grande partie de ma vie. Voici ma seule chance de trouver l'apaisement et de vous demander pardon, monsieur, y compris à vos défunts parents.

Interloqués par cette entrée en matière, Edward et Lyv luttèrent pour ne pas la dévisager. Mais sa voix trahissait sa fébrilité, autant ne pas en rajouter.

— Quand j'ai ramassé cette pauvre Rhita dans la rue, elle n'était qu'une enfant que la vie avait brutalisée. Certains sont mal nés. Elle avait trouvé le moyen le plus simple et le plus difficile à la fois, pour une femme, de survivre. Sans qualification ni recommandation, les Rusbick l'ont embauchée par pure confiance en moi. Elle apprenait si vite, elle pouvait se fondre dans n'importe quel environnement. Messieurs les fils du vicomte ont tout de suite remarqué le charme de cette petite. Une beauté si rare… Des deux, Clayton fut l'élu. J'ai fait mon possible pour les dissuader de s'engouffrer dans cette brèche, mais il faut croire que leur attirance respective surpassait les risques.

» La trahison de George ne m'a guère surprise. J'ai élevé ces deux garçons et au vu du traitement qu'ils ont reçu de feu leur père, leur rivalité était inéluctable. Je n'ai jamais eu la chance de construire une vie de famille, je n'ai pas connu l'amour d'un mari ni le bonheur d'enfanter. Alors, quand Rhita s'est retrouvée bannie par M. le vicomte, peut-être ai-je assouvi quelque instinct maternel. Je n'ai pu me résoudre à l'abandonner à son sort, malgré ma loyauté envers les Rusbick. Je craignais qu'elle recouvre ses anciennes habitudes. Elle était seule et fragile, elle venait d'être mutilée par cette tricoteuse... Malédiction. Je ne sais ce qui anime ces femmes pour accepter de provoquer la mort du bébé d'autres femmes. Grâce au ciel, le bébé de Rhita et Clayton a survécu.

» Quand son ventre s'est mis à grossir, j'ai cru à un miracle. De son côté, Rhita n'y voyait qu'une tragédie supplémentaire. Elle était démunie, logeait dans un taudis, sans aucune chance de trouver un emploi. Personne n'embauche une femme engrossée, Rhita se sentait coincée. L'argent vint à manquer et mes maigres économies ne suffirent plus.

» J'ai donc fait appel à M. Clayton. Rhita m'avait fait jurer de ne pas lui révéler ni sa grossesse ni son adresse. Je respectai sa volonté, mais implorai la bonté de M. Clayton pour subvenir à ses besoins. Je me suis toujours demandé s'il s'était douté de la raison de ma requête. Clayton était bon, il aimait Rhita, profondément. Mais son sens de l'honneur, sa fidélité à son père et à Truffle, l'égaraient. Peut-être a-t-il préféré fermer les yeux, me transférer ces mandats pour elle, sans chercher à en savoir plus ? J'ai aidé Rhita à mener sa grossesse à terme et à trouver une famille pour s'occuper de l'enfant. Rhita s'est séparée du bébé sans verser la moindre larme. Elle a retrouvé un emploi et a tourné la page. De son côté, M. Clayton s'est marié à Olivia Rusalt. Quand elle l'a appris, Rhita s'est mise à refuser les enveloppes que Clayton continuait de me donner pour elle.

— Je sais déjà tout cela, Miss Wiggins. George m'a tout raconté. Inutile d'aller plus loin.

— Je sais ce que vous a raconté Lord Rusbick, jeune homme. Laissez-moi plutôt terminer, voulez-vous ?

Edward ravala sa salive.

— Olivia Rusalt était d'une douceur sans pareille, dotée d'une bonté que beaucoup lui enviaient. Elle ne percevait que le meilleur en chacun. Elle aimait sincèrement votre père et lui l'appréciait grandement, même si son cœur souffrait de la perte de Rhita. La Rhita dont je vous parle n'était pas encore devenue ce réduit de haine et de souffrance que vous avez connu. Non. Celle-là n'est apparue qu'au fil des années. À l'époque, elle n'avait pas encore perdu foi en la vie. Elle attendait que le vent tourne, que sa chance survienne. Ce fut le cas quand Clayton et elle se sont retrouvés, à la suite des malheureux décès de vos grands-parents et de votre mère. J'ai encouragé ces retrouvailles. Si j'avais su les conséquences, j'aurais agi différemment, cela va sans dire. Hélas, on ne change pas le passé… Ainsi, les domestiques de Truffle furent remerciés, les fermes vendues ou léguées aux exploitants et Clayton et Rhita déménagèrent à Roy, pour y mener une vie plus modeste qu'à Truffle. Je restai la dernière encore à leur service. Mais voilà, Clayton n'était plus seul, il était devenu père. Il contraignit Rhita à vous accepter entre elle et lui. Clayton vous chérissait. Vous étiez son unique enfant, son seul fils, son héritier. Rhita a voulu lui révéler la vérité au sujet de leur bébé, mais elle n'en a guère eu le courage et le temps. Pour lui, il n'y avait que vous. À peine étaient-ils réunis, que Clayton partait pour la guerre.

— Et c'est là qu'il m'a confié à l'assistance publique. Je sais cela aussi.

— Pas tout à fait. C'est justement ici que je voulais en venir. Clayton ne vous a pas confié à l'assistance. Jusqu'ici, la gérance de Truffle lui avait pris tout son temps, s'engager comme soldat était impossible. Mais une fois débarrassé de ses obligations à Truffle, Clayton n'a plus résisté. Il pensait revenir très vite, sain et sauf. Jamais il n'a pensé vous laisser à l'orphelinat. Vous n'étiez pas orphelin. Votre famille était riche. Vous aviez même deux maisons où habiter et j'étais toujours au service des Rusbick. Dans le cas contraire, Clayton aurait embauché une nurse le temps de son absence. Il n'avait nul besoin de vous abandonner dans un de ces établissements qui débordaient déjà d'enfants esseulés.

» C'est à Rhita que Clayton vous a confié dans l'attente de son retour. Quand il est parti, je me suis occupée de vous. Vous étiez un poupon si adorable. L'amour que j'ai ressenti pour vous fut aussi naturel que celui que j'avais donné à Clayton et George lorsque toute jeune, j'embauchai à Truffle et qu'ils n'étaient que des bébés. Vous savez, pendant la guerre, la présence d'un enfant me revigorait. Les nouvelles tombaient toutes plus désastreuses chaque jour, alors les gazouillements, les rires et même les pleurs d'un bébé étaient un don du ciel. J'ai perçu les prémices de sa jalousie assez vite. Rhita refusait de vous porter, elle ne vous regardait pas. Elle ne vous aimait pas. Et ses raisons se devinaient aisément. Vous incarniez toute la pénitence que Rhita avait eu à subir à cause des Rusbick. Son fléau. Votre simple existence ravivait ses plaies. Elle avait récupéré Clayton, l'amour de sa vie, avec cette intolérable contrepartie : souffrir son fils au quotidien. Vous, l'enfant d'une autre. Alors qu'elle avait été forcée d'abandonner son propre bébé. J'étais donc la seule des deux en mesure de vous apporter soins et affection. Je veillai à vous tenir éloigné d'elle au maximum. Rhita a réussi à s'en accommoder, jusqu'à ce qu'on apprenne la mort de votre père. La dévastation de Rhita fut sans précédent. Sa peine s'est transformée en une colère dévastatrice, elle en voulait à la terre entière. Elle m'est devenue inaccessible, complètement hermétique. Ce fut l'épreuve de trop. Alors qu'elle menait enfin la vie dont elle avait rêvé depuis ses premiers flirts avec lui, le destin s'acharnait. Rhita était de nouveau seule, avec vous sur les bras.

Edward observait à présent Miss Holly sans pudeur. Ses yeux gris profond, ses rides, l'usure du temps. Il comprit.

— Rhita m'a abandonné, n'est-ce pas ?

Holly détourna ses yeux humides dans une complainte.

— Prenez votre temps, la rassura Lyv.

Un oiseau bleu se posa sur la tombe de Miss Apricot. Holly se ressaisit.

— Oui, mon garçon. Elle a pris la décision du désespoir. Rhita était remplie d'amertume et de chagrin. Je n'ai pas su l'en dissuader. J'ai essayé, bien sûr, de trouver une solution alternative. J'ai proposé de m'occuper de vous, j'ai promis qu'elle n'aurait rien à régir, qu'elle n'aurait pas à supporter votre présence, que vous seriez invisible si telle était la condition. J'ai proposé de vous envoyer en pension dès que vous en auriez l'âge, de vous renvoyer à Truffle avec une nurse, s'il fallait, pendant qu'elle restait à Roy. Vous n'étiez qu'un bébé…

Holly s'effondra en sanglots.

— Vous avez fini par accepter, évidemment ?

— Il faut que vous compreniez. Rhita changeait, elle se murait dans une effroyable rancune envers le seul être innocent de cette famille. Je redoutais qu'elle se mette à vous maltraiter, par haine. Alors oui, je l'ai laissée faire. Rhita vous a déposé dans un orphelinat londonien, dont elle s'est évidemment gardée de me donner le nom. J'ai tant souffert que vous me soyez arraché. La guerre grondait, j'avais perdu mes amis de Truffle, Monsieur et Madame, Clayton, Olivia, George et voici qu'on vous arrachait à moi. Rhita nous avait privés de vous, de votre lumière. Nous nous sommes retrouvées toutes les deux, recluses, traversant cette guerre qui emportait nos hommes et nos enfants. Nous nous sommes soutenues, malgré tout. Quel autre choix avions-nous ? Je lui suis restée fidèle. Rhita n'avait plus que moi et je n'avais plus qu'elle.

— Vous avez fait votre possible, dit Lyv.

Edward lui jeta un regard noir.

— Non, mon enfant, répondit Holly. J'ai assisté à sa déchéance sans rien faire pour l'en sortir. J'avais bien conscience que Rhita n'était plus l'enfant inoffensive et fragile que j'avais sauvée de la rue. Je me suis laissé aveugler par mon affection pour elle. Au retour de monsieur George, j'étais tellement heureuse qu'ils se marient. J'ai espéré que l'ancienne Rhita me revienne. En vain. Je l'ai vu détruire leur vie, sans rien dire. J'ai ramassé le sang qu'elle faisait volontairement couler à chaque grossesse. J'ai soigné ses douleurs de ventre. J'étais démunie, je ne savais plus comment l'aider. J'avais si peur qu'elle se fasse plus de mal, encore. J'avais peur de parler, que Monsieur divorce, qu'il... qu'il... Rhita ne pleurait jamais. C'était comme si parfois, elle était habitée par le démon. Elle ne répondait plus de ses actes et moi non plus. J'ai dissimulé ses forfaits à monsieur George et les ai banalisés, à force.

Holly marqua un long silence, inspira profondément, puis reprit :

— Tout a changé lorsque j'ai découvert ce coffre, juste avant Noël. Ce jour-là, je rangeais les chapeaux de Rhita. Le coffre se trouvait dans l'une des boîtes. En quarante ans de service, je n'ai jamais éprouvé la tentation de fouiller les affaires personnelles de la famille. Certains domestiques le faisaient. Moi, non. Pourtant, je ne saurais dire pourquoi, ce jour-là, j'ai ouvert ce coffret. Peut-être parce qu'il n'avait rien à faire au fond d'une boîte à chapeaux. Le hasard, parfois... Des dizaines de photos de votre père m'ont sauté au visage, des lettres d'amour aussi qu'il avait envoyées à Rhita. Tout au fond, il y avait la lettre de confession que monsieur George avait envoyée des tranchées à l'attention de Clayton. Jamais Rhita ne m'en avait parlé à l'époque de la guerre. J'étais abasourdie. Cependant, je n'étais pas au bout de mes peines.

Edward et Lyv étaient pendus aux lèvres de Miss Holly. Ils ne ressentaient plus la brise glacée du mois de février.

— George m'a dit que c'était lui, qui avait découvert ce coffre.

— Il a menti, à ma demande. C'était moi. Écoutez Edward, ce coffre avait un double fond. Je n'avais jamais rien vu de pareil. À l'intérieur, j'ai découvert, plié en quatre, votre acte de naissance, ainsi que quelques articles de journaux sur les médailles remportées par les fermes de Truffle et trois autres photographies. Une de votre mère, une de votre père et un portrait de la famille Rusbick : vos grands-parents, votre oncle George et votre père, plus jeunes. Sous chacun des membres, Clayton avait pris soin d'inscrire à l'encre les noms, dates de naissance et liens de parenté qu'ils avaient avec vous : *oncle George, grand-papa, grand-maman…* Une lettre à votre attention était signée de sa main. Elle exprimait les raisons de son départ, l'importance du patriotisme et d'autres vertus chères à votre père. Clayton vous avisait que dans le cas où il lui arriverait malheur, sa fierté serait d'être mort pour son pays et de vous voir assurer sa relève.

Lyv soupira.

— Il avait tout prévu, au cas où la guerre l'emporterait.

— Oui, ma chère. Clayton avait laissé ce coffre à Rhita, pour qu'il revienne à son fils le moment venu et qu'elle puisse lui parler de vous. Le découvrir en décembre dernier a immédiatement ravivé en moi un sentiment que je pensais avoir enterré. Un sentiment d'injustice sévère et de culpabilité profonde. J'avais souvent demandé pardon à Clayton dans mes prières, pardon d'avoir accepté, d'avoir laissé faire Rhita. Je ne sais comment vous dire, mais revoir toutes ces photos et lire ses mots à lui… c'est comme si Clayton s'était tenu devant moi et m'avait implorée de réagir. Désormais, mon âme tout entière n'obéit plus qu'à une seule ordonnance : réparer. J'ai donc rédigé des dizaines d'exemplaires de cette missive que, Dieu merci, vous avez fini par recevoir. Je l'ai voulue succincte, mais suffisamment éloquente pour que vous vous reconnaissiez et que vous ayez l'envie de venir à Lloyd. Je me suis servie de cet unique signe distinctif que je vous connaissais. Une particularité assez rare que vous n'auriez pas pu perdre en devenant adulte : la couleur de vos yeux. Je me suis rendue à Londres peu avant Noël, où j'ai frappé aux portes de tous les orphelinats que j'avais préalablement recensés, dans l'espoir que vous la receviez. En rentrant, j'ai prié, prié, prié. Et vous ne me croirez peut-être pas, mais le soir de Noël, j'ai su. J'ai su que cela marcherait.

Edward sourcilla. C'était bien le soir de Noël que son sort s'était scellé. Sœur Augustine lui avait donné cette lettre et il avait oublié son billet de train pour Oxford sur la table de la cuisine de Sainte-Berthe.

— Alors c'était vous ? Mon corbeau… Je veux dire… l'expéditeur de la lettre ?

— Oui.

— J'avais imaginé que cela venait de George.

— George n'était encore au courant de rien au moment où j'ai livré ces lettres : ni du coffre, ni de votre existence. Je lui ai tout appris le soir où vous nous avez espionnés, au Sheep. Oui, nous vous avons vu. Vous n'étiez vraiment pas discret, je dois dire. Je lui avais donné ce rendez-vous secret dans le but de tout lui raconter.

— Pourquoi ne m'a-t-il pas dit que vous étiez impliquée ?

— Comme je vous l'ai dit, je lui avais demandé de vous le cacher. J'avais honte, Edward, je… je voulais vous parler en face-à-face, vous expliquer, vous demander pardon. Je…

— Si je comprends bien, la coupa Edward pour raccrocher les wagons, toute l'histoire que George m'a livrée, sur Rhita, sur ce qu'il s'est passé durant la guerre, ma naissance, ce coffre… Tout cela, il venait juste de l'apprendre de votre bouche ?

— Oui. George savait juste que votre mère était morte en couches. Il pensait que vous n'aviez pas survécu et que Clayton avait mis Rhita à l'abri à Roy, au nom de leur amour passé, avant d'aller combattre.

— Mais, quand vous vous êtes retrouvés au Sheep, vous lui avez tout dit, n'est-ce pas ?

Miss Holly acquiesça.

— Tout, à un détail près. Je lui ai caché l'implication de Rhita dans votre abandon. J'ai prétendu que c'était Clayton lui-même qui l'avait fait, pour vous mettre en sécurité le temps de la guerre.

— Pourquoi lui avez-vous menti ?

— Pour protéger Rhita. Comme toujours. Ils venaient déjà de se déchirer, j'avais peur qu'il la répudie. Elle était comme ma fille.

Edward comprit soudain le bouleversement dont George avait fait preuve, les questions auxquelles il n'avait pas répondu, les précautions qu'il avait prises, le manque de précision, parfois et le malaise, tout le temps. Le pauvre homme n'avait rien maîtrisé, il avait été tout aussi chamboulé qu'Edward lui-même.

— Ensuite, tout s'est télescopé, déplora Miss Holly. Le jour de votre arrivée à Truffle, Rhita et moi partions pour Roy après cette fameuse dispute. Rhita venait d'avouer à Monsieur qu'elle avait intercepté sa lettre de confessions et qu'elle s'était prêtée à un mariage factice dans le but de se venger. Quelle horreur ! Ils étaient tous les deux enragés. Tout est allé si vite. J'avais bien sûr compté leur faire part de mes intentions envers vous, mais j'avais agi sous une impulsion, j'avais besoin de temps pour rassembler mes idées. Et voilà que leur conflit conjugal venait tout terrasser, m'éloigner de Truffle, m'empêcher de mener mon plan à bien. Quand je vous ai vu traverser le parc du domaine ce jour-là, j'ai tout de suite compris que c'était vous et j'étais sûre que Rhita vous avait reconnu, elle aussi.

» J'anticipai déjà vos fouilles et la méfiance dont vous feriez preuve. J'avais prévu de vous accueillir, de vous raconter, de… de… je ne sais pas. Mais tout venait de m'échapper. Je suis partie pour Roy, tétanisée par le risque que Monsieur vous vire, qu'il vous prenne pour un imposteur, un malhonnête, un voleur. Je devais tout lui avouer au plus vite. C'était la seule solution pour que vous ne repartiez pas bredouille. Je comptais m'occuper de Rhita ensuite.

» Ce soir-là, au Sheep, une fois la sidération passée, Monsieur s'est déterminé à vous raconter toute l'histoire. Il m'a demandé de ne pas en parler tout de suite à Rhita. Il voulait que vous puissiez prendre le temps d'assimiler, de vous familiariser. Il voulait apprendre à vous connaître, voir si vous étiez digne de confiance. Je crois qu'il souhaitait aussi se laisser du temps à lui, pour intégrer toutes ces vérités. Il avait vécu quinze années pétries de mensonges. Imaginez un peu sa confusion. Bien évidemment, nous n'avions pas prévu la réaction de Rhita.

» Elle s'est servie de M. Knowles pour réussir à vous attaquer en toute impunité. Ce cher Julian a su passer inaperçu, personne n'a vu qui il était, pas même moi. Rhita ne s'en est jamais confiée. Je n'ai pas remarqué non plus, qu'il avait élu domicile à Roy. Je me suis toujours couchée très tôt et mon cottage au fond du jardin était bien isolé et c'est sans parler de mon ouïe désastreuse. J'ai surpris Julian une ou deux fois en visite à Roy, mais j'ai présumé qu'il venait régler quelques affaires pour Truffle encore en cours. Je n'ai donc pas jugé nécessaire d'en informer George. Il n'était qu'un collaborateur, rien de plus. Nous sommes tous passés à côté de sa duplicité. Je n'avais aucune idée de ce qui se tramait pour vous à Lloyd. Imaginez mon choc hier soir, quand vous êtes arrivés tous les deux.

— Le *salaud*, lâcha Lyv, à la surprise des deux autres.

— Ne le blâmez pas, mon enfant. Quel orphelin n'essayerait pas de connaître sa vraie mère ? Julian n'est malheureusement pas le seul qui s'est aliéné à la folie de Rhita.

— Peut-être, sauf que j'ai failli mourir deux fois, par sa faute.

Holly baissa les yeux.

— Je ne me repentirai jamais assez d'avoir laissé Rhita s'enliser jusque dans ses pires retranchements. Voici pourquoi avant de quitter Lloyd à mon tour, je voudrais rétablir ce qui peut encore l'être.

Holly sortit un coffret de son sac, dont Edward reconnut immédiatement les initiales.

— Le lendemain de votre cambriolage, Rhita a jeté l'entièreté de son contenu au feu. Elle m'a ensuite demandé de me débarrasser du coffre. Quand je l'ai ouvert, j'ai eu la surprise de découvrir un document rescapé.

Edward déverrouilla le loquet du coffre et l'ouvrit. Au fond, une unique photographie était presque collée à la paroi. Edward sortit le cliché sur lequel Clayton tenait dans ses bras un bébé grassouillet et souriant.

— Votre mère n'a pas eu la chance de vous connaître, mais votre père éprouvait tant de fierté. Son amour pour vous n'avait aucune limite.

Lyv embrassa le dos de la main d'Edward.

— Tu vois, je te l'avais dit. Tu n'as plus à douter.

Edward releva la tête de la photo.

— Pourquoi a-t-elle gardé ce coffre toutes ces années ? Il s'agit de souvenirs de personnes qu'elle détestait, moi et ma famille. Pourquoi ne pas s'en débarrasser plus tôt ?

— Cette boîte contenait tout ce qui restait de votre père, ce qu'il chérissait le plus au monde. J'ose espérer qu'une part de culpabilité subsistait encore en Rhita pour avoir bafoué sa confiance.

Edward resta plongé dans ses pensées, avant d'en sortir, tout à coup.

— Je ne peux m'empêcher de penser à Julian. Il est le fils de Clayton Rusbick, lui aussi. L'aîné, qui plus est.

— Biologiquement, oui, répondit Holly. Mais M. Knowles n'est pas un Rusbick. D'autres parents l'ont aimé, chéri, élevé. La biologie n'a rien à voir là-dedans. Je reviens ce matin de l'hôpital. Je voulais m'assurer de son prompt rétablissement. Je lui ai apporté les mêmes explications qu'à vous. Finalement, c'est aussi son histoire. Julian est intraitable : il ne veut rien obtenir des Rusbick. Ni le nom ni l'argent. Il regagnera Londres aussitôt sorti d'affaire. Il retrouvera sa famille et reprendra sa vie où il l'avait laissée avant l'arrivée de Rhita.

— Merci d'être venue. Merci de m'avoir déposé ce coffre, même presque vide. Je sais combien George vous portait dans son cœur. Il a toujours parlé de vous avec beaucoup de respect.

— Je suis pour ma part enchantée de voir qu'à défaut d'une famille, Truffle vous a apporté l'amour, répondit Miss Holly dans un sourire radieux vers Lyv.

La jeune femme le lui rendit, les joues rouges.

Miss Holly se leva.

— Une dernière chose…

Elle sortit de la poche intérieure de son pardessus un pli cacheté d'un poinçon rouge.

— Cela provient de l'étude Spencer & Green, à Gloucester. Ce soir-là, au Sheep, George et moi n'étions pas seuls. M. Charlie Spencer, le notaire des Rusbick, avait accepté de faire ce déplacement exceptionnel à ma demande. Vous veniez d'arriver au manoir et George ne vous connaissait pas. Mais moi, oui. Je savais. J'avais l'intime conviction que vous étiez bien notre Edmund. Ce regard ne trompe pas.

Edward soupira, ces dernières semaines, cette phrase avait résonné comme une ritournelle.

— Nous avons rédigé ce testament dans le plus grand secret, notifia Miss Holly. Lord Rusbick désirait vous le transmettre à terme. Il disait qu'il préférait attendre que vous vous sentiez un minimum Rusbick, quelque chose comme ça. L'argent était le cadet de ses soucis, tout était réglé dès le départ. Aucun des stratagèmes de Rhita n'aurait pu y changer quoi que ce soit. Votre réhabilitation au sein de votre famille et de votre foyer prévalait pour lui comme pour moi. Le bénéficiaire est au nom d'Edward Oddeye. Edmund Rusbick est encore inconnu du monde. À vous de décider.

Elle déposa sa main sur le front d'Edward, un geste qu'elle avait fait si souvent pour l'endormir lorsqu'il n'était qu'un nourrisson. Elle ferma les yeux quelques instants, puis tourna les talons.

Elle s'éloigna lentement vers la grille en contrebas, jeta un dernier coup d'œil à Truffle et s'enfonça dans le bois, disparaissant à tout jamais.

Épilogue

Extrait de la brochure visiteur de Truffle Manor
(Version 2023)

En 1938, l'unique héritier Rusbick, mieux connu sous le nom d'Edward Oddeye, revendit sa demeure de Roy, village lainier situé à vingt minutes de Lloyd, en direction de Bristol (la maison est toujours habitée aujourd'hui).

Grâce à cette fructueuse vente, il transforma le manoir que vous visitez en un établissement réservé à l'accueil d'enfants.

En tant qu'ancien interne d'une pension londonienne, Edward Oddeye refusa qu'on qualifie son établissement d'*orphelinat*. Il lui préféra l'appellation de *clinique*, très en vogue au début du XXe siècle. Et pour cause, Oddeye dédia l'aile est de la bâtisse à l'accueil d'enfants malades.

Quinze lits médicalisés et un poste de soins occupaient les pièces jadis allouées aux chambres de la famille Rusbick (Salles 10 à 13.) Lyv Oddeye, en qualité d'infirmière en chef, y dirigeait une équipe dévouée à la pédiatrie.

L'aile ouest, rebaptisée Apricot's Hall, accueillait quinze orphelins, ou bien, comme aimait les appeler le couple Oddeye : *les enfants esseulés*. Ils étaient encadrés par trois religieuses dirigées par Sœur Augustine, une ancienne de la maison pour enfants Sainte-Berthe de Londres, avant sa fermeture en 1940, à l'avènement de la Seconde Guerre mondiale.

[…]

Oddeye échappa à l'enrôlement en prétextant une cécité causée par ses yeux vairons. La méconnaissance scientifique de l'époque concernant cette particularité lui permit d'être exempté par l'ordre médical des armées. Il révéla sa ruse peu avant sa mort en 1988, arguant que certains hommes devaient rester saufs pour s'occuper des enfants dont les pères étaient tués au combat.

[…]

La suite de votre visite vous conduira aux cuisines et à l'office du manoir (sous-sol – 14 à 18). Puis, vous emprunterez l'ancienne entrée de service qui vous mènera aux appartements des Oddeye et ceux du personnel (extérieur – 19 à 21). Ces dépendances furent construites en 1938, en remplacement des anciens cottages attribués aux domestiques de la famille Rusbick, qui furent détruits dans un incendie meurtrier en 1933.

[…]

Depuis 1978, les recettes des visites et événements qui ont lieu à Truffle Manor sont entièrement employées à l'entretien du domaine. Les enfants Oddeye vivent quant à eux modestement dans la banlieue d'Oxford, avec leurs familles respectives.

[…]

L'histoire de Truffle Manor (le roman éponyme est en vente à la boutique souvenir), a incité Mr & Mrs Regent's, artisans chocolatiers à s'installer à Lloyd en 1952. (Fabrique à visiter à la sortie du village en direction de Gloucester.) Fort de leur renommée, la coutume veut qu'en quittant le domaine, chaque visiteur vienne y déguster une de leurs adorables friandises et se délecte ainsi de l'inimitable goût de leurs truffes.

Remerciements

Beaucoup sont ceux qui, sans le savoir ni même me connaître, m'ont aidé à écrire ce roman. Lucie Castel en tête, grâce au podcast *Devenir écrivain* qui a tourné en boucle dans mes oreilles durant toute la rédaction des *Truffes*. Il y a aussi les nombreux youtubeurs et podcasteurs qui aident les auteurs amateurs à s'y retrouver et se former, notamment Amandine Peter, Samantha Bailly, Audrey Martinez, Les artisans de la fiction, Procrastination et bien d'autres.

Merci également à Henri Bovet des Éditions Slatkine, le premier professionnel à s'être intéressé à mon travail.

Et enfin, un grand merci à Solenn d'Édith & Nous pour son soutien crucial.

Voir son roman publié est un espoir que chaque aspirant écrivain nourrit à force de doutes et de travail. La concrétisation est un rêve qui devient réalité, alors merci à l'équipe de Prisma Média pour sa confiance.

Mais surtout, un merci tout particulier à Malvina, mon plus grand soutien, qui y a cru dès le début envers et contre tout et sans qui les *Truffes* seraient restées à l'état de poudre de cacao.

Samy Saïb

Samy SAÏB a 35 ans et exerce en tant que psychologue. Passionné de littérature, mais aussi amateur de théâtre et de cinéma, il a suivi plusieurs ateliers et masterclass pour se former au travail de la narration, avant de se lancer dans l'écriture.
Le Secret du Manoir aux Truffes aborde les thèmes de la quête d'identité, le poids des secrets familiaux et les conséquences du désamour et de l'exclusion.

Couverture :
© Drunaa / Trevillion Images
Ligne graphique : OFF graphisme Paris
Conception graphique de la couverture : IGS-CP à L'Isle-d'Espagnac (16)
Studio Fabrication : Flora Bellanger
Responsable Développement : Vesna Veljkovic
Chef de projet : Chloé de Jerphanion
Composition : IGS-CP à L'Isle-d'Espagnac (16)

PEFC
10-31-1601
Ce produit est issu de forêts gérées durablement et de sources contrôlées

FABRIQUÉ EN FRANCE

Depuis 2009, Prisma Media met en place une politique d'achat écoresponsable. Ainsi, une majorité du papier de nos magazines est certifié (gestion durable des forêts). La fabrication des livres des Éditions Prisma s'inscrit également dans cette démarche.

Dépôt légal : juillet 2024 – N° d'impression : 2403.0192
Achevé d'imprimer en France par : Aubin Imprimeur